饗宴

装丁＝川名潤

私は及川鮎子（おいかわあゆこ）。

私には他人に明かせない秘め事がある。

他者に性的衝動を覚えないという秘め事だ。

セックスを忌避しているのではない。ただその情景に自分を置くことができないのだ。

中学に上がる前から周囲の友人たちが恋愛話に熱心になった。

しかしそれは、少女漫画の延長線上にあるものだったり、アイドルへの憧れに似たものだったりで、現実離れした対象に恋愛を重ねる友人たちの心理構造が私には理解できなかった。もちろん私にも、好ましく思うアイドルはいたが、恋愛の対象として夢想することはなかった。

高校に進学すると友人たちの話題も変わった。

興味本位にセックスを口にし始めた。それは恋愛が成就した証（あかし）としての象徴のように語られた。奈良県下でも有数の進学校で、それほど露骨な話題にはならなかったが、同学年に初体験を経験する子も何人かいた。

友人グループの憶測を交えた噂（うわさ）話でそれを知った。

高校卒業間際には、グループの中からも、初体験を告白する子が現れた。友人たちは好奇心を隠さずに初体験の話に聞き入り、あれこれと露骨な質問もした。私はもっぱら聞き役だった。自分に置き換えて告白話を聞くことはなかった。

大学は奈良教育大学に進んだ。両親がともに教師であったこと、自宅から通える距離であったこと、国立校で授業料が安かったこと、理由はあれこれあるが、どれも決定的な理由ではなかった。友人たちのほとんどがそうであったように、私も自分の身の丈に合った、それは即ち、偏差値に合わせた大学を選んだに過ぎない。あえていえば、進学指導の教師から、熱心に勧められたことが理由といえば理由といえなくもない。成績は常に上位クラスだったし、奈良県下の難関校と評されている大学だった。

大学生になって、ある種の義務感から恋愛もした。あれが恋愛といえるものであったかどうか疑問だが、同学年の男子生徒とデートをするようになった。何回かデートを重ねたある日、奈良のデートコースの定番ともいえる猿沢池の遊歩道を散策していたとき、いきなり相手が私の手を握ってきた。

激しい嫌悪を覚えた。

手繋ぎそのものではなく、自分の手を握っている男子生徒の脳内で膨れ上がっているに違いない性的な昂ぶりを察して嫌悪した。軽い吐き気さえ覚えた。

その場は義務感にかられて我慢した。相手の手を振りほどく事はしなかった。

ただしそれ以降、その男子生徒とは意図的に距離を取り、やがて二人の関係は疎遠になり、自然な成り行きとして終わりを迎えた。

自分はレズビアンなのだろうかと疑ったりもした。

深刻に悩んだわけではない。ぼんやりとそう考えただけだ。

仲の良い女友達に相談した。彼女は理解を示してくれた。

「試してみようか」

彼女がひとりで暮らす生駒のアパートに誘われた。

畳敷きの居間のクッションに座らされ、背中から抱き締められて服の上から胸を揉まれた。彼女は揉みながら私の首筋に唇を這わせた。

「どんな感じ?」

「別に」

感じたままを答えた。

「そっか。まッ、これじゃね」

ブラウスのボタンを外された。

ブラジャーをずらして指で乳首を愛撫された。

「私なんか、これだけで濡れちゃうよ」

男性経験のある友だちだった。

既にその時点で、男子生徒に手を握られたときに似た嫌悪感を覚え始めていたが我慢した。相手の脳内に性的な昂ぶりが感じられないので我慢できた。

耳を舌で舐められた。

乳首への愛撫と耳舐めを繰り返すうちに相手の息遣いが荒くなった。

甘い吐息を漏らし始めた。

顎に手を添えられて顔を横に向けられた。

薄く開けた相手の唇が迫ってきた。

キスをするつもりだと察した。

そこまでが限界だった。発情し始めている相手を受け入れることができなかった。

「無理みたい」

友人を振り切り立ち上がっていった。

ブラジャーの位置を直し、ブラウスのボタンを掛けた。

「そう、無理なんだ」

落胆した声でいう友人の目は潤んでいた。

(もし続けていれば、どこまで行ったのだろう)

想像して悪寒を覚えた。

怖気(おぞけ)に襲われた。

はっきりと嫌悪した。

大学を卒業後新聞社に入社した。

誰もが知る大手新聞社だった。

教師の道を選ばなかったのは教育実習での体験が理由だった。

実習先は私の母校でもある大学の付属中学で、思春期の男子生徒らに懐かれた。二次性徴の衝動を抑えきれない彼らへの対応に辟易した。さらに初老の指導教師は、さり気なさを装って私の身体に触れてきた。

「進路相談に乗ってあげよう」

などと誘われたりもした。

実習が終わるころには、学校そのものがトラウマになってしまった。

大手新聞社の内定を得て、両親は控えめな不安を口にした。

「あなたも流行りのキャリアウーマンになるのね。でも婚期だけは逃さないようにしてちょうだいね」

母がポツリと漏らした。

その言葉を受けて父もいった。

「周りはエリートばっかりなんだから、選り好みしてないで、早くいい人を見つけろよ」

冗談めかした言葉で私の肩に手を置いた。

両親の言葉が呪いのそれに聞こえた。

セックスを頑なに拒む意識があったわけではない。月に何度かオナニーもした。ただしそれは、自らの性器に直接触れる行為ではなく、妄想のままに身体の芯を火照らせる行為だった。

私の妄想は、拷問とか虐殺の情景に限られた。そしてその情景の中に、私自身を置くことはなかった。独裁者とか悪魔が現れて役割を演じた。

最初の赴任地は奈良支局だった。

奈良版の担当になった。

奈良のグルメスポットや観光スポットを紹介する記事を書く仕事だ。そのうちに徐々に「ならまち」に関する記事を書くようになった。私なりの郷土愛がそれを書かせた。

「ならまち」は近鉄奈良駅とＪＲ京終(きょうばて)駅に挟まれたエリアをいう。

昔ながらといえば聞こえはいいが、古びた木造家屋が並ぶレトロなエリアだ。奈良市全体から見ても中心地といえる。

忘却の果てに取り残された町。

時計が止まってしまったエリア。

いかにも古都奈良を象徴する存在が「ならまち」だった。

その「ならまち」の保存活動に新聞社の地方版担当者として側面から関わった。

家賃と物価の安さから、多くの売れないアーティストらが住む場所でもあった。

イラストレーター、デザイナー、小説家、詩人、音楽家、写真家などが、思いのほかたくさん居住していた。彼らに声を掛け、ニューヨークのソーホーとまではいかなくとも、地方からの文化発信の拠点とするような構想などにも取り組んだ。

家賃二万円のアパートで開催される個展とか、バックパッカーが利用するゲストハウスでの音楽会とか、朗読会にも関わった。それらの催しを地方版で取り上げ、新聞社と繋がりのある印刷会社に頼み込んで、ポスターやフライヤーを格安で作成してもらったりした。

三十二歳で転勤を願い出た。人間関係を築き上げた地元を離れるのは後ろ髪を引かれる思いだったし、後任がいないとも強く慰留されたが私の決意は固かった。

他者に対して性的衝動を覚えない。他者とのセックスに興味も湧かない。そのような人間はセクシャルマイノリティーに分類される。

LGBTとは違う。

アセクシャルと呼ばれる分類だ。

自分がアセクシャルだと自認し知識も得たが、それを他者に説明することがどれほど難しいことか。無いことを証明する難しさは「ゼロの証明」の難しさだ。「悪魔の証明」ともいわれる。

私は愚かにも、その「悪魔の証明」を試みてしまった。

「ならまち」を棲家(すみか)とするアーティストたち数人での飲み会の席だった。

お勘定は私が払う。会社の経費でと彼らには説明しているが、わざわざ経費で落とす必要もないくらいの安い居酒屋だ。普段節約生活を強いられている彼らは、遠慮の欠片(かけら)もなく、浅ましく思えるほど飲み食いする。

彼らがお互いの恋愛事情を語り始めた。

アーティストとはいえ特別な人間ではない。むしろ世に認められず、それを本業とできない彼らにとっては、恋愛こそが重大事項のようだった。しかしそのほとんどが金銭に関わる愚痴なのが残念に感じられた。

「アユちゃんは付き合っている彼氏さんいないの?」

いきなり話題の矛先が私に向けられた。

「うん、今のところはね」

曖昧な言葉で誤魔化した。

「収入が安定している人は違うね」

別の人間に嫌味を言われた。

「大手新聞社に勤めているんだからね。恋愛なんかしなくても人生充実しているんだろよ」

誰かが補足した言葉に、参加していた全員が頷いた。

「違うわよ。そりゃ充実していないとはいわないけど、それとこれとは別でしょ」

反論する言葉が見つからなかった。

「どっちにしても恋愛もしていないなんて可哀想ねぇ」

明らかに私を揶揄（やゆ）する言葉だった。

「アユちゃん勿体（もったい）ないよ。それだけの美貌とスタイルをしているんだから、その気になれば男なんて選り取り見取りだよ」

写真家が、両手の親指と人差し指で作ったフレームに私を収めていった。私は頼まれて、何度か彼のモデルを無償で務めた経験があった。

「私はアセクシャルなの」

面倒になってカミングアウトしてしまった。

酔っていたこともあった。彼らがアーティストだという油断もあった。他人に打ち明けられない悩みを抱えている私のことを、収入が安定しているから充実しているなどという彼らに対する憤りもあった。

「アセクシャル？　なによ、それ？」

全員の好奇の目が私に向けられた。

どうやら彼らはその言葉を知らなかったようだ。

後悔の念を抱きながら、私はアセクシャルについて説明せざるを得なかった。

「まだ運命の人に出会っていないのよ」

鹿をモチーフにした絵を描くイラストレーターが鼻を鳴らした。

人の話を聞いていたのかと切り返したくなったが、私が反論する前に、あちこちから的外れな意見が上がった。

「臆病になっているからじゃないのかな。恋愛は自分から飛び込まなくちゃだめよ」

中東のタールという楽器で難解な曲を演奏する女性音楽家がいった。

「神々は男と女を作り給(たも)うた。性交は神々に至る崇高な行為なんだよ」

詩人は自分の言葉に酔っていた。

「勿体ないよな。これだけの容姿とスタイルをしているのに」

カメラマンが繰り返し言って、私の怒りに火が点(つ)いた。

安焼酎のロックを一気飲みして言い返した。

「私のルックスと私の性的指向にどんな関係があるの。あなたはファインダー越しにしか相手が見えないのよ」

だからうすっぺらな写真しか撮れないのだとまではいわなかった。写真家とは名ばかりで、奈良駅前のコンビニで、深夜シフトの店員をしている写真家だった。

「あなたは運命を信じるの？　売れないイラストを描く暇があったら、ダブルワークでもっと稼げと怒鳴っているあの人が、あなたの運命の人なの？」

　イラストレーターが付き合っている男は、朝から京終駅前の酒屋の立ち飲みで酔いどれていて、土日は同じ酒屋で、ラジオと繋いだイヤフォンを挿した耳に赤鉛筆を挟み競馬新聞に目を凝らしている。スーパーのレジのパートの合間にイラストを描く彼女だった。

「自分から飛び込む？」

女性音楽家を自称する彼女を睨み付けた。

「あなたのアルメニア人の旦那にあなたは飛び込んだの？　その結果、働きもせずに、ナンパばかりしている彼はどうなの？」

音楽家が付き合っている男は美形だ。背も高い。浅黒くて彫りの深い顔立ちをしている。彼は、三日、四日、長いときには一週間以上も家を空ける。

奈良公園でナンパした女の部屋に転がり込んでいたと悪びれもせずいう男だった。

その女の部屋というのが、大阪であったり、京都であったり、神戸であったり、横浜だったこともある。横浜から連絡があったときは、帰りの運賃がなくて困っていると、ファミリーレストランでウエイトレスのアルバイトをしている音楽家に泣きつかれ、奈良までの運賃を用立ててやった。

「性交が神々に至る崇高な行為？　あなたちょくちょく風俗に通っているみたいだけど、あれは神々に至る崇高な行為なの？」

飛田新地あたりのちょんの間の哀愁を語る詩人だった。

特殊浴場などと違い、飛田新地の風情がどうのと能書きを垂れるが、要は交尾をするためにわざわざ大阪まで出向くのだろう。

しかもちょんの間だ。

警備員の稼ぎで、僅かな時間、そそくさと射精を済ませる男が哀愁を語るのは、むしろ滑稽にさえ思える。

そんなこんなで「他者に性的衝動を覚えない」という私のカミングアウトは見事に失敗した。理解しようともしない連中に腹を立て、辛辣な言葉を投げ返した。

「アユちゃんは草食系女子なんだよ」

場の空気を和まそうと写真家がいった。

「草食系？　なんなのそれ。だったら馬はセックスしないの？」

ヒステリックにいった私の言葉に座が冷え切ってしまった。それにも私は過敏に反応した。

「しょせんあなた方は、売れない自分たちの傷を舐め合っているだけなのよ。そんな人たちに、私の人生が充実しているだなんて、あれこれ言われる筋合いはないわ」

いってはいけないことをいってるという意識はあったが止まらなかった。

私の奢りで飲み食いしている彼らを見下す気持ちもあったのかもしれないと、後で反省したが、後悔先に立たずだ。

売り言葉に買い言葉で終わったその夜のことは、カミングアウトの失敗だけでは済まなかった。アウティングされてしまった。

興味本位に言いふらされ、たちまち『ならまち』の住民のゴシップになった。

そして私は居場所を失い、転勤願を出す羽目に陥ったのだ。

ひとり娘の結婚と孫の誕生を心から願っていた父母だが、母は私が四十歳になる前にこの世を去った。連れ合いを失った父は、その三年後に肺癌で他界した。

鮎子と名付けてくれた父だった。

鮎は清流に棲む年魚だ。一年でその生涯を終える。

父の唯一の趣味が鮎釣りで、テリトリーとしたのは紀ノ川水系の吉野川だった。六月一日の解禁日を迎えると、毎週のように川に出かけた。早暁からいそいそと車を走らせた。

成長した鮎は岩に付着した珪藻類を主食とする。そのため身は当然のこと、内臓に至るまでいわゆる魚臭さはない。鮎の魚体が放つ香りは、胡瓜や西瓜の香りに喩えられる。別名香魚とも呼ばれる所以だ。

またその食性から、餌釣りが適わないので釣り方も独特だ。友釣りは縄張り意識が強い鮎の習性を利用し、掛け針を仕掛けた友鮎を泳がせ、それを排除しようと体当たりする鮎を引っ掛ける釣法だ。

父が私を鮎釣りに伴うことは一度もなかった。

清流に立ち込んで十メートル近い長竿を操作する友釣りは、身体を、特に下半身を冷やし、女性の生理に障るというのがその理由だった。子供が産めなくなるといわれたが、それが正しい理解なのかどうか、いずれにしても、自分の娘が、およそ出産とは無縁な娘に育つとは、父は思ってもみなかっただろう。

私は父が持ち帰る鮎が好きだった。

味や香りもさることながら、その精悍でありながら、なおかつ清楚な姿を好んだ。一年で生涯を終える潔さにも憧れた。透明感のある魚体も好ましく思えた。だから鮎子という自分の名も気に入っていた。鮎のようになりたいと子供心に憧れもした。

私は及川鮎子。処女のまま還暦を迎えようとしている女だ。


壁の時計が三時を回った。

(終業まであと二時間か)

私は漠然と思う。

朝からそのことばかりを考えている。

今は時間だが、十二月に入ってからはあと何日、お盆明けあたりからはあと何か月、とカウントダウンしながら過ごしてきた。

その日十二月二十日で私は還暦を迎えた。

ただの誕生日以上の意味がこの日にはある。

新卒で入社し、四十年近く勤務した会社を定年退職するのが今日なのだ。

三十二歳で大阪本社奈良支局から東京本社文芸部に転勤になった。四十歳に近づくにつれて周囲の態度が変わり始めた。

「老後が不安じゃない？」

そんなことを訊かれるようになった。

「ひとりで暮らす老後は寂しいよ」

そんな風にもいわれた。

「体が動かなくなったら、だれが面倒見てくれるのよ」

脅かされもした。

しかしそれらの言葉のどれも、私の心には響かなかった。

(老後が不安だから結婚するの?)

その感覚が私には理解できない。

日本の離婚率は三十五%に上る。つまり三組に一組は離婚するのだ。

彼らがいう老後の安定というのは、結局は経済的なことなのだろう。

しかし女性の場合、結婚すれば、家事や育児で仕事量が制限される。それがそのままその女性の生涯所得の減少に繋がる。育児を終えたからといって、元の職場に元の条件で戻れるわけではない。

子供ができれば教育費だって必要になる。

ひとり当たり一千万、二千万の単位でお金が必要になる。

そうやって一人前にしても、その子供が老後を助けてくれる保証はない。そもそもが、老後の安定のために結婚して子供を育てようという発想そのものが不純に思える。保険を掛ける感覚で、みんなそれを選択するのだろうか。

結婚は人生の墓場というが、それは遊びが制限される男たちのセリフだろう。

笑わせるなッ!

女にとってこそ、結婚は人生の墓場なのではないか。

結婚は当たり前のこととしてセックスを前提とする。その前提を受け入れられない私にどうしろというのだ。答えはない。誰にも相談できない。

私は『ならまち』での失敗に懲りていた。親しく付き合っていたはずのアーティスト連中にカミングアウトし、誰も私を理解してくれなかった。それどころかゴシップにされ、私は居場所を失ってしまった。その苦い体験が私を臆病にさせていた。

臆病になっただけではない。いつしか私の感情の根底に怒りが芽生えた。周囲に放ちようのない怒りを胸の裡に溜め込んだ。

やり場のない怒りほど苦しい怒りはない。やり場のない哀しみの比ではない。哀しみは悲嘆にくれ涙を流すという――それは一時的なものかもしれないが――発散の方途がある。しかし私の怒りにはそんな刹那の救いもない。ただただ隠すことしかできない。私は怒りに日々焼かれているのだ。

結果、私は他人を寄せ付けない女になった。

仕事のできる女を演じた。

化粧をきつくし、スポーツジムやエステにも足繁く通い、自分の身体と見た目を磨いた。

近寄りがたい美人。

それを自分のレッテルとして周囲の人間を遠ざけた。

怒りが私をそうさせた。

感情の根底に抱えたまま表に出せない怒りを私は『怒り玉』と名付けた。

東京本社に転勤が決まった私は浅草に居を構えた。深い意味はない。奈良の気風に慣れ親しんだ自分には、山の手よりも下町の浅草が良いと漠然と考えただけだ。

浅草の地理に親しもうと散策する私の目に留まったのが一枚のポスターだった。それは浅草寺境内で行われる歌舞伎公演を告知するポスターだった。
奈良に生まれ育った私にとって、歌舞伎は身近なものではなかった。せっかく東京に出てきたのだから、しかも、それが徒歩の距離の浅草寺境内で鑑賞できるのであれば、一目観ておくかと軽い気持ちで足を運んだ。いろいろな演目が演じられる中で私が強く惹かれたのが『三社祭』という演目だった。他の演目のように、お芝居仕立てではなく滑稽な踊りが披露される演目だ。

登場するのは二人。途中でそれぞれに『善』『悪』と記された仮面を被り、『善玉』『悪玉』と呼ばれる。その『善玉』『悪玉』がせめぎ合うという筋立てだ。

観劇中に演目の音声ガイドをしてくれるイヤフォンを通して『善玉』と『悪玉』は個別に対立する存在ではなく、人間の意識下に潜み、その人の人格を形成するものだと知った。その世界観が江戸の庶民の共感を得たらしい。

だったら、と私は得心したのだ。

私、鮎子という人間を形成しているのは『善玉』でもなければ『悪玉』でもない。『怒り玉』だ。その想いがストンと腑に落ちた。

世間一般の人間が、『善玉』と『悪玉』をその身に内包しそれに翻弄されているように、私は『怒り玉』を内包し、それに翻弄されている。

その怒りは、私のことを理解しない社会の仕組みに対する怒りだ。

ＬＧＢＴが流布され、彼らを認めようという風潮が世間に広がれば広がるほど、他者に対して性的衝動を覚えないアセクシャルというマイノリティーが理解されないことに、私は激しい失望と怒りを溜め込んで生きてきた。

壁の時計は四時五十分になっている。

勤め上げたという達成感はある。虚脱感にも似た達成感だが、それは誰しもが感じることだろう。

別にこの日で私の人生が終わるわけではない。文芸部に配属され、ある程度の経験年数を積んでからは、新聞社が企業や団体に呼び掛ける講演活動に講師として派遣されるようになった。それに加えて、出版社が主催するパーティーにも招かれるようになった。芥川賞や直木賞をはじめとする代表的な文学賞の記者会見の場にも記者として立ち会った。

そうやって積み上げてきた人間関係を基盤とし、書評家をやってみないかと勧めてくれたのは文化局の局長だ。

「すぐに食えるほどの仕事は来ないだろうから、当面は、嘱託（しょくたく）の契約ライターとしてうちに籍を残し、徐々に活動の場を広げていけばいいだろう」

私自身も退職後の身の振り方を決めかねていた。

昭和の時代ならともかく、現代において、六十歳は引退するには早過ぎる年齢だ。自宅マンションのローンも残っている私にとって、会社が提案してくれた報酬も魅力的だった。現役時代と比べれば半分にも満たない金額だが、六十二歳で受給資格が得られる厚生年金よりはるかに多い額だった。退職後二か月の休養期間を了承してくれたので契約書にサインした。

四時五十二分。

周りに不穏な動きはない。

いつものように今日が終わればいいのにと私は考える。

そうはいかないよねと小さくため息を吐く。

（あの人のときはどうだったんだろ）

二年前に退職した同じ部署の先輩社員の「その日」を思い浮かべた。

（野尻なんとかさんだっけ）

下の名前は忘れてしまった。去る者は日々に疎しだ。何度か部署の集まりで飲みにもいった人だったけど、たった二年で顔さえぼんやりとしか浮かばない。

（女子社員からの花束贈呈があったわね）

取り囲まれて拍手された野尻さんは照れていた。そりゃ私だって、そんな風にされたら照れるしかないだろう。

（定年を労ってくれる後輩たちに感謝の言葉を述べていたっけ）

ありきたりな内容だったので、野尻さんがなにをいったのかは覚えていない。

セレモニーは続いた。

後輩が作る輪の後ろから部長が前に進み出た。野尻さんと芝居じみた握手をした。その部長に先導されて、野尻さんは各部署を挨拶回りした。

市中引き回しの刑だ。役員フロアーも回ったはずだ。

あれをやらされるのかと思うとうんざりする。

普段ほとんど言葉を交わしたことがない相手となにを話せばいいというのか。

その光景を思い浮かべ、私の感情の奥底にある『怒り玉』が怯えに震える。後輩らはともかく、役員の中には、私が未婚で終わったことに触れる無神経なオヤジもいるだろう。私の反応は彼らを不愉快にするに違いない。

「ねッ、もう、あれじゃない」

斜め前に座る黒田曜子が、若手社員の保田則夫に目配せした。曜子は私が気を許す数少ない同僚だ。曜子になら自分の性的指向を打ち明けてもいいかと思ったこともある。もちろん思っただけだ。打ち明けてはいない。

しかし彼女は気付いている。その正体にまでは気付いていないだろうが、私の頑なさにはなにか理由があると気付いている。それを穿鑿しようとしない賢明さが曜子にはある。

「ならまち」でのカミングアウトから三十余年を経て、セクシャルマイノリティーに対する世間の評価もずいぶんと変化した。それに加え、町場に暮らすアーティストとは違い、常に客観性が求められる新聞社に勤務する社員ということもあるので、同じ職場で働く人間に打ち明けても大事には至らないだろうという感触もある。

しかし私は用心した。

世間が一般的に認知しているセクシャルマイノリティーは、多数派とは違う性指向を持つ人間だ。私はアセクシャルなのだ。セクシャルマイノリティーにあってさらに少数派の、性指向を持たない人間なのだ。ゼロの証明の難しさに挑む必然性は感じない。

(孤独?)

あたりまえではないかッ。

しかし私はそれを選択したのだ。

そして永年に及ぶその選択を支えてくれたのは、感情の底に沈んだ『怒り玉』以外の何物でもない。いや感情の底に沈んだというより、既に『怒り玉』は私の感情そのものだ。時には悦び、時には哀しみ、そして今のように怯えもする。その本質が怒りだということだ。

曜子に促された保田が立ち上がって男子ロッカールームに足を向けた。

（なるほど花束贈呈の担当は保田くんというわけね）

納得して壁の時計に目を向けた。

長針は五十八分を指している。保田が席を立ったのが合図だったかのように俄かに辺りがざわめき始めた。それぞれがやっている仕事に区切りをつけている。

（なに？　この緩い針のむしろ感）

居心地の悪さに苦笑した。

保田が背中に隠し切れていない花束を手にしてロッカールームから出てきた。入社二年目の彼は、吹き出したくなるほど緊張した顔をしている。

カチッ。

長針がまた進んで五時になった。

終鈴がオフィスに流れた。

全員が一斉に席を立った。

鼻の穴を膨らませた保田が大股で真っ直ぐ私に歩み寄った。

「先輩ッ、長い間ご苦労さまでしたッ」

声を張り上げ最敬礼し両手で花束を差し出した。

周囲から拍手が沸いた。

定年退職社員を見送る儀式が始まった。

「ありがとう」

歩み寄って花束を受け取った。

花束を横抱きにした私は、体の向きを変えながら、万遍なく周囲に頭を下げた。

「おめでとうございます」

「ご苦労さまでした」

「長い間お疲れさまでした」

思い思いの声が周囲から掛けられる。

部長に引率された簡単な挨拶回りがあった。私が女だったせいか役員フロアーでの挨拶回りはなかった。それはそれで構わないのだが、私の『怒り玉』がいじけた。

挨拶回りに続き、会社の二階のカフェテリアを会場にした文芸部のおざなりな送別会があった。

そのあとで、私は曜子に誘われタクシーで西新宿に移動した。

「先輩、花束贈呈のとき泣いていやしたね」

砕けた口調で曜子が笑った。

六歳年下の曜子は生粋の江戸っ子だ。駒形で何代も続くどぜう屋の娘で、今は長兄が店を切り盛りしているらしい。

「泣いてないわ。阿呆なこと言わんといて」

その一方で奈良県出身の私は、東京暮らしもずいぶんになるが、未だに気の置けない相手との会話には関西弁が混じってしまう。

「そんなんより、こんな高層ビルばっかりの場所に飲みの店なんかあるんかいな。あんたと二人で東京の夜景見ながらグラスを傾けるやなんて嫌やからな」

照れ隠しもあって強めの口調でいった。

「ッたりまえでしょ。おいらだって嫌ですよ。まあ、楽しみにしとってください。姐さんがぜんぜん知らない世界にお連れしやすから」

タクシーの窓から西新宿の夜景を仰ぎ見た。

（ここが私の主戦場だったのか）

そんなことをぼんやりと考えた。

西新宿がということでなく、東京がという意味だ。

東京に棲み付いて三十年近くになる。父母が他界して以来、奈良には帰っていない。実家も処分し、今では帰るという意識すらない。

学生時代の友人との交流も途絶えている。連絡をすれば昔を懐かしんで会ってくれる友人もいるだろうが、そのほとんどが結婚し、子を授かり、おそらくは孫までいるに違いない。会えば会ったで、私が未だに独身でいるということに話題が及ぶのに違いない。それが億劫で会う気がしない。

最初に住んだ浅草のアパートが八年目に建て替えることになり、分譲マンションに移り住んだ。

三十年ローンを組んだマンションの支払いは後十年残っている。それもあって浅草を離れることはできないし、住み慣れた町を離れる気持ちもない。

タクシーがビルの車寄せに入った。三十階を超えるビルだった。それでも西新宿では控えめな高さのビルに思える。

「さッ姐さん。二回目のショーが十時からなんです。急ぎましょう」

腕時計を見ながら曜子が私を急き立てた。

「ショー？　なんやのん、それ」

「百聞は一見に如かず。ささ、急いで急いで」

背中を押されて高層階用のエレベーターに案内された。

「ショーの開演十分前には入口ドアが閉められるんです」

最上階でエレベーターを降りて再び曜子に急かされた。

『ギャルソン』

長い廊下の突き当りはそこだけ照明が落とされ、細いネオン管で店名が表示されていた。

その下、目の高さにA全紙の大きさの縦置き写真パネルがあった。

トップライトに照らし出されたシルエットの女性の写真パネルだ。簡素な椅子に腰掛けて胸を強調するように身体を仰け反らせている。そして惹句。

《麗しのシャンパンゴールドの世界に》

世界には「ぶたい」とルビがふってある。

店内に足を踏み入れるとベスト姿のボーイが腰を低くして歩み寄った。

「ご予約でしょうか？」

「十時のショーに予約している黒田です」

ボーイが手元のクリップボードを確認した。

「ＶＩＰ席ご予約の黒田曜子様ですね。どうぞこちらに」

テーブル付きのソファー席に案内された。ベンチほどの奥行しかない緩やかなカーブの馬蹄形のソファーだった。階段状に並んだ客席の先、赤い幕が下りている場所が舞台のようだ。

「ご注文のオードブルとシャンパンをお持ちします」

慇懃に一礼してボーイが席を離れた。

私たちの周囲では、ドレスを着こなしたスタイルのいい女の子たちが接客している。誰も席には座っていない。テーブルを挟んで、客の前に立ったままで接客している。ホステスという印象ではない。

オードブルとシャンパンが運ばれた。

ボーイがシャンパンボトルを傾けてラベルを曜子に見せる。曜子が鷹揚に頷く。シャンパンの栓が抜かれる。その音に周囲の目が向けられる。シャンパングラスが充たされる。シャンパンゴールドの気泡が店内の淡い照明にキラキラと輝いた。

「それじゃ姐御の門出を祝って」

曜子がグラスを目の高さにかざしていった。

「ありがとう」

応えてグラスを上げた。

二人が一気に飲み干すと、近くで控えていたドレス姿の女の子が、シャンパンボトルを傾けてくれた。

「なにかのお祝いですか？」

完璧な笑顔で小首を傾げた。

（なんちゅう美人や）

他人の美醜に興味がない私がため息を吐くような美貌だった。

「この人のお誕生日なの」

曜子が私に視線を向けた。

「そうですか。それはおめでとうございます」

彼女は上品に目を伏せて軽く頭を下げた。

「ジュリナと申します」

名刺を差し出していった。

全面が顔写真の縦置きの名刺だった。アップショットで際立つ美形が強調されている。

曜子がもらった名刺をテーブルの上に置いた。私もそれに倣った。ジュリナが挨拶して席を離れた。

「ホステスっていうのとは違うみたいやね」

「ここにいる子、全員ダンサーなんっすよ。これからあの子らが踊るんです」

「ダンサーか。それでみんなスタイルがええんやな」

ジュリナも長身だった。

シャンパンを喉に流し込んでから改めて店内を見渡した。階段状の客席の一段ごと、六席ずつ並ぶベンチソファーは二人掛けだ。それにメタリックブラックのテーブルが添えられている。席の前後左右は、人が無理なく通れるほどの通路で仕切られているので窮屈さは感じない。ざっと五十席くらいはあるだろうか。

席に案内してくれたボーイはＶＩＰ席だといっていたが、私たちの座る段だけが馬蹄形のカップル席だ。階段並びの中央にあって、舞台の正面であるということがＶＩＰ席たる所以かもしれない。最下部、ステージの前には六人掛けのボックス席が五席並んでいる。ステージよりもテーブルが気持ち低い。砂被りとでもいいたくなる位置関係だが、テーブルは舞台と直角に設置されているので、そこに座った客は体を捻って観劇することになるだろう。

「あそこだけなんか客層が異質やな」

私たちの段の並びの席は、ほとんどがカップルで占められているが、六人掛けのボックス席に座っているのは明らかに団体客だ。こんなことをいってはなんだが、どことなく垢抜けていないようにも見える。

「観光バスの団体さんですよ」

曜子が解説してくれた。

「観光バス？」

店の空気とそぐわない。

曜子が東京を代表する観光バス会社の名前を口にした。そこかしこで見掛ける黄色いバスを走らせている会社だ。いわれてみれば、団体席の端の照明が届きにくい薄暗がりに、制服に身を包み、畳んだ小旗を体の正面で握り込んでいる女性添乗員が佇んでいる。

「あの人らもダンサーなん？」

団体客の前にいるのは顔立ちの整った男性だった。どの男性もスタイルが良く、舞台の縁に腰掛けて団体客の相手をしている。フロアーで配膳をしている従業員とは明らかに違う。服装もそれぞれに抑え気味だがラフなスーツ姿だ。

「ええ、ダンサーです。彼らが団体さんに人気でね、そのお陰もあって、バス一台分の予約が直ぐに埋まるらしいですよ」

団体席の客のほとんどは子育てを卒業したと思える年配女性だ。

「ピンとこない組み合わせやな」

「ショーのメインはキレッキレのダンスですけど、その合間にコミカルな演目もありやしてね、その演目で客弄りをするんです」

曜子が中高年の女性に圧倒的な人気があるピン芸人の名を上げた。大ぶりの扇子を手に、程よい毒舌で客席を沸かせる芸人だ。

「あの芸人さんの場合は毒舌だけですけど、ここでは毒舌以外にも、張り扇で客の頭を叩いたり、張り扇に仕込んだ水鉄砲で客席に水を振り撒いたりします。それが受けるんですよね。容姿のいい彼らに弄られて、団体さんはキャアキャア大騒ぎするんです」

「あっちはどうなん？」

視線だけを送って曜子に訊ねた。

階段式の客席の最上段に並ぶ席だ。

直接顔を向けるのが憚られるような一種異様な集団だった。馬蹄形のソファーのおかげで、上段の半分くらいなら視界に入れられる。男たちはひとりずつ別々の席に着いている。全員がダークスーツに身を固め、一見すれば大会社の経営者のような風格を漂わせている。初老からかなりの高齢者まで、年齢層はバラバラだ。そしてどの顔にも、これからショーを観るという高揚が感じられない。

「さぁ、なんなんでしょうね」

曜子も首を傾げた。

「今まで見たことない人たちなん？」

「記憶にないですね」

それから後も何人かのダンサーが席を訪れ、二言、三言言葉を交わして席を離れる。接客というより舞台前の挨拶という印象だった。そして必ず顔写真入りの名刺を置いて立ち去った。最上段に並ぶ男たちについて探りを入れてみたが、どのダンサーにも曖昧な笑顔ではぐらかされた。

何人かのダンサーと会話を交わすうち、私は彼女らがいわゆる女性でないことに気付いた。ニューハーフだなと察した。しかしテレビなどに出ているニューハーフのように、開けっ広げな話題をするわけではなく、それなりに慎ましさを感じさせる娘たちだった。

ジュリナのあとで挨拶に来たソラとショコラは透明な美しさを感じさせた。二人ともジュリナに引けを取らない長身で、その次に挨拶に来たサヤカは、小柄でおしとやかな印象の和風美人だった。

他にも挨拶に訪れたダンサーはいたが、美形という点でこの四人が印象に残った。それぞれにアップショットの名刺をもらい、それをテーブルに並べ、配膳されたオードブルでシャンパンを飲みながら、名刺で四人の印象を反芻した。

やがて開演の時間になって店内が暗転した。大音響の楽曲が鳴り響き、舞台の幕が開いた。眩い照明のなかでダンサーらが舞い踊った。

予想していたより遥かに煌びやかな、そしてよく訓練された舞台だった。ダンサーらは次々に衣装を変え、一幕、一幕の踊りにメッセージが籠められていた。曜子がいった通り、ダンスの間に挟まれるコミカルな演目も、大いに団体客を沸かせた。ミラーボールやレーザー光線を使った照明もおざなりではなかった。よく計算されていた。それぞれの演目は数分程度の長さで、これなら客を飽きさせることはないだろう。冗長と思えるものはひとつとしてなかった。むしろ、もう少しその世界観に浸りたいと思うタイミングで場面は変わった。その後を引く演出にも感心させられた。

とりわけ印象に残ったのは、最初に挨拶に来たジュリナだった。ボーイッシュであったり、場末のクラブの女風であったり、花魁だったり、場面ごとに何度も衣装チェンジをしたが、その美貌と長身が相俟って、どこか周囲を、それは同じステージで踊る仲間のダンサーだけでなく、観客をも睥睨するというか、見下しているような目線を送るジュリナだった。彼女の美貌ゆえに嫌味には感じられない。むしろ好ましくさえ思える。もっと見下してほしい、そんな感情まで私は抱いてしまった。

ショーの最後に強烈な印象を覚えた演目があった。テーブル上の名刺に、その演目を演じたダンサーはいなかった。

彼女の名を知りたいと、体の芯が疼くほど思った。曜子の耳元に口を近付け彼女の名前を確認したときには、舞台はフィナーレに入っており、賑やかな音楽に紛れ、私の言葉は嬉しそうに手拍子をする曜子の耳に届かなかった。

都合一時間ほどでショーが終わった。

フィナーレの踊りの後にメンバー紹介があった。MCを務めたのは名前を知りたいと思った彼女だった。卓上に並べた名刺を確認しながら、曜子が、テーブルに挨拶に来た踊り子が紹介されるたび、手を高々と差し上げげた。その手には縦二つに折り畳んだ千円札が挟まれていた。ほかにも同じようなことをする客がいた。舞台から降りた踊り子が、軽やかに客席を通り抜け、丁寧に挨拶をしてチップを受け取った。全員の紹介が終わってマイクを握っていたMCの彼女が前に出た。思わず私は固唾を呑んだ。

「ショーリーダーのアサミと申します」

アサミ。

その名前を頭に刻み込んだ。

「当店『ギャルソン』は一年ごとにショーをリニューアルしています。次のリニューアルは来年一月末を予定しております。その準備のため年末年始は長めのお休みをいただきますが……」

慌ただしくバッグを開いて財布を取り出した。紙幣を抜いて縦二つ折りにし、曜子がしたように高々と右手を挙げた。

「あッ、ありがとうございます」

マイクを隣のダンサーに渡してアサミがステージを降りてきた。差し出した紙幣に伸ばしたアサミの手が直前で止まった。

「お客様、これ……」

「かまへん、受け取って」

早口でいった。

「ありがとうございます」

それでも戸惑いながらアサミが私の手から一万円札を受け取った。

拍手に送られた踊り子たちが退場して、客席の照明が明るくなった。

「姐さん、ずいぶん奮発しましたね」

さっそく曜子が私のチップを話題にした。

「一応確認しておきますけど、あの子らみんなＭｔＦですけど、それは気付いていましたよね」

ＭｔＦ。Male to Female。

「要はニューハーフということやね。なんとなくそうやないかと思てたわ」

「姐さん、以前にもこの手の店に？」

「ううん、初めてやった。おかげでええ経験さしてもらいました」

「それにしても最後の子、一万円は弾みましたね。間違って出してしまって、引っ込み付かなくなったんじゃないですか」

「間違ってないわ。年寄り扱いせんといて」

わざと怒った口調でいうと「すんません」と、曜子が首を竦めた。

ステージ衣装からドレスに着替えたアサミが席に来た。

「先ほどはありがとうございました」

さらになにか言いかけた切っ先を制して私はいった。

「アサミちゃんの演目やけど、あれ、谷崎潤一郎の『刺青』やな」

『刺青』は谷崎潤一郎のデビュー作とされる短編だ。

時代設定は江戸時代、美しい者こそが強者とされる時代にあって、主人公の清吉は評判の彫物師だった。多くの者が刺青を彫ってもらいたいと彼のもとを訪れたが、清吉は理想的な骨格と肌を持つ者以外相手にしなかった。

そんな彼がある夏の日、料理屋の店先で駕籠の簾の隙間から覗いた白い女の素足に目を奪われる。一瞥で清吉は、その女こそが己の探し求める素材だと見極める。清吉は駕籠の後を追うが見失ってしまう。

翌年の春、清吉のもとをひとりの娘が遣いに訪れる。その娘こそがあの素足の女だった。清吉は帰ろうとする娘を引き留め、「この絵にはおまえの心が映っている」といいながら、処刑される男を眺める妃が描かれた画を見せる。さらに男たちの死骸に魅せられる若い娘を描いた『肥料』と題する画を見せる。清吉が見せる画の悍ましさに怯える娘を、清吉はクスリで眠らせ、その背中に巨大な女郎蜘蛛を彫り付ける。

翌朝、麻酔から醒めた娘は魔性の女に変貌していた。もう一度刺青を見せてくれと懇願する清吉に「お前さんは真先に私の肥料になったんだねえ」といって背中を露わにする。後に耽美派の筆頭と評される谷崎の代表作だ。

朝陽を模した横からの朱色の照明を受け、胸元を隠しながら、着物の襟を腰まで下ろすアサミが背中一面に彫られた女郎蜘蛛を晒し、這い蹲る男を見返った眼差しは、紛れもなく魔性の女のそれだった。

「あれは凄かったわ。まさに谷崎が描いた魔性の女そのものやった」

「ありがとうございます」

アサミが深々と頭を下げた。

「ところで」と、話題を変えた。「最後部席に座っている男の人たちもお客さんなの」

気になっていたことを質した。ショーリーダーを名乗ったアサミなら知っているのではないかと考えた。

「あの人たちはパトロンです」

こともなげにアサミが答えて微笑んだ。後列に並ぶダークスーツの男たちをパトロンだと説明するアサミの言葉が腑に落ちなかった。その言葉の響きには、どうしても否定的な感情が混じってしまう。

「ここの店の子らのパトロンさんなの？」

敢えて「さん」付けしたのは、あの連中とダンサーたちの肉体関係を疑ったからだ。

慥かにどの子も美人だ。スタイルも申し分ない。町中を歩いていてもニューハーフだとは思われないだろう。

さっきまで『ギャルソン』のショーに高揚していた私の気持ちが急速に冷え込んだ。ダンサーたちは性を越境しているのだから、付き合う相手が男であろうが女であろうが、それをどうこういうつもりはない。しかしその関係に金銭が介在しているとなれば話は違う。

「あれ？　お客さん、なにか勘違いされているようですね」

アサミが小首を傾げて私の瞳を覗き込んだ。

「パトロンとパパは違いますよ」

「そうだよね。それを一緒にしたらダメだよね」

曜子がアサミに加勢する。どうやら私は二人に分かるほど、嫌悪を露わにしていたようだ。

「ごめん」

素直に謝った。

「つまりあの人たちは、この店や、ここで働くダンサーの子らを支援してくれているということやね」

「ええ、金銭的にということもありますが、むしろ心情的に支援してくれています。立ち上げのときは、かなりの額の金銭面でのご支援もいただきましたが、今では自力で運営できるほどには順調です」

「そうやろうね。これだけのお客さんが入っているんやから」

納得した。

最前列の観光バスの客が、添乗員に誘導されてゾロゾロと店を出ていく。それを男性ダンサーが見送っている。ハイタッチしている客も少なくない。全員が顔を上気させている。

「あの人たちはショーを観るというより、チェックに来ているの？」

曜子が後列の男たちに顔を向けて質問した。

「そうです。月に一度、お互いの時間を調整してショーをご覧になります。なかなか手厳しいご意見を賜ることも珍しくありません」

「プロでもないのに？」

曜子が納得できない風にいう。

「みなさん海外に駐在したご経験もおありになって、エンターテイメントをご覧になる目は肥えていらっしゃいます。それもあって、エロに頼らない、市中のエンターテイメントを日本で開花させたいという私の趣旨にご賛同いただけたんです」

市中のエンターテイメントという言葉が腑に落ちた。

日本にもエンターテイメントがないわけではない。しかしそれは一部の好事家が畏まって鑑賞するものだ。ドリンク片手に食事を頬張りながら愉しむものではない。エロに頼らないとアサミがいったのは、ストリップとかニューハーフクラブのショーを指しての言葉だろう。『ギャルソン』の演目では、エロスを感じさせるものもあったが、誰も胸をはだけたりはしなかった。

「それにしても『刺青』は攻めてたよね」

誤解していた気まずさもあって話を舞台に戻した。

「最初あの演目を提案したとき、パトロンの人たちから反対されました」

「反対された？」

「ええ、踊りがほとんどないので」

まったくなかったわけではない。清吉を演じた男性ダンサーは、清吉の焦燥や偏執や懊悩を切れのいいダンスで表現していた。

「それにあれが谷崎の『刺青』をモチーフにしているなんて、お客にわかるはずがないだろうって、そんなこともいわれました」

「なんで？　誰がどう見たって『刺青』やないの」

「いいえ、この一年近くでそれをいってくださったのは、お客さんが初めてです。中には気付かれたお客様もいらしたかも知れませんが」

「えッ、私が初めて？」

読書離れが進んでいるのは知っているが、それほどなのか。驚くと同時に割り切れない脱力感にも似た感情を覚えた。

あれだけの演目を企画し、見事に魔性の女を演じ切ったアサミに対する共感もあった。客席を睥睨するジュリナの目線以上に、私の体の芯に火を点したのはアサミだった。ジュリナに抱いたひと時の感情、私ひとりを見下してほしいというそれは完全に霧散していた。ジュリナの印象が薄れ、アサミのそれに支配されていた。床に這い蹲る清吉になりたいとさえ思った。

「お前さんは真先に私の肥料になったんだねえ」

そのセリフを浴びせてほしいと願う気持ちがあった。

目の前の、どこかあどけない顔をしたアサミに魔性の女の面影を探した。

「この人は文芸部のデスクなんだよ」

横から曜子が口を挟んだ。新聞社の社名を加えた。

「えっ、そんな偉い方なんですか」

アサミの驚きの反応が心地良い。

「偉くはないよ。それに今日で定年退職やしね」

「そう、これからは一本立ちして文芸評論家になる人なんだ」

調子に乗った曜子が持ち上げる。

文芸評論家ではない、書評家なんだと訂正しようとしたが、アサミの瞳が益々輝いたのでそのタイミングを逸してしまった。

「お名刺頂けますか」

アサミが自分の名刺を差し出しながらいった。

他の踊り子たちのようなアップショットではなく、バストショットで、正面から撮られた生真面目さを感じる写真をベースにした名刺だった。

「これ、今日でお払い箱の名刺やけどな」

いいながら、おそらくこれが最後になるであろう名刺を差し出した。

「及川鮎子、先生」

「ちょっと、ちょっと。先生やなんてどこにも書いてないでしょうが」

苦笑して顔の前で手を振った。

「なんとお呼びしたらいいんでしょう」

「鮎子さんでええよ。私もあなたのことアサミちゃんて呼ぶから」

「はい、それじゃ」

頷いてアサミが名刺をドレスの胸に差し込んだ。

「鮎子さん、少しだけお時間いいですか？」

「うん、私は構わないけど、店のほうは大丈夫なん？」

満席だった客席も半分くらいに減っている。残っている客も帰り支度を始めている。このまま閉店のようだ。

「そんなにお時間取らせませんので」

「話ってなんやろ？」

「私はダンサーとしては七年前に引退した身です」

改まった口調でアサミがいった。

「引退って、怪我(けが)とかで？」

「いいえ、年齢的に無理が来ました」

「年齢的にって幾つなんよ。まだまだ若いやないの」

「四十五歳です」

「四十五歳ッ」

素っ頓狂な声で反応してしまった。

「とても四十五歳には見えへんわ。二十五、六歳にしか見えへんよ」

「それをいったら姐御も同じじゃないですか」

曜子が会話に割り込んだ。

「アサミちゃん、このお姉さん今日で還暦なんよ」

「えー、六十歳なんですか！」

今度はアサミが驚く番だった。

「私と同い年くらいかと思っていました」

その言葉を聞き流して曜子を睨みつけた。

「あんた、なにを初対面の人に他人の歳をばらしとんよ。調子に乗るのもええ加減にしときや」

「いや、あッ、すみません。つい話の流れで……」

狼狽える曜子をなおも私は睨みつけた。

なまじ声を荒らげるより、無言で睨みつける方が効果的だと長い管理職経験で知っていた。曜子に罪はない。私自身が定年退職したとさっき告げたのだ。

「私、支払い済ませてきます。レジの方、行列ができていますから」

立ち上がろうとした曜子にアサミが声を掛けた。

「テーブルチェックでいいですよ」

それこそ要らぬお世話というものだ。

曜子は気詰まりな場を離れる格好の口実を見つけたのだ。

「明日は朝一番で編集会議があるから、あんまりゆっくりもしていられないの」

アサミの制止を振り切って曜子が席を離れた。

ダンサーたちが横に並んで見送る客の列の最後尾に並んだ。店内はすでに閑散とし始めていて、二組のカップルが飲み物と残った料理を口にしているだけだ。

「ごめんなさいね。根はいい子なんやけど、ちょっとお調子者でね」

ため息を吐いてアサミに微笑み掛けた。

原因を作ったのが曜子だとしても、場の空気を冷えさせてしまったのは私だ。それを取り繕う責任を感じた。アサミこそ被害者だ。

「いえ、いいんですけど……」

アサミがいったん言葉を濁してから、思い詰めた表情でいった。

「鮎子さん、本当に還暦なんですか？」

アサミの真剣さに小鼻で嗤うしかなかった。

「どう見てもアラフォー、三十代後半にしか見えませんが」

アサミは文字通り目を丸くしている。

「正真正銘の六十のお婆ちゃんやで。そやけどアサミちゃんこそ四十五歳のオバサンには見えへんけどな」

「いろいろやってますから」

「そらウチも一緒や」

ちょっとした間があって、二人で、声を立てるほどではないけど笑い合った。

「で、さっきの話やけど、ダンサーを引退したんやな」

「ええ、自分の思うように身体が動かなくなったので引退を決めました」

「それでもステージには立っているんや」

私の言葉にアサミがキッと顔を上げて宣言するようにいった。

「私が目指しているのは究極のエンターテイメントです」

そういってから照れる顔ではにかんだ。

「究極だなんて、尖った言葉で恥ずかしいんですけど、華麗なダンスがあって、コミカルな要素もあって、でもそれだけじゃなくて、もっと観る人の琴線に触れるようなステージを作りたいんです」

　覚悟を感じさせる言葉だった。

「それで『刺青』なんや。慥かにあれは私の琴線に触れたわ」

「今夜、鮎子さんにお会いして自信が付きました。次のショーにも同じような演目を掛けたいと思います。なにか助言をいただけないでしょうか」

　急な申し出だった。

「文芸部のデスクをされていて、これから文芸評論家に転身されるのでしたら、たくさん本を読んでおられるんですよね」

「まぁ、それが仕事やったからね」

「お読みになった御本から『刺青』に並ぶような作品を推奨していただきたいんです」

「急にいわれても……」

　言葉に詰まった。

　なにしろ谷崎は日本文学を代表する作家のひとりなのだ。そして『刺青』はその谷崎の代表作に挙げられる一作だ。それに並ぶ作品を推奨しろといわれても簡単に思い付くはずがない。

「すみません。お待たせしました」

　曜子が席に戻った。

　レジの方に目を遣ると、もう二、三人が並んでいるだけだった。ダンサーの面々は見送りを続けている。

「ごめん、曜子ちゃん。私もう少しこの子と話をして帰るわ。あなた明日朝から会議なんやろ。

先に帰ってもええよ」

　曜子は明日から私の後任としてデスクに昇格する。

　明日の会議は新体制に関わる会議なのだろう。いまさら拗ねたりはしないが、私がいなくなった後も、会社には前日と変わらない日常があるのだ。

「そうですか。今夜は先輩と飲み明かす覚悟で来たんですけど」

「リップサービスは要らんわ。新デスクのアンタが会議に二日酔いで顔を出したら下のもんに示しが付かんやないの」

「それじゃ、お言葉に甘えさせてもらいます」

　曜子が直立不動の姿勢になって最敬礼した。

「及川鮎子先輩。長い間、お世話になりました」

　律儀に挨拶してその場を離れた。

　曜子が消えて『ギャルソン』の客は私だけになった。後列の男たちは未だ残っている。

　不思議な動きがあった。

　女性ダンサーたちが男たちの前に移動し整列したのだ。

　男性ダンサーたちはその列に加わらず、ベスト姿のボーイに混じって閉店の後片付けをしている。

「あれ、なにをしとん？」

　アサミに訊ねた。

「オーディションみたいなものです」

「オーディション？」

既に勤務しているダンサーがオーディションというのが解せない。

「うちは基本、年度契約なんです」

私の疑問を余所にアサミが語り始めた。

「女性ダンサーの契約は一年で終了します。今後契約を継続するかどうか、パトロンたちの評価で決まるんです。たぶん半分くらいがショーから外れることになります」

「半分も？」

観たばかりのショーに感心していたので驚いた。

「そんなんしたら補充せなアカンやん」

「それを見込んで、ある程度の補充はしてあります。その子たちは営業前の午前中に出勤して、毎日、私の指導でレッスンしています」

「あなたが？」

「ダンスのクオリティーについては、あの子らにも負けません」

整列した女性ダンサーの背中に目を遣ってアサミがいった。

口調の強さとは裏腹に気負いのない言葉だった。

「私は自分で納得できる踊りができなくなったので、引退を決めただけです」

それからひとしきりアサミは自身の経歴を語った。

中学生のころに認められてフランス・パリのバレエスクールに特待生として通い、三年間そこでレッスンに明け暮れ、その後、ニューヨークのブロードウェイ、ラスベガスの舞台にも立ったらしい。

「どのタイミングでトランスしたの？」

男性から女性に性を変えた時期を訊ねた。アサミの年齢を考えれば、アメリカでトランスしたというのが自然に思えた。

「あら、鮎子さん。私、女ですよ」

「いやそれは分かってるがな。今は女でしょうけど」

「パリのバレエスクールにはエトワール候補として入学しました」

「エトワール？」

「日本の人に分かりやすいのはプリマドンナっていう言い方ですかね。でもあれは本来オペラのトップ女優の呼称ですから」

「え、それじゃあなた……」

「生まれた時から女性です」

意外な告白だった。

曜子が女性姿のダンサーはニューハーフだといったので、アサミもそうなのだと誤解していた。いわれてみれば、アサミはジュリナやショコラ、ソラと比べるまでもなく小柄で、和風美人のサヤカと比べても華奢な体型をしている。そのアサミが舞台の上では絶対の存在感を見せたので体型を気にすることはなかったのだ。

「厳密にいえば、完璧な女ではありませんが……」

「どういうこと？」

「少し男が混じっているんです。私の体には、赤ん坊くらいのちんちんがぶら下がっています」

アサミが哀しそうに目を伏せた。

「不完全なんです」

呟くようにいった。

「そう。そうだったんだ」

慰める言葉を探した私は自身も不完全だと伝えてしまった。

厳密にいえば、アセクシャルが不完全かどうかは議論の分かれるところだろうが、もしそうでないというのなら『怒り玉』を心中に抱え、他と距離を置いて生きてきた私の人生はどうなるのだ。

「そうだったんですか。鮎子さんも苦労なさったんですね」

私の打ち明け話にアサミは心底から理解を示してくれた。

「だからこの歳になっても処女なの」

自嘲のつもりでいった。

お互いに笑い合ってこの話題に終止符を打ちたかった。私にとっては聞くのも喋るのも、けっして気分のいい話題ではない。ところがアサミの反応はまったく予期しないものだった。

「えっ、処女なんですか！」

顔を輝かせた。

ただしそれは一瞬のことで、あるいは私の気のせいだったのかもしれないと思い直した。いや、気のせいだと思いたかった。その辺の男が、処女という言葉に反応するのと同じ反応をアサミがしたのでは彼女との関係は終わってしまう。

「話が戻りますけど」

アサミが口調を変えていった。

「さっきもいいましたが、来年のショーチェンジにむけて、その参考になるような底本を探しているんです」

そうだった。

客を送り出した女性ダンサーらの動きに気を取られてしまい、話題が大きく逸れてしまったが、お互いにカミングアウトする前は、その話をしていたのだった。

「そうやなぁ」

腕を組んで考え込んだ。

当然いくつかの制約が考えられる。

先ずは短編であることが望ましいだろう。劇をやるわけではないのだ。ショーの演目は五分程度で入れ替わる。そのひとつだと考えれば、コンパクトにまとまった作品がいいに違いない。

さらにアサミは自らのダンスを封じている。だからあまり動きのない作品が好ましいだろう。

そして耽美的であることが求められるのではないか。

さっき観たショーは煌びやかだった。そして清潔なエロティシズムを感じさせた。ニューハーフである踊り子たちの幾人かはそれなりに胸もあった。谷間をくっきりとさせている子もいた。

しかしそれを晒すことはなかった。

露骨なエロではない。しかし色気は感じさせる。だからそのショーに織り込むアサミの演目も、

『刺青』がそうであったように、耽美的であることが求められるに違いない。

「最初は不安でしたが、続けているうちに『刺青』は人気が出ました。あれと同じくらい雰囲気だけで伝わる演目が欲しいんです」

アサミの目が真剣だ。

「谷崎潤一郎、江戸川乱歩、三島由紀夫、泉鏡花、夢野久作。それらの作家をコンプリートしたわけではありませんが、時間を見つけては色々と読み漁りました。でも、これという作品に出合えませんでした」

なるほど耽美派と評される作家たちだ。

「川端康成の『眠れる美女』『片腕』も読みました」

ますますアサミの必死さが窺えた。

川端康成は耽美主義者ではないがデカダンスの極にある。

「分かった。考えてみる。けどちょっと時間をくれへんかな」

なんとかこの娘の力になってやりたいという思いでいった。

「明日から二か月のインターバルをもらっているから考える時間はたくさんあるし」

「インターバル？」

「とりあえず新聞社に嘱託として所属することになっているの。でも昨日までの上司がいきなり嘱託で顔を出したら皆も遣り辛いだろうと二か月の休みをもらったの」

本心をいえば私自身が気拙いというのが理由だった。

二か月もすれば、それなりに新体制の空気もできているだろう。その過渡期にあって気兼ねするのもされるのも厭だった。

「それじゃ明日から二か月間自由の身なんですか」

「どっか温泉でも行って骨休めするつもりよ」

「バリ島はどうですか」

「えッ、バリ島？」

「行ったことあります？」

「若いころに観光旅行で一度行ったことはあるけど……」

四泊六日のパック旅行だった。

「バリ島のサヌールの近くに『ギャルソン』の保養所があります。コテージが二十一棟と大きめのセンターハウスが一棟あって、そのコテージの一棟をご提供できます。もちろん、食費も含め滞在費は不要です」

いきなりの申し出に戸惑った。

「ずいぶん急な話だね」

「住み込みのメイドと運転手が何人かいます。自由行動をしたい場合は、現地のタクシーと契約していますので、足の便の心配もありません」

さらにコックも常駐し、好みによっては近隣のレストランからのケータリングもできるという。

畳み掛けるように話を進めるアサミの申し出に困惑するしかなかった。

「保養所は『ギャルソン』の持ち物なの？」

「いえ、パトロンの皆さんが共同で所有している保養所です。皆さんそれぞれに利用されているようですが、『ギャルソン』の休業期間中は私専用で使うことになっています」

「コテージが二十一棟もある保養所をアサミちゃんひとりで？」

「ひとりではありません。ダンサーも連れていきます。パトロンの皆さんも同じ時期に利用されます。私専用というのは、その期間の運営は私に任されているということです」

なるほどダンサーとパトロンが友好する施設でもあるのか。

そうなると自然に想像は私の嫌悪する状況に及んでしまう。たとえそれぞれが独立したコテージでプライバシーが守られているにしろ、同じ敷地内でセックス三昧というのでは堪えられるシチュエーションではない。

（あるいは――）

思い浮かべたのは、それこそ川端康成の『眠れる美女』だ。

パトロンたちは高齢者が多いのでそちらに想像が広がってしまった。

すでに男でなくなった老人たちが秘密クラブに集い、クスリで眠らされている裸体の娘と添い寝する。その秘密クラブに通いながら、老人である主人公は裸体の娘に過ぎし日を思い出す。それが『眠れる美女』の設定だ。

性交を伴わない行為だとしても、やはり私にはその状況を受け入れることができない。パトロンとダンサーという関係であれば、どんな形であれ、そこに金銭の介在は否めないのではないか。フェミニストを気取るわけではないが、それを許容するキャパシティを私は持たない。

「鮎子さんがお考えになっているようなことはありません」

柔らかくアサミがいう。

「私が考えていることが分かるの？」

「さっきパトロンという言葉に過剰反応されていたじゃないですか」

クスリと笑った。

「私も鮎子さんと同じです」

「同じなの？」

「はい、正真正銘の処女です」

そのうえ童貞だとも付け加えた。

そうか、この子は私と違い精神面で性行為を受け付けないのではないのだ。肉体的に受け付けることができないのだ。いや肉体的に受け入れることができたとしても、その肉体の特異性が精神を縛り、受け入れることを拒んでいるのかもしれない。いずれにしても、アサミの心のなかにも私と同じ『怒り玉』があるに違いない。

「ちょっと待っていてくださいね」

アサミが席を立って後方のパトロンたちに歩み寄った。

パトロンのひとり、かなり高齢の男性に耳打ちをしている。相手がそれに応えるように唇を動かしているが、二人の会話は私の耳まで届かない。しかしそのパトロンの目は真っ直ぐ私に向けられている。痛いほどの視線を私は感じる。

やがて話を終えたアサミが私のもとに帰ってきた。下り階段ということもあるのだろう、その足取りは跳ねるように軽やかだった。

「了解が出ました。鮎子さんを正式なお客様として『ギャルソン』の『リフレッシュ・ハウス』

にご招待することになりました」

（それが保養所の名称なのか。なにをリフレッシュするのやら）

再び私の胸中に不快感が滲み出てしまう。自分でも困った性格だとは思うが、これぱかりはどうしようもない。しかも正式なお客様として招待するといわれても、私自身がそれを了解したわけではないのだ。

「ちょっと考えさせてよ」

「もちろんいいですよ。じっくり考えてください」

出発は十二月三十日だと告げられた。

その夜から私の『ギャルソン』通いが始まった。


最初に訪れた夜の帰り際にアサミから誘われた。

ショーの底本の件で打ち合わせがしたいので、明日も店に来て欲しいという理由だった。誘われるまま私は翌日も『ギャルソン』に足を向けた。その夜パトロンたちは不在で、その最上段席のセンターに案内された。ＶＩＰ席と違い店内全体をやや俯瞰する格好になるが、それほど観辛いというわけでもない。どちらにしても女ひとりで訪れているのだから、カップルが多い中段の席は居心地が悪いだろう。

ダンサーたちは前夜のように私の席に挨拶には来なかった。代わりにアサミが私の横に座った。パトロン席は馬蹄形ではなかったが、ゆったりとしたひとり用のソファー席だったので、小柄なアサミと二人並んで座っても、それほど窮屈さは感じない。

「一応こんなのを用意してきたんだけど」

底本になりそうな作品リストをアサミに渡した。

朝から昼食を挟み、夕方まで掛かってエクセルで作成したリストだ。

短編を中心に、かつて自分が読んだ書籍から二百近くの作品を選んでいた。もちろんすべてを完璧に記憶していたわけではないので、ネットの検索機能の力も借りた。

アサミがボーイを呼んで細字のボールペンを持ってこさせた。難しい顔をしてリストに目を走らせながら、作品名を横線で消し始めた。

「これ、どんなストーリーでしたっけ」

時々そんな質問もされた。

大まかなストーリーを説明すると「ああ、あれかぁ」といって横線で消される作品もあった。消されているのはアサミの既読作で、候補から外されたのだと理解した。それはそうだろう。既読作から底本が見つかるのであれば、私に助言など求めなかったに違いない。結局リストアップした作品の半分以上が横線で消されてしまった。

「読書家なんだね」

素直な感心を口にした。

「むしろ鮎子さんですよ。これを全部読んでいるんでしょ」

「読んだ作品じゃないとアサミちゃんから質問されたときに答えられないからね」

「ともかくこのリストをもとに、未読の作品を全部読ませてもらいます。ちょっと待っててくださいね」

アサミが席を立ちリストを手に下りていく。

そのまま舞台の袖に姿を消した。

手持無沙汰になった私は腕時計を確認した。開演まで二十分を切っている。ダンサーたちは満席に近い客席でそれぞれに愛嬌を振り撒いている。

(この子たちの半分近くが、今年のショーの終わりで整理されるのか)

前夜のアサミの言葉を思い出しながら漠然と考えた。

(勿体ない)

それが素直な感想だ。

これだけの美形、しかもニューハーフという縛りで、さらにダンスもできる人材を揃えるのは並大抵のことではないだろう。

しかしアサミはいっていた。すでに新しいメンバーを雇用し基本的なレッスンに入っていると。新メンバーに踊りのレッスンを施しているのもアサミだ。

「ダンスのクオリティーについては、あの子らにも負けません」

パトロンの面接を受ける現メンバーの背中を見ながらアサミはいった。

その言葉に気負いはなかった。

アサミの経歴が思い出される。

中学卒業でフランスのバレエ学校に特待生として入学を許され、卒業後にはニューヨークやラスベガスの舞台に立ったアサミだった。何歳で帰国したのか聞き洩らしたが、彼女が理想と考える市中のエンターテイメントの概念はアメリカで育まれたものらしい。それを目指しパトロンを集め、『ギャルソン』を立ち上げたのだといった。副都心のオフィスビルの最上階に店を構えるために要した情熱は、並大抵のものではなかったに違いない。

アサミが席に戻った。立ったままで私に告げた。

「マネージャーに取り寄せるよう指示してきました。作品名から収録されている書籍を検索して、ショーが終わるまでには注文しておくよう指示しましたから遅くとも明後日(あさって)には入手できると思います。私は衣装チェンジのサポートをしなければいけませんから、いったん舞台裏に戻ります」

時間を気にしながら慌ただしくいった。

いつの間にかダンサーたちも客席フロアーから消えていた。

「届き次第全部読みます。バリ島に出発するまでには読破します」

気負いのない声だった。

「それじゃショーが始まりますから、今夜も楽しんでください」

唖然(あぜん)としている私を残して階段状の客席を駆け下りた。

(バリ島に出発するまでに読破する?)

リストに記された作品名の半分近くは消されていないのだ。

百にも及ぶ作品を十二月三十日までの十日足らずで読破するというのか。

慥かに私が選択したのは短編ばかりだったので、読破するのは不可能ではないかもしれない。

しかしアサミは、夜は『ギャルソン』のショーリーダーとして深夜まで働き、午前中は新メンバーにレッスンを施しているのだ。そんな生活の中で、百篇近い短編を精読するという覚悟に空恐ろしいものさえ覚える。

それはそれとして私にはもうひとつ片付けるべき課題があった。

バリ島に同行するかどうかという課題だ。

現在の気持ちとしては否だ。

例えばアサミと二人でバリ島に行くのなら楽しいかもしれない。経費は自己負担でもいいので、むしろ行ってみたい気がする。しかしバリ島には他のダンサーやパトロン連中も同行するのだ。知らない人たちに囲まれて、リゾート気分に浸れる気がしない。

（せっかくのお誘いだが断ろう）

そう決めて『ギャルソン』を訪れていた。

アサミには底本の候補となるリストを渡したのだ。未読の短編が百篇もあれば、なにかしら、そこからヒントになる作品を見つけることもできるだろう。その意味では、私の役割はここまでといえるのではないか。

来年から始まるという新しいショーに対する興味はある。

だから時折、『ギャルソン』に足を向けることもあるだろう。

曜子を誘って二人で来ても構わない。その程度の距離感が適当ではないかと思える。

アサミのカミングアウトを聞かされ、これ以上深く関わらない方が良いとも感じている。具体的にそれがどんなものかは予測もつかないが、ここまで無難に過ごしてきた人生に、余計な波風を立たせたくないと思う。

店内が暗くなった。

ショータイムの始まりだ。

前夜に観劇したショーが違って見えた。それほど極端に高い位置から観ているわけではないのに、雲の上から眺めているような錯覚に囚われた。それはある種特別な感覚だった。パトロン席に座っているという気持ちがそう錯覚させているのかもしれないが、まるでダンサーたちが、そしてダンサーだけでなく、嬌声を上げる観光客も、肩を寄せ合うカップルたちも、それらがひとまとめになって、私を祝福してくれているような気持ちになった。

極論すれば玉座に座る神の視点だ。

もちろんそれが錯覚だと冷静に分析できるくらいの理性はある。ダンサーは客を喜ばすために身体をくねらせ、宙を舞い、絡み合っているのだ。そして客は、固唾を呑んでその妙味に浸り、笑い、歓声を上げ、そして惜しみない手拍子と拍手を送っているのだ。けっして私だけのためにこの空間があるのではない。

そう認識してはいても、ときどきそうではないかという錯覚に襲われる。このショーを企画し、演出し、指導し、監督し、さらに遡れば、この空間そのものを無から生み出したアサミと私は特別な関係にある。誰にも知られたくない秘密をアサミに打ち明け、アサミも同じように、恐らく誰にも知られたくないであろう秘密を私に打ち明けてくれたのだ。その特別感、優越感に起因する選民意識に近いものが、私に神の視点を与えているのだろう。

ショーは終盤に差し掛かり、アサミの『刺青』の演目が始まった。

（これは――）

思わず息を呑んだ。

演目に変わりはない。アサミも、清吉役の男性ダンサーも、前夜と同じように演じている。

しかし明らかに違う。アサミが発するオーラが違うのだ。

それに気付いているのは私だけかもしれないが、アサミはより一層の魔性の女としての存在感を剝き出しにして舞台を支配している。

ショーが終わった。着替えたアサミが真っ直ぐに私のもとに来てくれた。

「大丈夫でした」

開口一番、明るい声でいった。

なにが大丈夫なのだろうかと訝った。

「ショーが終わってからマネージャーに確認したんですけど、鮎子さんが推薦してくださった短編が収録された書籍は全部注文できたそうです」

「けっこう古い本もあったでしょう。よく絶版になってなかったね」

「中古でプレミアがついてる本も何冊かあったらしいです」

リストの中には私が高校生のときに読んだ本もあったはずだ。

「そんなのも注文してくれたんだ」

「だって鮎子さんのお勧めですもん」

甘える声にゾワッとした。

アサミに甘えられるという状況に身構える気持ちになった。

「それにしても今夜の『刺青』は昨日に増して凄かったわ。鬼気迫る演技やったね」

居心地の悪さに話題を変えた。

「そうでしたか。今夜は清吉を鮎子さんに置き換えて演じたんですよ」

「どうして私が清吉なん？」

自分に被虐趣味があることまではカミングアウトしていない。

そう考えてみれば、ついさっき甘えるアサミに覚えた悪寒は、自分の被虐趣味を見透かされた悪寒に思える。甘えながらアサミは（分かっているんだよ）と私に告げたのではないか。

考え過ぎかもしれないが、私が推した短編には、被虐を題材にしたものも少なくなかった。発注をマネージャーに任せ、ショーが終わってからその結果を確認したといったが、あるいはショーの合間に、発注するマネージャーの背後から、発注画面を覗き込んでいたのかもしれない。発注画面には、本の帯に書かれている程度の情報は掲載されている。

「どうしてって、鮎子さんはあんな風にされるのが好きなんでしょ」

やはり甘える声でアサミがいう。

いや、甘えているのではない。アサミは私を弄っているのだ。挑発しているのだ。あいにくその気持ちに身を委ねるすべを私は知らない。被虐の情景を思い浮かべ、それに身体を火照らせることはあるが、その情景の中に自分を置いたことがない私なのだ。

「それよりバリ島のことなんだけど」

断るつもりで切り出した。

「それについて鮎子さんに報告があります」

断る前にアサミの話を聞く立場に置かれてしまった。

「昨日のオーディションで一緒に行くダンサーが決まりました」

「誰が行くんだろ」

興味を覚えずにはいられなかった。

「ジュリナ、ショコラ、ソラ、サヤカの四人です」

どのダンサーも記憶に残っている。

「この四人が『ギャルソン』を卒業します」

「卒業？　辞めるということなん？」

意外な気持ちで確認した。

アサミが挙げた四人は、『ギャルソン』に在籍する八人のニューハーフダンサーの中でも特に美形だと思われるダンサーだ。

「オーディションじゃなくて、オークションだったんじゃないの」

つい皮肉交じりな物言いになってしまう。

それはそうだろう。パトロン連中と同行するニューハーフが美形揃いだというのに恣意的なものを覚えずにはいられない。やはり最初に感じたように、バリ島の『リフレッシュ・ハウス』とやらは、『眠れる美女』の舞台となった秘密クラブのようなものなのではないのか。

「未だそんな妄想をしているんですか」

アサミが呆れ顔で笑った。

「オークションってどういう意味なんですか」

「選ばれたのが『ギャルソン』を代表する美形ばっかりだったら、そんな風にも勘繰りたくなるうか」

「選ばれた彼女らは、ただ『ギャルソン』を辞めるだけではなく、自分の夢を叶える支援をしてもらえるのです。そのためのオーディションです。美形の子が選ばれるのも当然ではないでしょうか」

「夢を叶える支援って？」

「たとえばジュリナは北海道出身ですが、すすきのに『ギャルソン二号店』を持ちたいと希望しています。そのための面接が昨夜のオーディションです。だから選ばれた四人は喜んでいます。そのうえで最終オーディションに臨みます」

「最終オーディション？」

「現地の特設舞台で各人がショーをパトロンに披露するんです」

興味があるでしょ、といわんばかりの眼をしていった。

アサミが最終オーディションについて説明した。

「ダンサーは私たちと一緒に十二月三十日にバリ島に入ります。パトロンの皆さんは松が明けた一月八日にバリ島入りします。それまでの約一週間で最終オーディションに向けた個人ショーを作ります」

「ちょっと待ってよ」

既成事実のように話すアサミの言葉を遮った。

「私たちって、私は未だバリ島行きを了解したわけじゃないのよ」

「あら、そんなことをいっていいんですか？」

茶目っ気たっぷりにアサミがいう。

「今度の最終オーディションの演目は、鮎子さんがお勧めしてくれた底本リストの中から私が演目を選び演出しようと考えているんですよ」

声のトーンを落として続けた。

「自分が選んだ作品が、どんなショーになるのか観たくありません？」

観たいだろうと誘う悪魔の囁きに聞こえた。

生唾を呑み込んだ。観たいに決まっているではないか。

「バリ島には真正の闇があります。東京では想像することさえできなくなった光の粒ひとつない真っ暗闇です。そんな闇の中で、ＬＥＤライトでもない、レーザー光線でもない、篝火の灯りだけで演じる彼女らを観たいとは思いませんか」

アサミが私の返事を待つ姿勢になった。

真正の闇に包まれ、篝火の揺れる炎に照らされて踊る透明感のあるショコラとソラ、和風美人のサヤカ、そして高慢さを嫌味とも思わせない美形のジュリナ。

その情景を思い浮かべた。断れるはずがなかった。断る合理的な理由をなにひとつ思い付かなかった。私の返事を待たずにアサミが語り始めた。

「空港までの送迎もこちらで用意させてもらいます。少し早いですが、出発当日の午前五時に鮎子さんのお宅まで私がお迎えに上がりますので、準備だけしておいてください」

断るはずがないとアサミは確信しているようだ。

「選ばれるのは四人のうちのひとりなの」

バリ島で行われる最終オーディションのことを話題にした。

「ひとりではありません。全員が合格する可能性もないわけではありません。あくまで可能性としてですが」

「選ばれると『ギャルソン』と同じような店が開けるの？」

「それはジュリナの希望です。他のダンサーには他のダンサーなりに、それぞれに別の希望があります」

「選ばれなかった場合は『ギャルソン』に戻って今までと同じように働くという可能性もあるのかしら？」

「それはあり得ません。敗残者を『ギャルソン』の舞台に上げるほど私は寛容ではありません」

パトロンの意思でなくアサミが決めるというのか。

「厳し過ぎない？」

「厳しいだけではありません。それぞれ今後の身の振り方について希望を訊いています。最終オーディションで認められれば、その希望を叶えるために、パトロンたちはそれなりの援助はします。そのチャンスに賭けると決めた時点で、その人間は『ギャルソン』を見限ったのです。見限った人間を新チームに迎える必要はありません」

「希望って？」

それにも興味がそそられる。

「繰り返しになりますが、ジュリナは地元すすきので『ギャルソン二号店』の開店を希望しています。そのことにあの子は絶対の自信を持っています」

それは納得できる。

今夜のショーもそうだったが、ショーの途中でダンサーたちが浮かべる笑顔は混じり気のない満面の笑みだった。ただジュリナに限っていえば、どんな笑顔を作ろうとも、それは冷笑と思える笑顔で、そのことがいっそうジュリナの美貌を引き立てていた。あれだけの美貌があって、ステージ映えするジュリナなのだ、新店を開けば必ず成功するに違いない。

私がそう考えている横で「いちから店を立ち上げる苦労なんて知らないくせに」と、アサミが小声で吐き捨てた。吐き捨てられたそれは私に聞かせる言葉ではなかった。アサミの本心がいわせた独り言に聞こえた。

気を取り直したようにアサミが話を続けた。

「ショコラとソラは二人で海外への留学を希望しています。特例になりますが、二人で行くことが希望なので最終オーディションのショーも二人で演じることになります。二人は本場のショービジネスの舞台で自分たちを磨きたいといっています。磨くほどの素養があるとは思えませんが」

言葉のニュアンスに嘲笑の気持ちが垣間見える。

「サヤカはどうなの?」

「あの子も海外が希望です。ただショコラやソラほど本場のショービジネスを甘く考えてはいません」

「というと?」

「花魁ショーをやりたいらしいです。東京の観光バスのツアーに組み込まれている程度の花魁ショーでしょうけど。それに加えて忍者ショーも取り入れたいといっています。ニューハーフにこだわらなければ、女の子は集まるでしょうし、忍者ショーも、売れない劇団員でアクションがそこそこできる子をスカウトすれば、それなりに客も呼べるんじゃないでしょうか。どちらにしても際物です。ニューヨークやラスベガスでは無理でも、ニューオーリンズあたりの田舎町なら、そこそこやっていけるんじゃないでしょうか」

「なかなか辛辣なんだね」

サヤカのことだけではない。

ジュリナにも、ショコラやソラにも、アサミが好意的だとは感じられない。自分のもとを去って独立しようとするのだから、それは仕方ないことかもしれないが、それだけが理由でないような気がして私は訊ねた。

「もともとオーディションで、希望を叶えてあげるというシステムが導入されたのはどういう経緯なの？」

「私の発案で決めました。人材の入れ替えが目的です」

先ほどからのアサミの言動と合わせて考えると、オーディションの目的は『ギャルソン』に飽き足らず、ステップアップしようとする人間を選別することのようにも思える。言葉を変えれば、アサミのイメージするステージを不満に思い、新天地を望むダンサーを焙り出す手立てではないのか。いくなんでもそれは穿ち過ぎか。

「もう何回かやってるの？」

「私がダンサーとしての自分を諦めた翌年からですから、もう六年になります」

頭の中で計算した。

二十代にも見えるアサミの実際の年齢は四十五歳だ。ということは、四十歳前でアサミはメンバーの焙り出しを始めたことになる。始めた時期がダンサーとしての限界を見切った時期と重なると知り、その相関にきな臭いものを感じずにはいられなかった。

不完全な女として生まれ、それが理由で、エトワールとやらの道を十八歳で断念し、その後もショービジネスの世界で生き、ついには『ギャルソン』を立ち上げて成功させたアサミの原動力は怒りに違いない。私と同じ『怒り玉』をアサミも心の奥底に呑み込んでいるのだろう。

前夜アサミに渡すリストを作成しながら考えた。

私は『怒り玉』を胸底に呑み込み、それを原動力として仕事に励み、エステやスポーツジムに通いながら、仕事はできるが近寄りがたい美人を演じてきた。私の場合はアセクシャルという内面的な性的指向だが、アサミの場合はアンドロギュノス（両性具有）という肉体的にも特異なものを背負っている。

さらに私は勤務先が大手新聞社という巨大組織だった。それがアサミの場合は、チームワークが求められる小集団なのだ。しかもその小集団を立ち上げ育んだのがアサミ自身でもある。

私の場合、育てた部下が結婚を理由に退職することが何度かあった。表面的には祝福したが、裏切られたという思いにも駆られた。せっかく育てたのに、結婚という制度に逃げ込む部下を呪いたくもなった。

大手新聞社という組織にあってさえそうなのだから、小規模の、そして結束の固いチームを離脱しようとするメンバーに対するアサミの想いは遥かに根深いものに違いない。

「その六年で何人のダンサーが最終オーディションに合格したの？」

「さあ、知りません」

他人事（ひとごと）のように答えた。

「知らないって……」

いくらなんでもそれはないだろう。

「だってあなたは『ギャルソン』の休業期間中は『リフレッシュ・ハウス』の運営を一任されているんでしょ」

「そのことと最終オーディションの結果は別問題です。合否はパトロンから直接本人に知らされます」

「あなた抜きでパトロンの合議で決まるの？」

「合議ではありません。パトロンとして支援したいと思った人から、合格した本人に直接伝えられます」

「複数のパトロンが支援したいと判断した場合は？」

「そういう場合もあります。ただし最終オーディションの結果に私は一切関与していません。関与したいとも思いません。去る者は追わず。それが私のスタンスです」

選ばれたダンサーは当日の深夜発便で帰国するらしい。

「ですから次の朝に『リフレッシュ・ハウス』に残っていれば、その夜はオファーがなかったということになります。今まで翌朝に出会ったダンサーはひとりもいませんがね」

「ということは全員がなんらかの形で合格したということなのね」

「さぁ、どうでしょう」

アサミが肩を竦めて口角を上げた。

「オファーがなかったことがみっともなくて、個人で帰った子もいるんじゃないでしょうか」

オーディションは原則として一夜にひとり行われるらしい。

例外的にショコラとソラは二人で演じる。

その計算だと今回は四人なので、三夜にかけて行われることになる。

「一晩で終わらせたのではパトロンさんたちが詰まらないでしょ。せっかくバリ島まで足を運んで下さっているのですから、数日間は滞在したいでしょう」

いつの間にか店内は私とアサミだけになっていた。

前方の照明は消され、営業終了後の後片付けをするベスト姿の従業員や男性ダンサーの姿も消えている。ただひとり、店の隅の暗がりで佇んでいる中年男性がいる。

「こんな時間になってしまった」

腕時計を確認すると午前零時になろうとしていた。

「あの人、私たちを待ってくれているんじゃないの」

「マネージャーです。最後の戸締りに残っているんでしょう」

「悪いことしたね。今日は帰ろうか」

「そうですね。少し待っていてもらえますか。一緒に帰りましょう。私も帰り支度をしてきますから」

アサミが席を立った。

「だったらその間に私はチェックを済ませておく。あのマネージャーさんに声掛けたらいいのかしら」

「もうとっくにレジは締めています。それに鮎子さんは特別ですから、お勘定を頂くわけにはいきません」

「いやそれは……」

言い掛けた私を無視してアサミが階段状の客席を駆け下りた。

手持無沙汰のまま、断り損ねたバリ島旅行に想いを馳せた。

行く行かないの迷いはなかった。

これはもう行くしかないだろうと覚悟を決めていた。

私のリストから底本が選ばれ、それをもとにした演目でジュリナ、ショコラ、ソラ、サヤカの四人が自分たちの夢を賭けて演じるのだ。

行かないという選択肢があるだろうか。

(十二月三十日の早朝出発か)

アサミにいわれたことを反芻した。

バリまでは直行便で八時間程度のフライトだったはずだ。

前回はスミニャックの閑静なホテルに泊まった。

スミニャックはバリ島の西海岸に位置する。格安ホテルが並ぶクタに繋がる大通りに面し、間にレギャンを挟み、通りを北上するに連れてホテルもショップも高級感を増す。

印象に残っているのは滴るような南国の夕焼けだ。

今まで見たことがないほどの完璧な深紅に空が染まった。その赤を背景とし整然と立ち並ぶ椰子の樹のシルエットに見惚れた記憶がある。

他にはウブドにバリ舞踊を観に行った。ホテルから車で一時間くらい走った山中の木々に囲まれた地区だった。クタに並ぶ人気の観光スポットだとガイドに教えられた。そのクタにも足を運んだが、雑然とした界隈だったという印象しか残っていない。やたら声を掛けてくるバリジゴロと呼ばれる南国の男たちに辟易した。

「お待たせしました」

アサミに声を掛けられて我に返った。

「どうしちゃったんですか。ボーッとしてましたよ」

「うん、むかしバリ島に行った時のことを思い出しててね」

「どこか特に行きたいところはありますか」

「ほとんど忘れてるわよ。かなり昔のことだから。四泊六日で駆け足のパック旅行だったしね」

苦笑でその場を取り繕った。

「今度は私がガイドしますから、ゆっくり観光すればいいですよ」

「アサミちゃん、バリ島ではジュリナたちに稽古をつけるんでしょ？」

「日中は暑いので稽古は日が暮れてからになります。朝早く起きて、涼しいうちに観光して、昼からはエステでゆっくりしましょう」

（そういえば前回訪れたときも、オイルマッサージをしてもらったっけ）

私の気持ちはすでにバリ島へと飛んでいた。

翌日もアサミに誘われるまま『ギャルソン』を訪れた。

「鮎子さんに勧められた短編をいくつか読みました」

昼前に電話があってそう告げられたのだ。

「えッ、もう届いたの？」

注文したのは昨夜のショータイム中のことだったはずだ。特別会員なら翌日配送もあり得るのだろうが、それにしても早過ぎはしないか。

「電子版で読んだんです。今朝新宿駅東口の電気店の開店を待って、マネージャーにタブレットを買いに行かせました。私は新人の子らのレッスンがありましたから」

「わざわざタブレットを買ったということ？」

「ええ、今晩帰ったら、何冊かはマンションの宅配ボックスに届いていると思いますが、それまで待ち切れなくて」

宅配ポストなら私が住む分譲マンションにもある。

部屋ごとにカードキーが渡され、再配達の手間が省けるので重宝している。

手書き原稿の受け取り、ゲラ戻し、資料の受け取りに使っていた。手書き原稿もゲラ戻しも、本来は新聞社宛ての着払い伝票で返送してもらうのが基本だが、長期の休みや、出張、旅行などで受け取りのタイミングが合わない時、自宅へ送付してもらうこともある。

それだけではない。

むしろ私の場合、人目に触れるのが憚られる図書の購入が主な目的だ。

もちろん個人名で送られたものを、社内のほかの人間が無断で開封するなどということはあり得ないが、新聞社には相当数の宅配物が毎日届けられるのだ。つい勢いで開けてしまったということも、ぜったいにないとは言い切れないだろう。

「今夜の二回目のショーの予約を入れておきますね」

電話の向こうでアサミがいった。

「えッ、今夜もッ。三日連続になるよ」

「構いませんよ。鮎子さんなら毎日でも大歓迎です」

「でも三日連続は……」

「私が読んだ本の感想も聞いてほしいんです」

縋るような声でアサミがいう。

「無理をいって申し訳ないのですが、このとおりです」

手を合わせ、懇願しているアサミの姿が浮かぶ。

「そこまでいうんだったらしょうがないわね。わざわざタブレットまで買ってくれたんだし」

アサミの懇願に折れた体を装った。

実際のところはそうではなかった。

アサミは推奨リストから私の被虐趣味に薄々感付いている。逆に私は私で、それは『刺青』の影響もあるだろうが、アサミに加虐趣味の匂いを嗅いでいる。

互いに自らの不完全さをカミングアウトしたアサミと、もっと価値観を共有したいという欲望に近い感情が私の中に芽生えている。それは、誰にも理解されず、理解されることも拒み、『怒り玉』を胸の奥底に秘めながら永い年月を生きてきた私の渇望ともいえるかもしれない。

前夜観た『刺青』の演目に私は息を呑んだ。

魔性の女を演じるアサミは、より一層のオーラを発して舞台を支配していた。

ショーが終わって席に来たアサミはいった。

「今夜は清吉を鮎子さんに置き換えて演じたんですよ」と。

推奨リストからアサミは私の被虐趣味を悟ったに違いない。

そしてその短編のいくつかは、すでにタブレット上でアサミの手の中にある。

新人のレッスンの合間に、どれほど読めたかも疑わしいが、アサミは私の被虐趣味をより深く理解しているに違いない。

そんなアサミが演じる『刺青』は、前夜と同様、私だけに向けられた演目になるだろう。私の嗜好をより深く認識したアサミの『刺青』を私は観劇せずにはいられない。

そのうえでアサミと語り合いたい。

お互いの秘め事を共有したい。

そんな衝動に駆られ、私はその夜も『ギャルソン』に足を運んだ。危険なことのようにも思えるが、それがなおさら私を『ギャルソン』に惹き付けるのだ。

ベスト姿のボーイに迎えられ昨夜と同じ席に案内された。

「すぐにお飲み物をお持ちします」

注文もしていないのにボーイが席を後にした。

初日は曜子とシャンパンを開けた。昨日はまじめな話だったので、氷を浮かべたウーロン茶にした。食事はいずれも簡単なオードブルプレートだった。少し物足りないと思っていたら、それを察したアサミがナメコ汁の茶そばを追加で注文してくれた。

「おまたせしました」

飲み物がテーブルに置かれた。

黄緑の液体が充たされた歪な形のワイングラスと、小振りなピッチャーに水らしきものが添えられている。小皿にあまり見掛けたことのないスプーンが置かれ、そのスプーンに小さめの角砂糖が載せられている。オードブルプレートは配膳されなかった。

(これはなんという酒でどうやって飲むんだろ?)

考えていると別のボーイが席に歩み寄った。

「エスカルゴのアヒージョです」

神経を手元に集中させている。

「器が熱いですからお気を付けください」

言葉を添えて慎重に料理をテーブルに置いた。

運んだボーイが慎重になるのも無理はない。カスエラと呼ばれる素焼きの調理鍋ではオリーブオイルが煮え滾っている。

薄めに切ったバゲットが三枚添えられていた。

歪な形のワイングラスに鼻を近付けた。ツンとハーブの香りがした。飲み方が分からないのであれば飲めばいい。私はそういう性分だ。

地方などに出張して、品書きに知らない物が記されていると、真っ先にそれを注文する。どんな料理なのか、どんな素材なのか、訊ねることはしない。記者魂とまで大仰にいうつもりはないが、知らないことが許せないのだ。

ハーブの匂いがする酒を軽くひと口喉に流し込んだ。

喉が焼けた。酒は喉を焼きながら胃の腑に落ちて今度は胃がカッと熱くなった。後からハーブの香りが追い駆けてきた。不味い酒ではないと納得した。相当きついが、もともと酒には強い方だ。気を張っていれば悪酔いすることもない。

アヒージョに添えられたスプーンでエスカルゴとキノコを掬い上げた。それをバゲットの上に盛った。粋がってみても猫舌はどうしようもない。バゲットを具ごと齧った。

キノコの味が混ざり込んだオリーブオイルの風味とエスカルゴの旨さがハーブの酒に合う。ゆっくりと咀嚼して、もうひと口、ハーブの酒で流し込んだ。今度は喉もそれほど焼けなかった。ストンと胃の腑に落ちて再びハーブの香りが追い駆けてきた。

「すみません、お待たせしちゃって」

顔を上げるとアサミの笑顔があった。

「あら、鮎子さん、ストレートで飲んでいるんですか」

少し驚いた声でアサミがいった。

「水割りで飲むものなの？」

それならピッチャーで水を別にする必要もないだろう。

「そもそも、このお酒はなにかしら」

「ロドニクスのアブサンクラシックです」

「アブサンなの」

名前はもちろん知っていた。

「スペイン産です。地中海の高品質なハーブが多くブレンドされています。特にニガヨモギの配合率が高いので、とても芳醇な香りを愉しめます」

「うん、慥かに愉しめた」

「でも鮎子さん、ロドニクスのアブサンクラシックはアルコール度数が七十度もあるんですよ。それをストレートで飲んで平気なんですか」

「一杯目は喉が焼けたけど二杯目からは平気だったわ」

アサミが驚いた顔をしたのに気を良くして、先ほどから気になっていたことを訊ねてみた。

「そのちっこいお皿のへんてこなスプーンは？」

「これはアブサンスプーンです」

アサミがスプーンを手にして歪な形のワイングラスに載せた。スプーンはすんなりとワイングラスの上で安定した。

「スプーンに載っているのは角砂糖かしら？」

「そうです。ちょっと見ててください」

アサミがピッチャーを手に取って角砂糖に水を注ぎ始めた。一滴、一滴、焦らすような注ぎ方だった。スプーンの底は素通しになっていた。角砂糖が吸い切れない水がポタリ、ポタリとグラスに落ちる。その水滴が薄緑の液体の中で陽炎のように漂いながら沈んでいく。幻想的ともいえる光景に私は見惚れてしまった。

アサミは息を詰めて水を垂らし続ける。一滴、そして一滴。私は私で、薄緑の液体の中で揺れながら沈降していく陽炎に見惚れてしまう。早く飲みたいと思った。やがて角砂糖が水に崩れた。

アサミが大きく息をしてピッチャーを元の位置に戻した。

「パーティーなんかでは、水の代わりにアブサンを角砂糖に垂らして火を点す人もいます。それはそれで幻想的なんですけど、味が濁ると嫌う人が多いです。私も好みではありません」

アサミがそのままスプーンでアブサンを攪拌(かくはん)した。

アブサンが白濁の酒に変わった。

ただの白濁ではない。

店内の照明を受けたグラスがムーンストーンのような鈍い光を放っている。

「どうぞ」

いって私の前にグラスを移動させた。

「うん、いただくわ」

ゴクリと多めに口に含んで喉に流し込んだ。

水で割ったという油断があった。しかしそれほど大量の水を注いだわけではない。私は危うく咽(む)せそうになった。

「大丈夫ですか？」

心配顔のアサミを手のひらで制した。

バゲットにアヒージョを載せて齧り付き、咀嚼嚥下(えんげ)してアブサンの後遺症から立ち直った。

った。

過去二回食べたオードブルプレートも、それなりの味だったが、その夜のアヒージョは格別だった。

「ずいぶん本格的な料理も出すのね」

「鮎子さんスペシャルです」

アサミが嬉しそうに微笑んだ。

「エスカルゴは缶詰ですけど、それ以外はちゃんとしたものを使っています。料理長の腕は確かです。今夜は鮎子さんにスペイン産のアブサンを飲んでもらいたいといったら、それに合わせてアヒージョを作ってくれました」

アサミの説明を聞きながらアブサンのグラスを傾けた。

強い酒だが癖になる味だった。

アヒージョの油分をアブサンでリセットした。

「気に入って頂いたみたいですね」

「うん、美味しい。お酒も料理も」

「バリ島にはアラクというお酒があります」

「アラク？」

前回パック旅行で訪れたときには飲まなかった。

「ビンタンビールばっかり飲んでたわ」

コクには欠けるが喉越しが良く、いくらでも飲めるビールだった。

「星のマークのビンタンですね」

「水代わりに飲んだね」

余計な自慢までした。

「慥かにラベルのマークが星だった」

何度も飲んだビンタンの缶ビールを思い出した。

「星はインドネシア語でビンタンです」

「そうなの」

納得してまたアブサンを流し込んだ。

「それだけ強いんだったらアラクも大丈夫ですね」

「アラクてどんなお酒なの」

「椰子の酒です」

「なるほどね」

南国のバリ島に椰子の酒というのは納得できる。

「椰子焼酎といった方が正確ですね」

「強い酒？」

無性に強い酒が飲みたいという気分になっていた。

あるいはその時点で酔い始めていたのかもしれない。

「デパートとかスーパーで売っているアラクはそれほど強くありません。三十度くらいだと思います。でも自家製のアラクはかなり危ないです」

「危ない？　そもそも自家製て？」

またアブサンを口に含んだ。

グラスが空になった。

「農家が勝手に作っているんです。それを道端で売ったりしていますが、容器は捨てられたコーラの瓶とか、汚れたペットボトルです」

「そらかなりやばそうだね」

いって私はヘラヘラと弛緩した。急に酔いが全身に回る感覚を覚えた。

話し込んでいる内に開演の時間になってしまった。

「話の続きはショーが終わってからにしましょうね」

アサミが席を立って階段状の客席を駆け下りた。客席が暗くなる前にベスト姿のボーイが席を訪れた。

「アブサンのお代わりです。ごゆっくり楽しんでくださいとリーダーから伝言です」

さっきのグラスではなかった。

二十センチはあろうかというトールグラスだった。

形状が違うので比較はしにくいが、さっきのグラスの倍量くらいのアブサンが注がれているのではないだろうか。スプーンもピッチャーも添えられていなかった。

（なによこれくらい）

グラスを手に取った。

薄いグラスで思いのほか軽かった。グラスの薄さが唇に心地好かった。ゆっくりとグラスを傾けアブサンを喉に流し込んだ。

最初に感じた喉の焼けも、咽せることもなかった。アブサンは素直に私の喉を流れ落ちた。唇を薄く開けてハーブの香りを細い息にして吐き出した。

客席が暗転した。

酔いに揺蕩(たゆた)いながらショーを眺めた。

バニーガール姿で四人のダンサーが尻振りダンスをしている。そのセンターを務めるのが一番見栄えのするジュリナだ。ダンサーたちは舞台の最前列に横一列に並び、紳士用のステッキに上半身を預け、客席に尻を突き出す。曲に合わせて尻を振りながら、顔だけ振り向き愛嬌を振り撒いている。ジュリナだけ笑顔の質が違う。他の三人のように弾(はじ)ける笑顔ではない。客の反応を量っている笑顔だ。

場面が変わり、花魁に扮したサヤカが長いキセルを手に薄暗い舞台に現れた。

足元からの濃い赤のライトに憎しみを込めた顔が浮かび上がる。そのままキセルを持った手を水平に伸ばし、右から左にゆっくりと客席を威嚇する。花街に身を沈める外なかった女の哀しみや怒りが客席に染み渡る。

舞台全体が赤く染まる。

サヤカの足元に数人の花魁に扮したダンサーが倒れ込む。誰かに突き飛ばされたかのような激しい倒れ込みだ。その中には着替えを済ませたジュリナがいる。ショコラもソラもいる。

倒れ込んだまま項垂(うなだ)れていた花魁たちが一斉に顔を上げる。

サヤカの足元を、客席に向かっていざり寄る。

どの娘も怨念の籠(こも)った目を客席に向けている。

サヤカが邪魔だといわんばかりに、足元の花魁たちをひとりひとり足蹴にする。足蹴にされた花魁はその場に力尽きる。

すべての花魁が始末され舞台が暗転する。

再び足元からの白いライトに浮かび上がったサヤカが憎しみの籠った、それでいて満足そうな諦めの笑みを浮かべながら、長いキセルで客席を、さっきとは逆に左から右へと威嚇する。

（アサミらしい演出やな）

酔った頭で分析した。

トールグラスを手にし、アブサンを喉に流し込んだ。

舞台が変わり、柔らかい黄色の照明の中にショコラとソラが現れる。

菜の花色の薄衣を纏った二人はじゃれ合う蝶のように舞い踊る。背中には翅を模した飾りを背負っている。舞台上には模造の花が並べられている。バックに流れるのは童謡の『蝶々』だ。その曲に合わせるように、ショコラとソラは屈み込み、愛でるように花に手を添え、香りを嗅ぐ仕草をする。

短パンに黄色の帽子を被った男性ダンサー扮する二人の少年が登場する。

曲が乱調に変わり、少年たちは虫取り網でショコラとソラを追い駆ける。普通のサイズの虫取り網ではない。異様に大きい。

その網からショコラとソラは怯えながら逃げ惑う。逃げ惑いながら、お互いを気遣うように視線を送り合う。

捕まりかけたソラの手を引き寄せショコラが救う。あるいは逆に、捕まりそうになったショコラをソラが突き飛ばして網から逃れさせる。

そうやって庇い合った二人だが、ついには少年たちの網に捕らえられてしまう。虫取り網で押さえ込んだまま、少年らは、ショコラとソラの背中の翅を毟り取り、それを戦利品とし意気揚々と家路に着く。

夕焼け空。

翅を捥がれ倒れ込んでいるショコラとソラ。

ショコラが震える手をようやく伸ばしてソラの手を握る。ソラが握り返す。力なく顔を上げ見交わす二人が微笑み合って息絶える。

(ずいぶん残酷な演出をするもんやな)

残ったアブサンを飲み干す。

こんな陰鬱な演目ばかりではない。ダンサーたちが息の合ったダンスを披露する演目もある。ジュリナがセンターで踊ったバニーガールのような演目だ。男性ダンサーによる漫談じみた客弄りもある。

ショーが終盤に差し掛かる。

男性ダンサーらのコミカルに味付けされたダンスが終われば、アサミ演じる『刺青』だ。

喉に渇きを覚える。

あいにくトールグラスは空だ。頼んでもないのにベスト姿のボーイが私のもとに近付いてくる。舞台からの逆光でシルエットでしか見えないが、手に銀のトレイを携えている。アブサンのお代わりが載せられているのに違いない。

（気が利くやん）

テーブルにトールグラスが置かれる。

「ありがとう」

囁き声で礼をいう。

「えッ」

驚きの声を上げたのは二つ目のトールグラスが置かれたからだ。いくら私でも、二杯立て続けに飲んだら酩酊（めいてい）してしまう、かもしれない。

「えッ、えッ、えッ」

さらに戸惑ったのはそのボーイが隣に座ったからだ。

「鮎子さん、私ですよ」

（アサミちゃん！）

驚きの声はアサミの揃えた手指で抑えられる。

「どうしたのよ。もうすぐ出番でしょ」

塞がれた唇の隙間から囁き声で詰問した。

「大丈夫です。あの演目は他の子に演（や）らせます」

アサミが微笑みながら唇の戒（いまし）めを解く。

「他の子って、誰よ？」

「次のショーのためにレッスンしている新人です。中々筋が良いので、演らせてみようと思いました。今日の朝から集中的に教え込みました」

アサミも囁き声だ。

「そんなことより、グラスが空になっているじゃないですか。喉が渇いているんでしょ。乾杯しましょうよ」

アサミがグラスを持ち上げる。

二人がグラスを合わせるタイミングで『刺青』が始まった。

よほどレッスンを重ねたのだろう。新人が演じる『刺青』はアサミが演じるそれと寸分の狂いもなく形通りに進行した。

そう形通りに。

アサミが舞台上で発する魔性の女のオーラなど望むべくもなかった。

「これであいつらにもわかったでしょうよ」

吐き捨てるようにアサミがいった。

「あいつらって？」

「ジュリナとか他のダンサーですよ。ま、他のダンサーは口にこそ出してはいいませんが、ジュリナははっきりいいました」

「なんていうたん？」

「あんな動きの少ない演目、誰にだってできるわよといったんです」

そんなことをいったのか。

万死に値すると大袈裟（おおげさ）なことを思った。

「いろいろ含むところがあったんだろうと思いますけどね」

「含むところって？」

「あの女、すすきので『ギャルソン二号店』を出したいと希望しています」

それはアサミ自身の口から聞いた。

「パトロンの面接オーディションでいわれたらしいんです。華やかなレビューだけが『ギャルソン』の持ち味じゃない。哀愁とか怨念を漂わす演目も加えることが求められるって。その時にパトロンのひとりが引き合いに出したのが『刺青』なんです。とはいっても、そのパトロン自体、最初は『刺青』に否定的だったんですけどね」

クックックッと鳩のようにアサミが喉を鳴らした。

「そのときにあの女はいったらしいんですよね。あんな動きのない演目は誰でもできるって。そのうえで、ショコラやソラにも同意を求めたらしいです。二人は曖昧に頷いたみたいですけどね」

「サヤカは？」

「あの子は頷きませんよ。もともとあの子が花魁ショーをやりたいといい出したのも、私の『刺青』に感化されてのことですから」

いわれてみれば、サヤカが演じる花魁にも『刺青』に通じるものがあった。とても比べられるレベルではないが、サヤカもそれなりのオーラを発していた。

ショータイムが終わった。

アサミに替わってフィナーレ後のメンバー紹介をしたのはマネージャーだった。そつなくこなし、アサミの代役を演じた娘を「期待の新人」と紹介した。名前はアブサンの酔いに紛れてしまった。

「今日の演目を観て思ったんやけどな」

そう切り出した。

別に今日の演目を観て思ったわけではない。ただそういったほうが切り出しやすかったからそういったまでだ。

「アサミちゃん、加虐趣味があるんと違う？」

「ええ、鮎子さんとは逆で人を甚振（いたぶ）るのが大好きです」

あっさり認めた。

逆でということは私の被虐趣味も、やはり見抜かれていたのだ。

「ただ私の場合、甚振るというよりもっと過激ですけどね」

「ずいぶん含みのあるいい方するやん。実際にやったことはあるん？」

「それはどうでしょ」

はぐらかされた。

「さきに鮎子さんのことを聞かせてくださいよ。実践したことはあるんですか？」

期待に目を輝かせている。

「そうやね」

考えるふりをしてアブサンを喉に流し込んだ。しらふで打ち明けるのが躊躇（ためら）われた。とっくにしらふではなかったが。

「残念ながら私は他人と肉体的に触れ合ったことはないの。ううん、それだけやないわ。それが目的で自分の性器にさえ触れたこともないんよ」

いい切ってまたアブサンを口に含んだ。

「ちょっとがっかりしたやろ。ごめんな、期待するような刺激的な話やのうて」

「そんなことないですよ。十分刺激的な話ですよ」

アサミが首を小さく横に振った。

「ということは、オナニーもしたことがないんですか？」

ストレートに質問された。

「ないといえばないし、あるといえばあるし」

別に勿体ぶったわけではない。

「私の場合はね、身体が異常に火照るんよ。被虐の場面を想像したりするとね。けど、その場面に私はいないの。自分が誰かに甚振られているんとは違うの。甚振られているシーンを思い浮かべて、身体を火照らせるの。それがオナニーといえばいえるかもしれないわね」

「すごい。すごく興味深いです」

アサミが両手の指先で拍手した。

「で、どんなシーンを思い浮かべて身体が火照るんですか？」

「そうやな、酷い拷問とか……」

「拷問とか？」

興味を抑えきれないようにアサミが先を促す。私は私で勢いをつけるためにアブサンを飲み干す。

「虐殺やな。惨たらしゅう殺されるんが堪らんのや」

いってから、さらにアブサンを口に含んだ。

自分のグラスが空になっていたのでアサミのグラスから飲んだ。行儀が悪いかどうかなど考える余裕はなかった。とにかく酔うのが楽しかった。酔っていればどんな話もできるのだ。

「私もいっしょです。ただ違うのは、私の場合、実践が伴うということです」

「えッ、実践？」

さらりといわれた言葉に思わず聞き返した。

（拷問のことをいうてるんやな。それも縄で縛るとか鞭で叩くとか、蠟を垂らすとか、電極を当てるとか、その範疇のことに違いないやん。いくらなんでも人を殺したりはしてへんやろ）

アサミの答えが怖くて確かめられなかった。

酔いが醒めそうになったので、再びアサミのアブサンに手を伸ばした。半分以上残っているそれを一気に飲み干した。


翌日はひどい二日酔いだった。

あれだけアブサンをがぶ飲みしたのだから当然の報いだろう。

（この気性を直さないと）

便器を抱えて嘔吐しながら反省した。

なんにでも向かっていく、とくにそれが挑まれたものなら後には引かない。反省しているのはそういう気性だ。そのお陰で数限りない失敗をしてきた。しかしむしろ、成功したことの方が多いように思えて、今まで直す気もなかった。向かっていく性格は好意的に捉えられた。

「私は鮎子です。鮎は自分のテリトリーを侵す相手を許せないんです」

謝罪の場面でさえ臆面もなくそういった。

相手は苦笑して謝罪を受け入れてくれたが、これからはそうもいかないだろう。

自分でいうのもなんだが、私を受け入れてくれた理由は、見た目の良さと若さにあったのだろうと思う。自分から年齢を打ち明けたことはないし、それを訊かれれば曖昧な言葉で誤魔化してきた。勝手に私の年齢を憶測して、若気の至りと納得してくれたのに違いない。

定年前に挨拶回りをしたとき、ほとんどの相手が私の実年齢を知って驚いた。

「なんだよぉ、早くいってよぉ」

頭を抱えたミステリー作家もいた。

離婚歴ありの四十過ぎ独身の彼は、秘かに私との交際を望んでいた。自惚れではない。実際にそれを匂わせたことが何度かあった。私が独身であることは知っていたが、まさか自分の母親に近い年齢だとは知らなかったと愚痴を垂れた。

その作家に限らず、定年によって、私の実年齢は業界関係者の知るところとなった。これからは私を見る目も変わるだろう。「私は鮎子」などと粋がってはいられなくなる。

胃腸薬に頭痛薬、そんなものが二日酔いに無力であることは知っていたが、気休めに服用して、できるだけ水を飲んで、朝から何度か風呂にも浸かった。会社に行かなくていい身であることに感謝した。

昼過ぎにアサミから電話があった。

「今夜も来てくれますよね」

悪魔の誘いだった。

「いくらなんでも今夜は無理」

正直に弱音を吐いた。

「あれッ、まさかの二日酔いですか」

「そんなことはないけど……」

言葉を濁した。こんなタイミングでも、私は自分の弱さを認める事を潔しとしない。

「そうですよね。鮎子さん、しっかりしていましたもの」

アサミの言葉に安堵した。

その点が不安だったのだ。

というのも、アサミがショーを抜け出して隣に座ったあたりからの記憶が曖昧だった。『ギャルソン』を出て、自宅に帰りベッドに横になるまでの記憶は完全に飛んでいる。

「今日は軽くお粥でも食べに行きませんか」

アサミに誘われた。

「新大久保にお粥の専門店があるんです。行きつけですから少々の無理もききます。アワビの肝のお粥なんて最高ですよ」

「アワビの肝のお粥か……」

ぼんやりと想像して口中に唾が湧いた。

朝からなにも食べていなかった。

「昨日は底本の打ち合わせもできませんでしたし」

痛いところを突かれた。

昨日の訪問は、タブレットまで買って読んでくれているアサミの熱意に応え、底本の打ち合わせをするのが目的だったのだ。それがいつの間にか違う話になって、結局肝心の話はせずじまいとなってしまった。

「私は午前のレッスンを早めに切り上げて、それからサウナに行って軽くマッサージでほぐしてもらいます。ですから四時くらいの待ち合わせでどうですか。新大久保駅から歩いて三分掛かりませんから、四時に新大久保駅で待ち合わせということでいいですね」

決め付ける口調だ。アサミの強引さには負けてしまう。

こちらのことを思い遣っていってくれているからなのだろうが、ときとして、混じり気のない善意は悪意より質が悪い。

結局四時の待ち合わせを承諾してしまった。底本の打ち合わせを蔑ろにしてしまったという引け目もあった。しかしそもそもをいえば、それはアサミの責任であるともいえる。アブサンなどという強い酒を用意したのが良くないのだ。

(それは逆恨みだよ)

自身を叱る声がする。

アサミのグラスにまで手を出して強い酒を呷ったのだ。無理に飲まされたわけでもないのだ。

時間を潰し、用意して銀座線浅草駅に向かった。上野駅で乗り換えるつもりだったが、それも面倒に思えて雷門通りで客を降ろしているタクシーに乗り込んだ。

「今、新大久保はすごい人混みですね。若い連中でひしめき合っていますよ」

行き先を告げるとタクシーの運転手が世間話のようにいった。

「そんなにすごいんですか？」

未だ韓流ブームは終わっていないのかと訝った。

「ハットグですよ。あのチーズが伸びるアメリカンドッグみたいな」

それなら浅草でも見掛けたことがある。

「それとタピオカドリンクですね。飲んだ後のカップがそこらじゅう道端に転がっていて、マナーもなんもあったもんじゃないです」

浅草でもタピオカを売る店が林立している。すでに過当競争なのだろう、開店早々、割引を謳っている店さえあるくらいだ。

「でも、あれは台湾の飲み物じゃなかったかしら」

新大久保といえばコリアンタウンだろう。

「さあ、詳しいことは知りませんけど、とにかくすごい人出ですね」

新大久保駅は入場制限をしている時間帯もあるらしい。タクシーにして正解だったと思う。二日酔いで人混みの中を歩くのかと思うと気持ちが萎えてしまう。

タクシーの運転手のいうとおりだった。

辿り着いた新大久保駅前には多くの若者が屯していた。その若者たちが列を成して一定方向に流れている。歩道を埋め尽くす勢いだ。

腕時計を確認した。未だ約束の時間の三十分以上前だ。ここでアサミを待つのかとうんざりしていると肩を叩かれた。

「鮎子さん、早かったですね」

「アサミちゃんこそ早いじゃない。未だ三時半にもなっていないよ」

「約束の三十分前に到着しているのが社会人の礼儀だと教わりましたから」

社会人の礼儀ではない。それは反社会勢力の流儀だ。約束の三十分も前に到着したのでは相手を恐縮させてしまう。だから意図的にそれをする社会人はいない。遅れないように到着すればいいのだ。

しかし反社会勢力の人間は違う。あえて三十分早く到着し、それと分かるように待ち合わせの喫茶店の灰皿に吸い殻を溜めるなどして相手を恐縮させる。相手が同じく三十分早く来るようであれば、一時間早めに到着してやはり相手を恐縮させる。要は先手を取るということなのだろうが、アサミが同じように行動することになぜか納得した。腑に落ちるものがあった。パトロンの全員がそうだとは思わないが、そういう人種も混じっているのだろう。

「それにしてもすごい人波だね」

歩道を埋め尽くす若者たちに目を遣ってため息を吐いた。

「大丈夫です。あの人たちとは逆の方向に行きますから」

いってアサミが駅横の路地に案内してくれた。二分と掛からず店に着いた。

「メニュー、ドウゾ」

少し癖のある日本語を喋る若い女性店員が、分厚いメニューとお冷(ひ)やを出してくれた。

写真アルバムほども厚みがあるそれをめくって驚いた。軽く二、三十を超えるお粥が、写真と解説付きで並んでいた。驚く私を尻目に、アサミはメニューを閉じたままだ。

「すごいでしょ。韓国のお粥の専門店なんです」

自慢するようにいった。

「アサミちゃんは食べるもの決めているの?」

「電話でいったじゃないですか。ここのお勧めはアワビの肝のお粥です」

それを目で探す私に付け加えた。

「メニューには載っていません。アワビのお粥は載っていますが、歯応えを愉しむ程度にアワビの身が入っているだけです」

メニューを閉じてテーブルに置いた。

載っていないということは特注料理なのだろう。それが分かっていながら、あえて私にメニューをめくらせたアサミに少し不愉快なものを覚えた。

アサミが手を挙げてさっきの女性店員を呼んだ。

「緑のお粥を二人前ちょうだい」

「ミドリノ、オカユ、デスカ? ドノ、オカユ、デショウカ」

女性店員がテーブルに置いたメニューを開こうとした。

「載ってないわよ。奥の人にいえば分かるから。緑のお粥を二人前ね」

女性店員が首を傾げながら奥に消えた。

奥で短い叱責の声がした。韓国語なのはわかったが、その意味までは分からなかった。

すぐに調理服を着た年配の男が揉み手をしながら現れた。

「これはこれは、お久しぶりです。アイツまだ新米なので失礼しました。直ぐにご用意いたしますので、しばらくお待ち願えますでしょうか」

アサミが右手をテーブルの上に浮かせ了承の意を表した。

男が奥に消えた。また短い叱責の声がして女性店員がホールに戻った。目にはうっすらと涙さえ浮かべている。

アサミがテーブルの下でゴソゴソした。それから女性店員を手招きした。

「ごめんなさいね。私のせいで怒られたのよね」

立ち上がり肩を抱いて慰めた。

「これでなにか美味しいものでも食べて元気出して」

折り畳んだ一万円札を女性店員に握らせた。女性店員は恐縮し、何度も頭を下げながら元の位置に戻った。

「で、底本の件なんですけど」

アサミがバッグから一冊の本を取り出した。

「これなんか、ずいぶん参考になりました」

私に示したのは『世界拷問図鑑』だった。

世界の拷問を責める部位ごとに分類し、その方法を詳述した書籍だ。

短編集ではないが、それぞれの章がそれほど長くないので、資料としてリストアップしたのだ。

それ自体が底本になるとは思えないが、参考になるかもしれないと考えた。その書籍は高校時代の私のオナニー本だった。深夜寝床で拷問の数々を読んで身体を火照らせた。

拷問には大まかに分けて二種類ある。自白を強要する拷問と甚振りだけを目的とする拷問だ。後者には見せしめのためにする拷問もある。

新大陸発見間もないカリブ諸島で、キリスト教の司祭が現地人の酋長を鉄柵の上で炙るという拷問をした。表向きの目的は改宗だった。ところが酋長は、責め苦に耐え切れず改宗を叫んだのにもかかわらず、そのまま炙り殺されてしまった。

そのような事例も含め、見せしめのためにする拷問は死に至ることが多い。

自白を迫る拷問も、やり過ぎたり、機密を白状させたりした後始末に殺すこともあるが、拳銃で頭を撃ち抜く程度だ。それでは私の欲望は充たされない。切り裂き、貫き、挽ぎ取り、引き千切り、圧し潰し、徹底的に肉体を損壊する拷問でなければ満足できない。

「かなりえぐい内容もありましたね。読んでてゾクゾクしましたよ」

ゾクゾクしてくれたのか。それこそ私の望むところだ。

底本として直接採用できなくても、そのゾクゾクのエッセンスを、アサミの新しい演目に盛り込んで欲しかった。

「オマタセシマシタ」

女性店員が小鉢を配膳した。

「キムチ、デス」「チャンジャ、デス」

他にも韓国海苔の佃煮や、キュウリとニンニクのたまり漬けなどが所狭しとテーブルに並べられた。

そしてお目当てのアワビの肝の粥が配膳された。

「すごく綺麗な緑色ね」

白磁のどんぶりにスプーンを入れ試しに上下を入れ替えてみた。中も同じ緑色だった。そんな私の様子を眺めながらアサミがいった。

「アワビの肝をふんだんに使っていますからね」

「アワビの肝ってこんな綺麗な緑色なのね。初めて知った」

「人間の胆嚢も綺麗な緑色ですよ」

粥にスプーンを挿し込んだ手が止まった。

人間の胆嚢も綺麗な緑色だという言葉を聞き咎めた。それはおそらく写真で見たものだろうが、そうではない気がしてスプーンが動かなかった。アワビの肝の粥に挿したまま動かせなかった。

「大丈夫ですよ。人間の胆嚢みたいに苦くはないですから」

アサミがいった言葉をそれ以上聞き流すことができなかった。

「苦くないって、あなた食べた事があるの?」

「いやだ鮎子さん、あるはずがないじゃないですか」

アサミが高らかに笑った。

その笑いこそが私の疑惑を肯定する笑いに思えた。

(この子は私を弄んでいる)

そう感じた。

とはいえ、人間の胆嚢を食べさせる店が存在するだろうか。世界中の料理が食べられるといわれている東京グルメシティーだが、さすがにそれはあり得ないだろう。ではどうやって？

「熊の胆って生薬ありますよね」

「ええ、あるわね」

「あれって熊の胆嚢ですよね。すごく苦いじゃないですか」

アサミの目は笑っている。私は笑えない。

（魔性の女の片鱗を垣間見せたのだ）

そう思えてならない。

アサミに勧められるままアワビの肝のお粥を口にした。味を変えると食が進むといわれ、小鉢のキムチやチャンジャを箸でトッピングして、スプーンで粥ごと掬い口にしたりもした。アワビの肝のお粥なのだから不味いはずがない。アサミは美味しい美味しいと繰り返しながらスプーンを動かしたが、私は胸中のわだかまりを払拭することができず、味覚が正常に働かなかった。

砂を嚙むような食事が終わった。

アサミが店の隅で畏まる女性店員を呼んだ。

「おしぼりを頂けるかしら」

「ハイ、スグニ、オモチシマス」

アサミに気を許している彼女は従順だった。

「冷たいおしぼりにしてね」

それからと付け加えた。

「テーブルを片付けて、マッコリをちょうだい。お碗は二つでね」

「えッ、飲むの？　私、二日酔いなのよ」

電話で否定した二日酔いを認めてしまった。

「迎え酒ですよ。それにお粥効果で、二日酔いは治まっているんじゃないですか」

いわれてみれば胃のムカつきは治まっている。

「昼酒最高ですよ」

アサミに唆（そそのか）された。

「でも、お店の方は良いの？」

「今日から私は休みです」

片付けられたテーブルにマッコリが運ばれた。

大きなどんぶりに大きなレンゲ。アサミがそのレンゲでマッコリを掬い、分厚い茶碗に注いでくれた。同じように自分の茶碗にも注ぎ私たちは乾杯した。ゴクゴクと喉を鳴らしてマッコリを飲んだアサミがおしぼりで口の周りを拭（ぬぐ）った。手を拭いて隣の椅子に置いていたバッグから一冊の本を取り出した。『世界拷問図鑑』とは違う本だった。

『暗闇の殺人鬼』と題されたその本は、世界各国の殺人事件から、特に猟奇的な殺人者を選んで編まれた悪趣味な書籍だ。慥かに私はそれもリストアップしていた。

「それでこの本のこの部分なんですけど」

ページを捲（めく）りながらアサミがいった。

「この辺り、かなりえげつないですね」

アサミが私に見えるよう本の向きを変えた。

全裸でベッドに磔(はりつけ)にされ、腹を裂かれている女が描かれている。

『暗闇の殺人鬼』にはエピソードごとに挿絵が付いている。

そのほとんどが新しい挿絵ではなく、事件や風習を伝える同時代のタブロイド紙に描かれた挿絵だ。それだけに現代の感覚からすれば、かなり稚拙と思えるものも多いし、無駄に誇張されてもいるのだが、それが逆にリアリティーをもって迫ってくる。アサミが示した挿絵に記憶があった。もう四十年以上前に見た挿絵なのに記憶が鮮やかに甦(よみがえ)った。

人間の胆嚢が苦いとアサミはいった。熊の胆からの連想だといい繕った。誤魔化しだと私は感じた。

(私にこれを見せるために伏線を張ったのね)

そう合点した。

アサミが開いたページは『ブラック・ダリア事件』を連想させる事件を扱ったものだ。

『ブラック・ダリア事件』は一九四〇年代に女優志願の女性が他殺体で発見され、彼女の遺体が腰の部分で両断されていたことから全米でセンセーショナルに報じられた事件だ。肉体を両断されただけではなく、口を両耳まで裂かれており、被害者の遺体のあらゆる部位には、打撲痕、肉を削(そ)いだ痕、煙草(タバコ)を押し付けられた痕跡などが残されていた。

それもあり、一部報道では、被害者は拷問死ではないのかとの憶測も流れた。その事件は、後にジェイムズ・エルロイの『ブラック・ダリア』という小説にもなった。

小説では単なる胴体切断だけでなく、もっと詳細に遺体損壊が描写されていた。

アメリカを代表するノワール作家は、乱暴ともいえる荒い文体においても、人間の心理に深く立ち入り、読む者の感性に遠慮なく切り込んでくる。もし短編括りという制約がなければ、『ブラック・ダリア』もリストに加えていただろう。

それに比べ『暗闇の殺人鬼』に収録されている記事は、センセーショナルを狙っただけの記事だった。遺体損壊に加え、切り取った部位を無理矢理被害者の口に押し込んで食べさせるという場面が綴られている。

冷静になって考えれば分かることだ。

肉を削ぎ取るくらいなら未だしも、内臓を抉られた被害者が、それでも生存しているという設定に無理がある。よしんば虫の息で生存していたとしても、口の中に入れられた自らの臓器を、咀嚼したり嚥下したりできるはずがない。

高校を卒業する時分には、さすがの私も、『暗闇の殺人鬼』がスキャンダラスなタブロイド紙からネタを集めただけのものだと気付いた。蔵書の一冊として持っているのが莫迦莫迦しく思えて、通学途上にあった悪書追放の白いポストに投函した。

（だったらどうして、そんな際物をリストに加えたの？）

自問するまでもなかった。

アサミが作成する舞台は虚構の世界だ。アサミなら際物を上手く料理して演目に活かし、高校生のときの昂ぶりを感じさせてくれるのではないかと期待したのだ。

「昼間の酒は利きますね」

ほんのりアサミが頬を染めている。

「これをツマミに飲んだらうまいでしょうね」

アサミがテーブルに置いた『暗闇の殺人鬼』を指先で叩いた。それがなにを意味するのか。図書そのものなのか、新鮮な臓器なのか判断が付きかねる。

「どうして鮎子さんはこの本をリストに入れてくれたんですか」

質問されて返答に困った。

「あまり内容は覚えていないんだけど、高校生のときに読んで印象に残っていた本だからかな」

曖昧に答えた。

「高校生のときに読んだんですかッ。ずいぶんませた女子高校生だったんですね。さすがです」

「さすがってどういう意味よ」

「さすが文芸の仕事をする人は若い時から違うんですね、という意味ですよ。普通の女子高校生がこんなものに興味を持たないでしょ」

興味を持っただけではない。

夜な夜な私は『世界拷問図鑑』同様、『暗闇の殺人鬼』の粗悪な挿絵に身体を火照らせ悶(もだ)えていたのだ。

「それはそうと、夜はなにを食べますか」

「えッ、夜って、今食べたばかりじゃないのよ」

「今のはお粥ですよ。これで明日の朝までは持たないでしょ。馬刺しなんかどうです。ユッケに生卵の黄身を混ぜたのなんかも悪くないし、なんでしたらレバ刺しを食べさせてくれる焼き肉屋もありますよ」

「なによ、その偏った選択は」

レバ刺しは法律で禁止されているが、浅草にもそれを出す店はある。

表向きは焼きレバで、店員も配膳時に「焼いてお食べください」と断りを入れるが、胡麻油と塩と浅葱が添えられたそれは、どこからどう見ても昔から馴染んだレバ刺しだ。

「偏ってますか。すみません。こんなのを読んでいると、ついつい生肉が欲しくなっちゃって」

「私はご免こうむります。ちゃんと火を通したものが食べたいわ」

「それじゃ、ステーキでも食べに行きますか。血が滴るようなレアで」

アサミは酔っているみたいだ。

馬刺しだのユッケだのレバ刺しだの、そしていうに事欠いて、血が滴るようなレアステーキか。いうことがしつこ過ぎる。

「無理無理無理無理。私二日酔いだったんだよ」

怒らずに首を横に振った。

「そうか。それだったら胃に優しいものが良いですね」

少し考えこんでいった。

「だったら薬膳中華にしませんか」

「それも悪くないけど、どっちにしても直ぐには入らないよ」

「だったら今夜九時半に店に来てください」

「店って『ギャルソン』に?」

「ええ、私はそれまで読書で時間を潰しますから」

「アサミちゃんはお休みじゃなかったの?」

「ちょっと分かりにくい場所にあるので『ギャルソン』があるビルの一階で待ち合わせして、そこから移動しましょう」

「分かりにくい場所って？」

「歌舞伎町です。風林会館のすぐ近くなんで、あの辺りで待ち合わせしてもいいんですけど、ホストの客引きが煩いですから」

「それに鮎子さんに紹介しておきたい人もいますし」

憔かに歌舞伎町のど真ん中に女ひとりで行くのは億劫に思える。

「どんな人かしら」

「今度バリ島に一緒に行く人です」

「パトロンのひとりなの？」

それは気が進まない。

パトロンとパパは違うというのは納得しているが、初対面の男性とプライベートで会うこと自体気が重くなる。

「違います。今夜お連れする店の料理人です」

「中華の薬膳料理を作る人が同行するの？」

憔かバリ島の『リフレッシュ・ハウス』にはコックも常駐しているといっていた。

「その人が常駐のコックさんなの？」

「それは別にいます。現地でコックを雇っています。料理だけでなく、庭師の仕事もさせています。庭師といっても芝生を刈ったり、花卉に水をくれたりする簡単な仕事ですけど」

「だったら同行する料理人さんは？」

「主にはゲスト用の料理を作ってくれます。本格中華の料理人で薬膳が専門ですので大抵の料理は作れます」

「ゲストってパトロンの人たちよね」

「そうです。鮎子さんもご覧になってご承知でしょうが、年配の方が多いので健康には気を遣っていらっしゃいます」

「だから薬膳料理なんだ」

妙に納得した。

その反面、小骨が喉に刺さったような気分にさせられた。

大抵の料理は作れるというアサミの言葉になにか不穏なものを感じた。

それはたぶん、さっき『暗闇の殺人鬼』の挿絵を見せられたこととか、そのあとで、アサミが生肉料理ばかりを挙げたことに起因しているのだろう。考え過ぎだとは思うが、本格中華の薬膳料理という響きもどこか怪しく思えてしまう。

詰まらないアメリカンジョークが脳裏に浮かんだ。

正確には覚えていないが、こんなジョークだ。

「中国人はなんでも食べるんだぜ。海にいるもので食べないのは潜水艦だけで、四本足のもので食べないのは椅子とテーブルだけなんだ」

なんでも食べる中国人の料理を作る本格中華の料理人。しかも薬膳料理。その料理人が私たちの調理人としてバリ島に同行するのか。

いったん浅草の自宅マンションに戻った。

（アサミとの約束の時間まで二時間足らずか）

ずいぶんと中途半端な時間に帰ってしまった。

待ち合わせの西新宿まではタクシーで行くつもりだ。普段なら銀座線で赤坂見附まで行って、丸ノ内線に乗り換えるところだが、新宿駅を降りてからの歩く距離を考えると億劫になる。

（それまで体調を整えておくか）

マッコリはそれほど飲まなかった。

アサミはいい調子になっていたが私はほんのり酔った程度だ。

隅田川の川べりを歩こうと決めて、テキパキとウォーキング・ウェアに着替えた。

外は師走の寒さだ。ネックウォーマーと手袋も用意した。

車の通行があるところを歩くわけではないが夜間のウォーキング用に買ったＬＥＤアームバンドも腕に装着した。

吾妻橋から隅田川左岸を歩き、言問橋で右岸に折り返せば、ちょうど三十分くらいの運動になる。私のお気に入りのウォーキングコースだ。

吾妻橋のたもとで万歩計をリセットした。

クリスマス・カラーに彩られたスカイツリーが隅田川の川面に揺れていた。日射を気にする時間ではないが、防寒のことを考えてキャップを被った。ファッション感覚で買い求めたサングラスはさすがに置いてきた。

仕事終わりのウォーキングは私の永年の日課だった。

よほどのことがない限り欠かした事はない。夏場であれば、まだ明るい時間を歩くこともある。日焼け止めクリームとサングラスはそんな季節の必需品だ。考えてみれば、定年退職の前日もウォーキングに出た。それが初めて『ギャルソン』に行ってから途絶えている。

隅田川の川べりには冷たい川風が流れていた。

歩き始めて五分もするとそれも気にならなくなった。

退職の日の夜に『ギャルソン』に連れていかれ、そのまま四日連続でアサミと会っている。そして今夜はアサミと一緒に歌舞伎町を訪れる。十二月三十日にはバリ島に行く。

（大丈夫なんだろうか）

余りの急展開にいまさらながら逡巡する気持ちが湧く。

きっかけはアサミが演じた谷崎潤一郎の『刺青』だった。

私は籠絡され奪われた。

アサミの舞台に賭ける熱意に絆されて底本のリストを作って渡した。

パトロンの最終面接もあった。

選ばれたダンサーはバリ島の特設舞台でひとりずつ演目を演じ、それがパトロンの眼鏡に適えば、願いを叶える援助をしてもらえる。その演目はバリ島に出向いてからアサミがひとりひとりのダンサーに割り振る。演目の底本は私が与えたリストから選ばれる。

通い始めて三日目にアブサンを痛飲した。今にして思えば、アサミが隣に座るという予想外の出来事に動揺していたようにも思える。

二日酔いで迎えた今日の昼間、アサミに誘われて新大久保にノコノコ出掛けた。前日は私がアブサンを飲み過ぎて、底本の打ち合わせができなかったといわれ、無下に断ることができなかった。

しかしそれはアサミの方便だったようにも思える。

緑色のアワビの肝のお粥を食べながら、人間の胆嚢も緑色だとか、苦い味がするだとか、不穏な話を交え、アサミが私に突き付けたのは『暗闇の殺人鬼』だった。

自らの臓物を食わされる被虐者の挿絵を見せられた。

アサミはマッコリを注文して昼酒をご機嫌そうに飲んだ。私も付き合ったがほとんどはアサミが飲んだ。結局底本の話はなかった。趣味の悪い本の挿絵を見せられただけで終わった。

夕食にも誘われた。

馬刺し、ユッケ、生レバ、アサミが挙げたのは生肉ばかりだ。それを私が拒んだ結果、この夜の夕食は歌舞伎町の路地裏の薬膳中華料理に決まった。

(断りはしなかったけど、バリ島行きを承知したわけでもないのだ)

折り返しの言問橋を渡りながらそう考えた。

バリ島に同行するメンバーとしてジュリナ、ショコラ、ソラ、サヤカの四人が選ばれた。選ばれた四人はみな美形だ。

彼女ら四人が自身の夢を賭けてどのような舞台を見せてくれるのか。アサミがどんな演出を施すのか。それに強く惹き付けられる。

その一方でまた迷い始めている。

知り合って未だ間がないのにアサミとの距離はずいぶんと近付いた。私は他者に性的欲求を抱かないアセクシャル、そしてアサミは男性器と女性器を有するアンドロギュノスだ。お互いの秘密をカミングアウトし合ったことも大いにあるだろうが、私の『怒り玉』が秘かな怯えを感じ始めている。これ以上深入りするなと警告を発している。

(私は何に怯えているのだろう?)

その正体が漠として分からない。

分からないから余計に怖い。

スタート地点の吾妻橋に戻り着いた。

万歩計を確認すると二八八〇歩と表示されている。

息は乱れていない。ほんのり身体が暖かくなった程度だ。

隅田川を離れて雷門通りに至った。

新仲見世商店街の中ほど、オレンジ通りを少し入ったところに私が住む分譲マンションがある。一階は釜飯屋さんだ。ホタテの釜飯が有名なお店で、その日も独特の甘みのある香りが漂っていた。

部屋に戻って乾いた汗をシャワーで流した。

顔を洗いファンデーションで整えて、薄めにメイクを施した。会社に通っていた時のように気合を入れることはなかった。もう無理をして「できる女」を装う必要もないのだ。

(あるいはこれかもしれない)

不意に思い付いた。

私を不安にさせているものの正体だ。

アサミにカミングアウトし、素の自分を見せていることが、私を不安にさせているのかもしれない。

私の半生を支えてきたものは、自身の性指向を解さない世間に対する怒りだった。『怒り玉』を常に内心に抱え、他人と距離を開けて生きてきた。定年退職でその必要性がなくなった。その夜に知り合ったアサミという存在が現在の私の唯一の世間だ。

アサミは私と同じ類の問題を抱えて生きている。人にいえない悩みだ。

それなのにそのことを感じさせない。自然体で振舞っているように思える。いや違うか。アサミのジュリナに対する怒りは生半可なものではなかった。未だ付き合い始めて日が浅いが、アサミはアサミで、私以上の『怒り玉』を内心に抱えているのかもしれない。時々揶揄するような言を弄するのもそれが原因なのではないだろうか。

むしろそうであってほしい、と私は願う。

冗談や洒落で私を揶揄っているのであれば不愉快以外のなにものでもない。本気でいっているのであれば、そんなアサミが憐れにも思える。

同情ではなく同調する気持ちが生まれる。

洗顔フォームで化粧を落とした。

タオルで顔を拭いて、念入りに化粧をし直した。かつての、というほど昔ではないが、会社勤めをしていたころのように念入りにメイクした。これが私の基本スタンスなのだ。

ベージュのパンツスタイルのスーツに腕を通した。インナーはやや抑えた蒼のシャツだ。どちらもオーダーメードで、記者会見の席などに着用して出席したファッションだ。

姿見で確認してから腕時計に目をやった。

九時を過ぎていた。

直ぐにタクシーが拾えたとしても約束の時間には遅れてしまう。

LINEでアサミに少し遅れると連絡を入れた。すでに約束の場所に到着して待っているけど焦らずに来てくださいと返信があった。

ハンドバッグを手にマンションを出た。国際通りの方が拾いやすいだろうとドン・キホーテの横を抜けて大通りに出た。タクシーはすぐに拾えた。行き先を告げて所要時間を訊くと四十分くらいは掛かるという。

もう一度アサミにLINEを入れた。

(今タクシーに乗ったから四十分くらいで着く)

天使がＯＫサインをするスタンプが返ってきた。

もうオドオドするのは止めようと自分に言い聞かせた。なにを恐れることがあるのか。私は社会経験を積んだ大人の女なのだ。

バリ島?

上等ではないか。

招待してくれているのだから悦んで受けようではないか。

私を乗せたタクシーが西新宿に到着した。『ギャルソン』が店を構えるビルの車寄せに停車した。まなじりを決して下車した。

「鮎子さん、お待ちしていました」

慌ただしくアサミが駆け寄ってきた。

「すみません」

深々と頭を下げた。

「なんでアサミちゃんが謝るの。遅れたのは私だよ」

「そうじゃないんです。ちょっとトラブルがあって」

「トラブルって？」

「昨夜私の代わりに『刺青』を演じた子がいたでしょ」

「ああ、比べものにならなかったけどね」

「その子、今日の午前中も『刺青』のレッスンしたんです。でも、どうしても上手く演じられないので、きつめに叱って泣かせてしまいました」

「そらアサミちゃんと比べたら酷だよ」

「叱り過ぎたせいか、出勤時間になっても来ないんです」

「えッ、来ない？」

「ボーイを宿舎まで行かせました。研修期間中は家具付きの宿舎住まいです。レッスンがきつくて辞めてしまう子もいるので本採用になってから住宅手当が支給されます」

「その宿舎に居なかったの？」

「ええ、私物の荷物がなくなっていると連絡がありました」

アサミの顔が悲壮感に歪んでいる。

「そしたら今夜は『刺青』はなし？」

私が残念に思うことはない。

もともとの予定はこれから歌舞伎町の薬膳中華に行くのだから『刺青』があろうが無かろうが関係のないことだ。

「それがそういうわけにもいかないんです」

「どうして？」

「ショーで使う楽曲や効果音は通しで一枚のＣＤに録音されています。演目を飛ばせないんです。そんな時のために、それぞれのダンサーは他のダンサーの代役ができるように同ポジでレッスンしているのですが……」

「アサミちゃんの代役はいないということなの？」

「本当に申し訳ございません」

再度アサミが平身低頭で頭を下げた。

「そういうことならしょうがないよね。今夜のところは帰るしかないか」

車寄せに停まっているタクシーに目を向けた。空車表示が三台停まっている。

「そんなこといわないでください」

アサミに右腕を摑まれた。

「もうすぐショーが始まる時間です。今夜のところは観て行ってください。鮎子さんのお席も夕食もご用意しています」

必死の形相で懇願された。

「その代わり今夜は私の一世一代の『刺青』をご披露します」

そうまでいわれると断り切れない。アサミに手を引かれ『ギャルソン』に急いだ。

開演時間十分前の『ギャルソン』の扉は閉まっていた。

アサミが軽くノックをすると扉が薄めに開いた。

外を確認するような開き方だった。

アサミがドアの取っ手に手を掛けて、大きく開き私を素早く押し込んだ。

その場所でダンサーたちが衣装に着替えていた。なるほど入口スペースは楽屋として使われているのか。

客席と入口スペースを仕切る分厚いカーテンからアサミが手だけを出した。手招きでもしたのだろう。ベスト姿のボーイが顔を覗かせた。

「この人をお願い。お席にご案内して」

頷いたボーイがLEDペンライトを点灯した。

「それじゃ鮎子さん、後でお席に伺いますので」

ダンサーたちは殆ど裸に近い格好で胸を押さえたままこちらを見ている。

その視線から逃げるように客席側に歩み出した。ショーが始まる直前の客席は真っ暗だ。エスコートしてくれるボーイが私の足元を白い光で照らしてくれる。

「お足元にご注意ください」

昨夜と同じ最後部のパトロン席に案内された。

「すぐにお食事とお飲みものをお持ちします」

ボーイが離れショーが始まる合図の大音響が店内に響き渡った。

幕が開いてダンサーたちが楽屋で見せたそれとは違う満面の笑みで躍り出た。

ボーイが食事と飲み物を配膳してくれた。客席の照明は消えているので配膳されたものが判然としない。飲み物は六オンスグラスに注がれた琥珀色の液体だ。

（ウィスキー）

思ったが氷が浮かんでいない。

（まさかストレートで飲めというの？）

酷い目にあったアブサンを思い出してグラスを鼻に近付けてみた。

（これは……）

匂いだけで分かった。

（紹興酒じゃないの）

卓上の皿に目を凝らした。

白い平皿に黒い小さな塊が点々と盛り付けられている。

場内が暗くそれがなんだか分からない。

手を出すのが躊躇われ紹興酒をひと口喉に流し込んだ。

得体のしれないものだから食べないというのではない。私の性格からしてそれはあり得ない。食べ方の作法に迷っているのだ。とはいえ、調味料やドレッシング、ソースの類は添えられていない。

「昆虫だよ」

不意に横から語り掛けられた。

驚いて顔を上げると小太りの男が立っていた。ステージからの照明で体型は知ることができるが、ステージから離れているパトロン席では表情までは読み取れない。

「そのまま食べればいい」

謎の男がいう。

皿に添えられた箸を取って右端の塊を摘まみ上げた。

「クワイファーシムだよ」

口に運ぶ前に男が解説する。

「日本では台湾タガメと呼ばれてるね。それのオスの成虫ね」

タガメなら知っている。

幼いころに田んぼで見掛けた記憶がある。正確にその姿を覚えているわけではないが、翅のないセミに似た虫だった気がする。

鋭い鎌のような前足を持っていた。その前足でメダカを捕らえて血を吸っていた光景が目に浮かぶ。口に入れて奥歯で噛み潰した。

「金木犀の香りがするだろ。それはオスだけの香りね」

男が満足気な声でいう。

「ええ、花の香りが微かにします」

挑むように私は応える。

「次はどれを食べればいいんですか」

「その前に隣に座ってもいいか。話し難いから」

「どうぞ」

承諾して身体をずらした。

男が隣に座った。小太りな分やや窮屈だ。衣服を通して男の体温が感じられる。嫌悪を覚えるほどではない。このくらいのことで嫌悪を覚えていたら、満員電車で通勤もできない日常を送ってきた。

「次はこれ」

男の手が皿の上に伸びて指し示す。

示された塊を箸で摘まんで口に放り込む。同じく奥歯で嚙み潰す。油でからりと揚げてあるそれは、ほんのりと塩味がした。

「終齢幼虫のセミだよ」

「しゅうれいようちゅう？」

「土から出たばかりで羽化する直前のセミね」

「蛹(さなぎ)ですか？」

「違うよ。セミは蛹にならない不完全変態ね。七年間土の中で育ち羽化する寸前に地表に出る。それが終齢幼虫」

不完全変態。

言葉の意味と漢字は想像できたが、なんだか自分のことをいわれているようで不愉快になった。

改めて隣に座った男の顔に目をやった。

短髪でツルリとした特徴のない顔だった。その顔が舞台からの赤や青の照明を照り返している。

脂ぎった顔だ。着衣は白いコック服のようだ。

(アヒージョを作ってくれた料理長だろうか)

違うと思った。

正体不明の男の雰囲気とアヒージョが結び付かない。

「失礼ですけど、どちら様でしょう」

「あなた今夜歌舞伎町のうちの店に来るといった。急に来れなくなった。だから私が来たよ」

「薬膳中華の……」

「そうそう。急だったから昆虫料理しか持って来れなかった。この店が終わってからうちの店に来るか？」

不躾に問われた。

「アサミちゃんと相談して決めます」

男の質問をはぐらかしながら考えた。

(この小太りな男がバリ島に同行するのか)

私にとってはどうでもいい事だ。

そもそも他人の美醜に興味はない。

ジュリナたちのように飛び抜けてというのであればまだしも、平均の上下に位置する男女はどうでも良い。恰好を付けるわけではないが、惹かれるのはその人物の内面だ。隣に座る男は美醜の面では平均の下で、年齢不詳の脂ぎった顔が疎ましくもあるが、好き嫌いの線引きをするほどではない。その内面は知りようもないし知りたいという興味も湧かない。

男の勧めに従って次々と昆虫料理に箸を運んだ。

ゲンゴロウとサソリとクモとスズメバチは成虫を、カイコとヤママユガとツトガは蛹を、アリは揚げ団子にしたものを、シロアリは塩辛で。その都度男は、それが食材名なのか料理の名前なのか、中国語も交えて教えてくれた。

意外だったのは男がステージにのめり込んでいたことだ。

「どの子がジュリナ？」

「どの子がショコラ？」

「どの子がソラ？」

「あれはサヤカだな」

演目が変わるごとにダンサーの名前を確認する。品定めする目で見ている。

「ジュリナちゃんがいちばん美味しそうだな」

男が不穏なことを口走った。

（美味しそう？）

一般的に男が女を美味しそうという場合は性的なことを意味する。

しかしそうは聞こえなかった。それは彼が薬膳中華の料理人だという事前情報があって、しかも何種類もの昆虫料理を食べさせられているからかもしれないが、私には違って聞こえた。

（この男はダンサーを食材に見立てている）

そう感じたのだ。

やがてアサミが『刺青』を演じた。

怒りを内面に溜め込んだ『刺青』だった。

自分をクスリで眠らせ、純潔の肌一面に女郎蜘蛛を彫り込んだ清吉に対する怒りではない。アサミに見込まれ、その代役まで任されながら出奔（しゅっぽん）した新人ダンサーに対する憎しみにも似た怒り、それを抑えた感じで演じるアサミだった。

（水に拡散されたアブサンみたい）

アサミの怒りは内面に閉じ込められ、ムーンストーンのように昏（くら）い光を発散している。

だがその眼差しがいつもと違った。

「殺人鬼の目だな」

隣の小太りの男が呻（うめ）くような声を漏らした。

無意識のうちに頷いていた。

魔性の女の正体。それは谷崎が描こうとしたものではなく、内に殺人鬼の怒りを籠めた女だった。人を殺す目をしていた。

ショーが終わってアサミが席に来た。

小太りの男が席を立ってアサミを迎えた。

アサミは男に挨拶をするでなく、にこやかな顔を私に向けて、さっきまで男が座っていた場所に着席した。男は畏まったままだが気にも留めていない。

「どうでしたか今日の『刺青』は？」

しな垂れ掛かるように私の腕を取って甘えた。

「凄かった。いや、怖かったわ」

素直な感想を述べた。

「怖かった?」

「だってアサミちゃん、誰かを殺すような目をしていたもの」

「やっぱり分かっちゃいましたか」

アサミが小さな舌を出して照れた。

「アサミちゃんに見込まれて逃げ出した新人のダンサーのことを余程怒っていたんだね」

その娘のお陰で今夜の予定を狂わされたのだ。

「新人のひとりや二人、飛んだくらいでそれほど怒ったりはしませんよ。新人が逃げ出すのは毎度のことですから」

「だったらどうして……」

アサミの横で立ったまま畏まっている薬膳中華の料理人も、思わず口にしたではないか。「殺人鬼の目だな」と。私もそれに同意した。

「でもさっきアサミちゃん自身が認めたじゃないの。誰かを殺すような目をしていたって私がいったら……」

「私が殺してやりたいと思ったのは別の人間ですよ」

「別の人間って?」

「私が殺したいと思ったのは――」

いってアサミが目を転じた。その視線の先には、男性ダンサーに混じって客に愛嬌を振り撒く女性ダンサーらの姿があった。

「ジュリナ、ショコラとソラ、そしてサヤカです」

凍るような声でアサミがいった。


閉店を待たずに『ギャルソン』を後にして歌舞伎町に移動した。場所は小太りの男が経営する薬膳中華の店だ。男は郭(クオ)と名乗った。

郭の店は風林会館近くの入り組んだ裏路地にあり、その佇まいといい、周辺の空気といい、アサミの紹介でなければ絶対に立ち入ったりしないと思える路地だった。

メキシコ料理、ネパール料理、アフガニスタン料理、エチオピア料理……

間口の狭い店が並ぶ。『多国籍料理』などという半端な看板を掲げる店は一軒もなかった。働いている従業員にも日本人らしき者はおらず、看板通りの国の人たちが働く店に思えた。

それぞれの店前を通るたび独特な匂いが鼻を衝(つ)いた。店ごとの匂いは混じり合うことがなく、独立して裏路地を漂い、ここが日本なのかと疑うくらいだ。

「さあ、今夜は飲みましょう」

席に着くなりアサミが宣言した。

「あなた朝のレッスンは?」

「ありますけど」

当たり前のように答えた。

「だったらゆっくりした方が良いんじゃないの。早めに帰って十分睡眠を取って、英気を養った方が良いわよ」

「大丈夫ですよ。昼から休みますから」

「夜は夜でステージがあるでしょ」

「それは代役を立てることにしました」

「別の新人ダンサーを仕込むの？」

それならなおさら早めに寝た方が良いだろう。

「新人ではありません。サヤカがやらせてくれと手を挙げたんです」

なるほどと納得した。

サヤカが演じる花魁にはアサミの『刺青』に通じるものがある。

「もともと動きの少ない演目ですから、自分にもできると思ったんじゃないですか。リーダーはバリ島での演目を練ってくださいなんていっちゃって、私に胡麻を擂っていましたから」

サヤカを莫迦にするようなアサミの語調に嫌な物を覚えた。

「そういういい方はないいんじゃないかなぁ。サヤカちゃんの好意を素直に受け止めるべきでしょ」

控えめに意見した。

「鮎子さんはサヤカの味方をするんですかッ」

アサミがヒステリックに声を荒らげた。

「敵味方というのじゃなく、私の知ってるアサミちゃんは、もっと素直な子だと思っていたから意外だったの」

宥める私をアサミが睨んだ。

暫く睨み付けた後で、蚊の鳴くような声でいった。

「すみません」

目にうっすらと涙さえ浮かべた。

「私、鮎子さんが思っているほどいい子じゃないんです。自分の感情が抑えられなくなることがあるんです。がっかりさせて申し訳ございません」

花柄模様のビニール貼りのテーブルに手を突いて頭を下げた。

「そんなに謝らなくていいよ。アサミちゃんがいい子だというのは私が誰より知ってるから」

そういってその場を取り繕うしかなかった。

今夜の『刺青』のアサミは違った。

殺意を感じさせる魔性の女だった。

そのモチーフは、谷崎の『刺青』にはないものだった。ショーが終わってそれを質すとアサミはあっさりと認めた。

そして殺したい対象としてバリ島に同行する四人のダンサーの名を挙げた。

あの時点では、それ以上アサミの言葉を追及できなかったが、以前アサミは、自分の演目を低く評価したジュリナを筆頭に、それに曖昧な同意を示したショコラとソラに不快感を露わにした。

そしてサヤカはアサミの演目を代わると申し出た。軽々しく申し出たわけではないだろうが、アサミにはそう聞こえたに違いない。そのことがアサミの逆鱗に触れて、今夜の『刺青』があったのかと納得した。

まさか本気で殺意を抱いたわけではないだろうが、そういう感情を、わずかな所作に込めて表現できるアサミの才能に改めて驚かされた。

「アサミちゃんも『怒り玉』を呑んでいるんやろうね」

「それなんですか？」

アサミに『善玉』『悪玉』の話をした。

「その二つを胸の奥にしまって葛藤しているのが人間なんだという解釈なんよね。でも私は違う。『怒り玉』を胸の奥に呑み込んで生きてきた人間なの。たぶんアサミちゃんもそうなんじゃないかな」

「『怒り玉』かぁ」

アサミの視線が宙を泳いだ。

「そうですね。そうかもしれません」

しんみりと認めた。

「お話し中だけど、なんにするね」

調理帽を被った郭が会話に割り込んだ。

「タガメのお酒と」

「タガメのお酒？」

思わず聞き咎めた。

「オスのタガメを紹興酒に漬け込んだお酒です。とてもフルーティで飲みやすいですよ」

金木犀の香りが甦った。

「頂くわ」

応えた私にアサミが真っ直ぐな視線を向けてきた。

もう瞳は潤んでいない。

「鮎子さん、お腹空いています？」

「そうでもないかな」

昆虫料理で足りていた。

「だったらスープにしましょうか。アサリのスープなんかどうですか」

「任せるわ」

「じゃ、それお願い」

暫くして中年の女性がタガメ酒の瓶とグラスを二つ持って現れた。

「郭さんの奥さんです」

紹介されて頭を下げたが女は無表情のままだ。

「気にしないでください。もともと不愛想な人ですから」

アサミがフォローした。

それから私とアサミはタガメ酒でグラスを合わせ、一杯目のグラスが空く前に再び郭の嫁が現れ、説明もなくテーブルに置かれたのは籠に山盛りにされた揚げパンだった。

「なにこれ？」

驚きの声を上げた。

「アサリのスープのサイドメニューみたいなものです」

郭の嫁に代わってアサミが説明してくれた。

「こんなに食べられないわよ」

「全部食べなくてもいいんです。食べられるだけスープに浸して食べて下さい。中は空洞ですから見た目ほどの量ではありません」

アサミのいう通りだった。

間を置かず運ばれたアサリのスープに揚げパンが良くマッチした。スープもただのアサリ出汁だけでなく、薬草っぽい味がした。それが食欲を刺激したのか、私たちはタガメ酒を三本空にし、結局揚げパンも平らげてしまった。

「昆虫食は大丈夫でしたか？」

食後のジャスミン茶を飲みながら悪戯っぽい口調でアサミがいった。

「別に」

あえて蓮っ葉に答えた。

「私だったから良かったけど、普通の女の人に、あんなものいきなり出したら大騒ぎになるところだったよ」

「鮎子さんだから大丈夫だと思って出したんです」

「あんた、私をどんな女やと思ってんねん」

酔いに任せて関西弁丸出しになった。

私の苦笑にアサミが笑った。釣られて私も声を出して笑った。

割り勘で勘定を済ませ、少し歩いてから風林会館前でタクシーを拾うことにした。

二人ともそこそこ酔っていた。

気持ちのいい夜だった。アサミといることが刺激的だった。

狭い路地を縦に並んで歩きながらアサミとのことを振り返った。

さっきの短い会話が甦った。

『善玉』『悪玉』そして『怒り玉』の話題だ。

「そうかもしれません」とアサミは曖昧に認めたが、そうに違いないと私は確信していた。同じように人に言えない性的な悩みを持ち、さらに被虐と加虐の差こそあれ、同じ嗜好を持つアサミ。ここ数日のアサミとの急接近は、ただ単にその境遇の類似だけでなく、互いの『怒り玉』が共振したものだったのではないだろうか。

あどけなさが残るアサミの顔を見ながらそんなことを考えたりした。

「鮎子さん」

アサミが微笑んで一歩私に近付いた。

裏路地に人通りは無かった。

アサミが私の両肩に手を置いた。

顔が近付いてきた。

次に起こることを予感してそっと目を閉じた。

アサミの唇が私の唇に重なった。

その瞬間。

私は囚われの身に堕ちた。

今まで抑えていた感情が、我慢していた欲望が、一気に弾けた。

それは性的な昂ぶりではない。

私の唇は感じたのだ。

唇を合わせながらアサミはわずかに口角を上げて微笑んだのだ。

獲物を捕縛した微笑を浮かべたのだ。

そのことに私は昂った。

アサミと会って未だ四日しか経(た)っていないが、これほど濃密な四日間がかつて私の人生にあっただろうか。

この四日間で私は『刺青』を四度鑑賞した。

そのうちの三回は、アサミが演じる『刺青』だった。

同じ演者が同じ演目を演じているのに、それぞれに違う『刺青』だった。

そのどれにも私は魅せられた。

そして今夜、私はアサミのものになってしまった。

「明日からも私は『刺青』を演じます」

アサミがいった。

「サヤカなんかに任せられません」

きっぱりとした口調だった。

「だから鮎子さんも楽日(らくび)まで毎日通ってもらえますよね」

命令に聞こえた。

素直に「はい」と頷いた。


十二月三十日午前五時。

約束の時間ちょうどに私のマンションのドアホンが鳴った。

応答ボタンを押すとモニター画面にアサミの姿が映し出された。前傾姿勢でカメラに顔を突き出し、軽く敬礼の真似事をしておどけている。

「時間どおりね。ちょっと待ってて、すぐに降りるから」

「荷物とかお手伝いしなくて大丈夫ですか?」

「ありがとう。でも大丈夫よ」

ドアホンをオフにしていそいそと玄関に向かった。

荷物を詰めたキャリーバッグは玄関に置いてある。

そのキャリーバッグにコートも被せてある。

海外旅行が初めてというのではないが、プライベート旅行で行くのは二十数年ぶりだ。

しかも泊まるのがホテルではなくプライベートのコテージで、滞在中は専属のメイドが世話をしてくれるという。そんな特別な旅行に浮かれる気持ちがあった。

キャリーバッグを曳いてエレベーターで一階に降りた。

厚手のガラスドアの向こうでアサミが跳ねるように手を振っている。

自分はこれからアサミとバリ島に向かうのだ。バリ島では『ギャルソン』のパトロンらが保有する別荘で半月近く過ごす。

アサミが用意してくれたチケットは往復チケットではなかった。

帰路のチケットは現地で手配すればいいといわれた。

「帰る日が決まっていると、心理的にゆっくりできないからイヤなんです」

そういって微笑んだ。

「帰りをオープンにするという手もありますけど、それより現地の旅行代理店で買った方が安いですから」

現地の事情を知らない私は納得するしかなかった。

(片道切符でアサミと旅立つ)

昨日まで思い付きもしなかった考えが浮かんだ。

片道切符という言葉に特別の響きを感じた。

もちろんこのまま日本に帰らないわけではない。選ばれたダンサーたちの最終オーディションが終われば帰国することになる。

それを心得てはいるが、やはり片道切符という響きには特別のものがある。

バリ島が運命の島になるかもしれないと大袈裟なことまで考えてしまう。

オートロックのガラスドアの向こうで満面の笑みで私を手招きしているアサミに手を振りながら(もうここに帰れないかもしれない)そんな想いまで浮かぶ。

それだけで胸がときめく。

今までの人生で胸のときめきを経験したことがないわけではない。文芸部に配属されて未だ間もないころは、憧れの人気作家と会ったりするときに胸がときめいた。

ただ今回は違う。

それと同じではない。

動悸に胸を痛くするだけでなく股間が疼く。ジンジンと間断のない疼痛に襲われる。

歌舞伎町で唇を奪われた翌日から私はアサミに放置された。

特別扱いではない普通の客として扱われた。

パトロン席に案内されることもなく、観光客用のテーブル席で、時には男性ダンサーに弄られながら観劇した。私のテーブルまでアサミが来ることもなかった。他のダンサーがテーブルを訪れることもなかった。そんな夜を過ごしての今朝だ。

マンションの玄関の自動ドアが開いた。

「おはようございます」

明るい声でアサミが頭を下げる。

「おはよう」

「車を待たせてますから」

アサミが指さした先、少し離れた場所に白のリムジンが停めてある。

「ハイヤー頼んだの？」

「いいえ、パトロンさんが手配して下さった車です」

アサミに先導された。

リムジンの横で待っていた白手袋の運転手がドアを開けてくれた。乗り込んだ車の中はモワッとするような暑さだった。

「ちょっと暖房が強くない？」

「鮎子さんコート着て重装備ですから」

アサミは薄めのパーカーを羽織っているだけだ。ペイズリー柄のその下はTシャツ一枚のようだ。ボトムスもダメージジーンズで靴は白い運動靴だ。

「こんなコート、バリでは不要品ですよ」

向かい合って座ったアサミが身を乗り出して、私のフェイクファーのコートの肩に手を置いた。不要品といわれても日本は冬真っただ中なのだから仕方ない。

「一週間、二週間の予定で暑い国に行く人は、空港のランドリーに預けます。帰国して受け取ればいいので」

そういいながら、やおら私のコートのボタンを外し始めた。

「でも私たちは帰りがいつになるか分かりませんし、この車のドライバーさんに預かってもらいます」

ボタンを外し終わったアサミがコートを脱がせ始める。

私は黙ってアサミがするままに任せる。

他人に脱がされるのは大学生の時以来だ。レズビアンかどうか試してみようと私を生駒のアパートに誘った友人にブラウスのボタンを外された。あの時は胸元のボタンを外されただけだったが。

コートを丁寧に畳み、傍らに置いたアサミがそのまま隣に腰を下ろした。私の肩に手を回した。

身長百六十五センチの私と同じくらいの身長のアサミだ。肩を抱かれた経験などない。たとえ相手が女性でも私はそれを拒む。

（女性？）

考えた。

厳密にいえばアサミは女性ではないのかもしれない。医学的にということではなく、アサミの心情的にはという意味でだ。

私は逃避していた。アサミが女性であるとか男性であるとかは関係ない。生まれて初めて、他人から肩を抱かれているという現実から逃れようとしていた。

嫌悪というのではない。むしろ心地好かった。前の夜、ほとんど眠れていなかったせいもあり、そのままアサミにしな垂れ掛かって静かに目を閉じたかった。しかしそうしてしまうと一線を越えてしまう気がした。

「アサミちゃんに謝りたいことがあるの」

肩を抱かれたまま改まった口調で告げた。

「謝りたいこと、ですか？」

「なんかこの数日間、私いじけてなかった？」

「そんなことですか」

クスリと笑った。

「そんなことを気にして昨日の夜、眠れなかったんじゃないですか。顔が少し浮腫（むく）んでますよ」

「メイクはちゃんとしてきたんだけど」

未だ暗いうちからメイクした。寝不足でメイクの乗りが悪かった。

「心配しないでください」

慰める口調でアサミがいった。

「鮎子さんがいじけていたなんて思っていませんから」

「でも……」

「気付いていないんですか？」

「なにを？」

「あの席は私がボーイに指示した席なんですよ」

「観光さんの席が？」

「あの席は清吉目線に一番近い席なんです」

気付かなかった。

いわれてみればそうだ。

観光バスの乗客席に座ると目線はほぼステージと同じ高さになる。少し観辛い席ではあるが、這い蹲った清吉視線で『刺青』を演じるアサミを観る席だ。私はそんなことにも気付かなかったのだ。やっぱりいじけていたのに違いない。

「こんなリムジンまで持っているなんて」

話題を変えた。

「そのパトロンさん、会社の社長さんとかやっている人なの？」

「ただの『ギャルソン』のパトロンのひとりですけど」

「それだけ？」

「ええ、それ以上のことはほとんど知りません」

「アサミちゃんが知らないって……」

私のバリ島行きを独断で決めたアサミだ。

そのアサミが知らないというのが不自然に思えた。

「あえていえば裏の稼業ですかね」

「ヤクザということ」

「そんなダサい仕事に関わる人じゃないですよ」

アサミが苦笑する。

「でも、裏って……」

「あえていえばギャングですね」

「どう違うのかしら」

「オシャレだということです」

「ギャングがオシャレなの？」

「裏稼業の人間で事務所に看板を掲げるのは日本のヤクザだけだそうです。海外ではそんなことはしないと。うちのパトロンさんたちも、日本国内で手を汚したりはしません。そのパトロンさんのビジネスパートナーは海外にいるんじゃないかと思います」

「それでバリ島にコテージを？」

「バリ島のコテージは違うと思います」

思いますが二度続いた。

アサミにしては珍しく曖昧ないい方だ。しかしそれはなにかを隠しているということではなく、実際のところ彼女も正確なところは知らないのだろう。

パトロンの話題はそこまでで、その後私たちは他愛もない話をした。

私が興味を抱いたのは、バリ島には勧善懲悪という概念がないという話だった。

「善も悪も、ひとりの人間の中に共存していると彼らは考えます。その葛藤こそが人間の本質なんだという考え方です」

よくは分かりませんけど、と小さく舌を出しておどけた。

「善も悪もひとりの人間の中に共存していて葛藤しているのか」

自然に私は歌舞伎の『善玉』『悪玉』を思い出す。そして自分が胸の奥底に隠し持つ『怒り玉』へと結び付く。

私も葛藤している。他人に性的衝動を抱かないアセクシャルのはずなのに、アサミに抱いている性衝動に似たものに困惑している。悶え苦しんでいる。たった一度のキスで、還暦まで定義してきた自分の価値観がひび割れを起こしている。

「それって宗教的なものなの？　確かバリ島はヒンドゥー教だったわね」

拙い知識で確認した。

「そうですけど、ちょっと本家とは違うみたいです」

「違うって？」

「バリヒンドゥーは、もともとバリ島にあった土着信仰とヒンドゥー教が融合したものらしいです」

　頷いて先を促した。

「バリの土着信仰の教えではすべてのものに、それが草であり石であっても、神が宿ると信じられています」

「つまり八百万の神々というスタンスね。日本と似ているんだ」

「そうです。ただし現在のインドネシアでは、信仰を国が定めています。イスラム教、キリスト教、仏教、そしてヒンドゥー教が代表的なものですが、原則として許されているのは一神教のみです」

「それじゃバリヒンドゥーは認められてないんだ」

「いえ、そのあたりは柔軟に運用されているようです」

　国法で厳禁されている賭博だが、バリ島の村の片隅では、金を賭けた闘鶏に熱狂する男たちがいるらしい。

「そもそもバリ島のキャッチコピーが『神々と芸能の島』ですからね。一神教と神々という言葉は矛盾するでしょ」

　そういってアサミがバリ芸能の系譜を語り始めた。

　その軽やかな喋り声に、いつしか私は深い眠りへと誘われた。気付くとアサミの膝枕で眠っていた。靴は脱がされ、十分な長さのあるリムジンの座席に身体を横たえていた。

「もうすぐ成田に到着します」

　私の髪を撫でながらアサミが優しく囁いてくれた。

その言葉のままに五分と待たずリムジンは成田空港に到着した。

(ほんとうにバリ島に行くんだ)

チケットカウンターで手続きをするアサミの後ろ姿を見ながら思った。

ここから先はすべてをアサミに任せるしかない。彼女に引率される旅になる。

素直にときめいていた。

(新婚旅行に旅立つ時ってこんなだろうか)

愚にもつかないことを考えたりもした。

成田空港に到着したのは午前八時前だった。チェックインを済ませ荷物を預け終わって八時半になった。出発は十一時、搭乗開始予定時間は十時三十分だ。

「まだ二時間くらいあるんだね」

確認の意味でアサミにいった。

「朝食を食べる時間も必要でしょ。最後の日本食ですよ」

「普通に朝定食なんかがいいわね」

「味噌汁(みそしる)と焼き魚と冷奴(ひややっこ)みたいな、ですね」

「そう、それにしよう」

空港ビルを歩いて和食の店を探した。

フードコートみたいなところでなく、ちゃんとした店で食べたいと考えた。店はすぐに見つかった。私はアサミがいった焼き魚定食をオーダーした。魚は干した鯖(さば)だった。アサミは豚汁(とんじる)定食を選んだ。大ぶりのお椀の豚汁と白菜の漬物が添えられた定食だった。

「十日もバリにいると」

アサミがご飯を頬張りながらいった。

「無性に日本食が食べたくなりますからね」

「あっちにだって日本食レストランはあるでしょ」

前回のツアー旅行は四泊六日だった。朝に出発して午後に到着、帰りは深夜便の機内泊だ。無性にというほど日本食が欲しくはならなかった。

「ありますけど、ラーメン屋と居酒屋が合わさったような店ですし、やっぱり日本で食べるものとは違いますよ」

「そんなもんかなぁ」

「二週間近くも滞在して日本に帰って和食を食べると、美味しさが毛細血管に染み渡ります」

大袈裟だなと思ったが口には出さなかった。

帰国してからのことなどどうでも良かった。むしろ帰国そのものを考えたくなかった。

もちろんそんなわけにいかないことも理解している。まさかバリ島に骨を埋めるわけにはいかないだろう。ただその時点で私は、アサミと共に過ごす時間が秒単位で減っていく現実に耐え難いものを感じていた。

今は愉しい。アサミと一緒なのだから愉しくないはずがない。しかしこの時間は終わりのある時間なのだ。二人には日常が待っている。

搭乗時間間際になって出発ゲートへと移動した。ゲート前の待合い席にジュリナらの姿を探したが、多くの乗客に紛れて見つけ出すことができなかった。

「他の子らに挨拶しておきたかったんだけど」

アサミに申し出た。

「どうせ分散して座ってますから面倒ですよ。現地の空港で顔を合わせることになりますから、その時にでも挨拶してやればいいんじゃないですか」

「分散してるの？」

てっきり固まって搭乗を待っているとイメージしていた。

「いちおう、ライバル関係になりますからね」

薄笑いを浮かべてアサミがいった。

「機内の席も、ショコラとソラは並びですが、ジュリナとサヤカは別々に確保しています。本人たちの希望です。それぞれに底本のコピーを渡していますから、今も、バリ島に向から機内でも、それに集中しているんじゃないでしょうか」

アサミの口調から嘲笑の気配が消えない。

「演出プランを決めるのは私なのに、それぞれにプランを練っているんでしょうね」

憐れむ口調だ。

その憐れみに愉悦（ゆえつ）の響きを覚える。

「アサミちゃんがどんな底本を選んだか興味があるわ」

本心でいった私の言葉は無視された。

私たちを乗せたガルーダ・インドネシアは定刻に成田を離陸した。席はゆったりとしたビジネスクラスだ。エコノミークラスに搭乗するジュリナたちと顔を合わせることはなかった。

お決まりの安全説明があって航空機は空高く舞い上がった。空高く舞い上がったと私がイメージしたのはガルーダという名が付いた航空会社名のせいだ。ガルーダはインド神話に登場する神の鳥の名だ。炎のように光り輝き熱を発する。航空機の機体中央部から尾翼にかけて、その精悍な姿をイメージしたデザインが施されていた。

前にツアー旅行で利用した時はエコノミークラスだった。

今はどうか知らないが、当時ガルーダ・インドネシアは世界の危ない航空会社にランキングされていた。年に一度くらいの割合で墜落事故を起こしていたのだ。

福岡空港での離陸失敗事故もあった。

エコノミー席に座る私の座席の足元に分厚い鉄板が敷かれていたことを思い出す。

三十センチ角ほどのそれは、とても正規の部品には思えなかった。爪先でずらそうとしたが重くてビクともしなかった。シートベルト着用確認のために通り掛かったCAに指で合図した。足元の鉄板を指差して小首を傾げてみせた。褐色の肌のCAは穏やかに微笑んで、真っ直ぐに立てた人差し指で唇と鼻先を押さえ（黙ってて）と柔和な目で訴えかけてきた。

（なるほど。なにがしかの応急措置なのか）

納得した私は目立たぬよう親指を立てて笑顔を返した。よくよく考えてみれば、笑って看過することではないのだろうが、南国の大らかさに触れた気になって納得したのだ。

その便がバリ島に到着して着陸したとき、今度は頭上の荷物棚の扉のいくつかがバタン、バタンと派手な音を立てて開いた。機内に小さな悲鳴が起こった。

荷物は落下しなかったが、開いた扉を優雅な所作で閉じ直すCAたちの機敏な動きにも苦笑してしまった。

　ビジネスクラスのシートは窓際に一席ずつ、中央に二席という1―2―1のスタッガード配列で、中央の二列並びのシートはカップル席になっている。私とアサミは窓際の席に縦並びに座った。

「アサミちゃんと並びの席じゃないのね」

　当然の不満を口にした。

「カップル席は人気なので早めの予約が必要なんです」

　アサミが説明してくれた。

「今度乗るときは早めに予約しようね」

　抗議のつもりでいった私の言葉は曖昧な笑みでスルーされた。

　ウェルカムドリンクのシャンパンを飲んで、座席で映画を観たりした。振り返って座席の横から後方席に座るアサミを見るとシートをフルフラットに倒して眠っていた。どうやら熟睡しているようだ。

（無理もないか）

　ため息を吐いて納得した。

　アサミは昨夜も二ステージをこなしているのだ。累積した疲労もあるのだろう。そんなことを考えている内に私も眠りにおちた。

　途中機内食を配膳するＣＡに起こされた。ビジネスクラスだけあって前菜、メイン、デザートと本格的な食事だった。

「これを機内で調理しているのですか?」

英語で問うとフライングシェフが同乗しているのだと教えられた。機内は火気厳禁なので、シェフの主な仕事は温めと盛り付けらしい。アサミは眠ったままで食事をキャンセルした。私も到着前の軽食はキャンセルした。やがてガルーダ・インドネシアはバリ島ングラ・ライ国際空港に到着した。八時間弱の空の旅だった。

「未だ明るいね」

空港ビルへの連絡通路を歩きながら外の景色に目をやった。どんよりと曇った空だったが、夕暮れという雰囲気ではなかった。

「鮎子さん、一時間の時差がありますから現在時刻は午後六時前ですよ」

「そっか、時計を直しておかないとね」

「いいじゃないですか。バリ島まで来て時間に縛られることはないですよ」

「それもそうね」

「こちらの人はジャム・カレットっていいます」

「ジャム・カレット?」

「ジャムは時間、カレットはゴムです」

「どういう意味かしら」

「時間はゴムのように伸び縮みする。そんなものに縛られても意味はないと考えます」

「なるほど」

納得して時計を修正するのを思い止まった。

空港ビルに入ると静かに聞こえてくるガムラン音楽がバリ島気分を盛り上げてくれる。

二十数年ぶりに訪れるングラ・ライ国際空港は見違えるほど整備されていた。以前は日本の地方空港の趣だったが国際空港として恥ずかしくない佇まいに改装されていた。他の到着便もあったのだろう、入国審査ゲートは長蛇の列だった。

「以前は並ばなくても良かったんですけどね」

ウンザリした声でアサミがいった。

「それだけ利用客が増えたということかしら？」

「並ばなくてもいい別の出口があったんです」

「別の出口って？」

アサミが入国審査ゲートの端にあるドアを指差した。

「あのドアの向こうが取調室になっています」

「取調室って不審者を調べるところよね」

それが別の出口とは理解できない。

「パスポートに十万ルピア札を挟んで提示するんです。そしたら入国カードも確認しないでポンポンとスタンプを押してくれてフリーパスです。そのまま取調室の別のドアから出られます」

「それってワイロってことなの？」

「まあそうですけど、政権が変わってから融通が利かなくなりましてね、今じゃ並ばないとダメなんです」

「十万ルピアって？」

「日本円で千円くらいです」

それからアサミはかつてのバリ島のワイロ事情について説明してくれた。

入国審査だけでなく、通関も十万ルピアでフリーパスだったらしい。

それだけではない。

インドネシアはジュネーブ条約に加盟していないので国際免許を持っていたとしても無免許運転扱いされる。もちろん日本の運転免許証で車を運転することはできない。

「以前は日本の免許でレンタカーを借りられたみたいだけど」

「いちおう運転する能力があるという証明みたいなもんです」

そんな事情だから警官は、外国人が運転してる車をよく止めたらしい。目的は取り締まりではなくワイロを強請ることだった。しかしワイロも受け取りが厳罰化され、止められることもほとんどなくなったという。

「SNSとかYouTubeの広がりが大きかったですね」

「投稿されて悪事がバレてしまうということ？」

「その懸念が広がったんでしょう」

そんな話をしているうちに私たちの順番になった。係員の丁寧な対応で二人はすんなり入国することができた。

「ワイロがなくなったぶん対応が丁寧になったのは良かったです」

アサミが苦笑した。

「難癖を付けてもワイロに繋がらないのでどうでも良くなったんでしょう」

通関もスムースに終わり私たちはバリ島に足を踏み入れた。

少し遅れてジュリナたちが合流した。みんなTシャツ姿の軽装だった。

さらに遅れて薬膳中華の料理人である郭も合流した。こっちは歌舞伎町で出会った時のままのコック服だ。

「全員揃ったみたいね」

確認してアサミがポーチから携帯電話を取り出した。

「ああ、私。全員揃ったから車を回してちょうだい」

どうやら現地のドライバーに連絡したようだ。

空港ビルを出たところに大型のワンボックスカーが待機していた。

駐車場で待機していたのだろう、連絡してから数分と経っていない。

ドライバーともうひとり、助手席から現地の若い筋肉質の男性が降りて、私たちの荷物をワゴンカーに積み込んだ。アサミの指示でショコラとソラとサヤカが乗客用三列シートの後列に乗った。ジュリナと郭は真ん中の席で、私とアサミは前方席だ。

「イカンバカールの店に行って」

アサミがドライバーに指示して車が空港ビルを離れた。

空港を離れ五分としないうちに空が暗くなった。

「ひと雨きそうね」

窓の外を眺めてアサミがいった。

途端に雷光が辺りの景色を浮き上がらせた。間髪を入れず重低音の雷鳴が轟(とどろ)き渡った。

「キャア」

車内に悲鳴が湧いた。

後部座席の何人かが発した悲鳴だった。あるいは全員かもしれない。

私は悲鳴を発する余裕もないくらい固まっていた。隣でアサミは平然としている。

車のフロントガラスに大粒の雨粒が弾けた。

ワンボックスカーは滝のような豪雨に包まれた。

「大丈夫なの？」

アサミに訊かずにはいられなかった。

「なにがですか」

アサミは平然としたままだ。

逆に問われた私の方が戸惑った。特になにかを心配したわけではない。漠然と大丈夫なのかと質問しただけだ。

「いや、こんな雨だし、雷も近いようだから……」

「バリ島は今、雨季ですから」

アサミは相変わらず平然としている。

「でも、日本の梅雨みたいにシトシト雨が降るわけではありません。一日に何度かスコールがあるだけです」

「これからの予定は？」

「ジンバランのオープンテラスのレストランで魚料理を食べます。この雨も、着くころには止むでしょう」

「さっき言ってたイカンなんとかいうのがレストランの名前なの？」

「イカンは魚でバカールは焼くという意味です。要は焼き魚料理ですね。魚以外にロブスターや貝やイカ、タコもあります」

また雷鳴が轟いた。

悲鳴が上がった。

悲鳴を上げたのはショコラとソラだとはっきりと聞き分けることができた。

振り返ると二人は後部シートで抱き合っている。

小柄なサヤカは不安そうな眼差しを窓の外の空に向けている。その前に座るジュリナは固く拳を握り一点を凝視している。ジュリナの隣に座った郭は、にこやかな顔でキョロキョロしている。窓の外ではなく怯える同乗者の様子が楽しくて仕方ないように見える。

「予約は大丈夫だよね」

アサミがドライバーに確認した。

「はい、いつもの席を予約しておきました」

振り向いて答えたのは助手席に座る若い男だった。

「臭い豆腐はあるのか」

乱暴な訊き方をしたのは郭だ。

「臭豆腐（チョウドウフ）ですね。お店の人が用意してくれます」

「またあれを食べるの？」

呆れた声でアサミがいう。

「他に食うものがないからな」

「あれが来ると周りが一気に冷えるじゃないの」

「日本のクサヤよりはマシだよ」

郭が反論する。クサヤと比較するということはかなり臭い食べ物なのだろう。

「沖縄の『豆腐よう』みたいなものですか」

おずおずと訊ねてみた。

気持ちの半分以上は車外の豪雨に囚われたままだ。郭は臭い豆腐といった。『豆腐よう』は島豆腐を米麹(こうじ)、紅麹、そして泡盛で発酵させた沖縄の珍味だ。もちろん食べたことがある。しかしそれほど臭い食べ物とは感じなかった。食べた後に鼻腔を抜ける臭気も、発酵食品であればこんなものかと思う程度だった。

「あれとは全然違いますよ」

郭に代わってアサミが応えた。

「テーブルに置いた途端に眉を顰(ひそ)めた周りの白人たちに睨まれますからね」

「大丈夫です」

助手席に座る若い男だった。

「最近は中国のお客さん多い。誰も睨んだりしないです」

「こっちも中国人観光客が増えてるの?」

アサミが確認する。

「ええ、たくさん来ます。ヌサドゥア辺りのブランドショップであれします。えーと、あれです、あれ。あれします」

「爆買いかしら？」

私の言葉に若い男が顔を輝かせた。

「そう、そうです。そのバクガイです」

「詰まらない言葉ばっかり覚えるんじゃないよ、カツゥ」

ウンザリしたようにいったのはアサミだ。

「それにさ、ヌサドゥアのブランド品って、韓国や中国のパチモンじゃん。それを爆買いするってどうなのよ」

「パチモン違いますです」

カツゥと呼ばれた若い男が控えめに反論した。

「ブランドの工場が中国にあるのです。そこで本物のブランドバッグやブランドの靴を作っているのです。それを横流しするからパチモンではないのです」

なるほど正論だ。行為そのものが正しいか間違っているかは別にして、正規品と同じ工場で同じように作られているのであれば、それを偽造品とはいえないだろう。さすがのアサミも黙ってしまった。

運転手はハンドルを抱え込むような格好で前方を凝視している。ワイパーが左右に雨を撫で飛ばすが、そんなものでは追い付かないほどの雨量だ。誰も喋らない。時折天を引き裂くようなバリバリバリという雷鳴が轟くが、もう悲鳴を上げる者もいない。私も含め、ただただ息を詰めているだけだ。そのうち雨脚が弱くなってきた。雷も遠くに去っていく。

「どうやら通り過ぎたようね」

アサミの言葉に安堵の空気が車内に満ちる。

「来ていきなりの出迎えでしたね」

そういったジュリナの声も落ち着きを取り戻している。

「さっきいってたイカンバカールって美味しいんですか？」

サヤカの質問に迎合の気配がする。

「それほどでもないけどさ。一応バリ島に来たんだから、アンタたちに夕陽を見せてあげようと思ってね」

「夕陽を？」

「私たちが滞在するサヌールは東海岸にあるんだ。今日を除けば夕焼けを見るチャンスはないからね」

「リーダー優しい」

サヤカが鼻にかかった甘い声を出す。

「雨が止んで良かったですね」

やっぱり迎合している。

「焼き魚っていってましたけど、味付けとかはどうなんですか」

質問したのはジュリナだった。

「唐辛子ベースのサンバルソースだね」

「サンバルソースって？」

「チリソースみたいなもんだよ」

「私、辛いの苦手なんですけど」

「そんなに辛くはないよ」

「でも唐辛子ベースなんでしょ」

「ごちゃごちゃ言わずに食べたら分かるよ」

アサミの乱暴な口調に驚いた。お店の外ではこんなにきつい喋り方をするのか。しかし考えてみれば、アサミはジュリナより二回りくらい年上だろうし『ギャルソン』の創始者でもある。ある意味では社長に匹敵する立場の人間だと思えば、突き放すような口調もあり得るのではないだろうか。友達同士ではない、シビアな人間関係なのだ。

レストランらしき建物の車寄せにワンボックスカーが停車した。すぐにウエイトレスと思しき白い制服を着た若い女性が駆け寄ってきた。両手を合わせ軽く膝を折ってお辞儀した。カツゥが降りてなにやら話しかけている。予約の確認でもしているのだろうか。若い女性が了解してレストラン内に消える。運転席からの操作でスライドドアが開く。アサミを先頭に私たちは車から降りる。

「まだ雨の匂いがするね」

私の言葉にアサミが微笑んだ。

「雨に洗われた緑が綺麗です」

アサミの視線を辿って振り向いた。レストランの周囲はこんもりとした森で、慥かにアサミがいうように、木々の葉が雨に濡れて生き生きとしていた。

「さあ、店内に入りましょう」

アサミに促されてレストランに足を踏み入れた。

予想していた店内の造りではなかった。

大小のショーケースに色とりどりの魚が陳列されている。赤いのやら青いのやら黒いのやら銀色のやら。他に大きな水槽があった。ロブスターが緩慢な動作で動いている。蟹もいる。片手サイズの大きな蟹だ。ハサミは藁で縛られている。さらに水槽の壁面には大きな巻貝が貼り付いている。底にはハマグリを思わせる肉厚の二枚貝も沈んでいる。

「美味しそう」

燥いだのはショコラだった。

「美味しそうだねー」

ソラが同意した。二人は腕を絡め合っている。

「ここで食材を選ぶんですか」

ジュリナがアサミに問う。店内の奥行はそれほど広くなくテーブルも並んでいない。その代わり店外に突き出たテラスがあって、そこにテーブルが並べられている。

「選んでもいいけど、あなたに魚介の知識はあるの？」

アサミが不躾に指摘する。

「さッ、選びたい人は残って私たちはテーブルに座りましょ」

ジュリナを無視してアサミがテラスに向かう。ジュリナ以外の全員がそれに従う。

「私、ロブスターとホンビノス貝がいいです」

背後でジュリナが気丈にいう。

「どちらもバター焼きでお願いします」

全員が足を止めて振り返る。

「それホンビノスじゃないよ」

反応したのは郭だった。

「似ているけど違うね。でも味はそう変わらないだろう。さあ、テーブルに着こう」

郭の言葉に救われたジュリナも一団に加わった。テラスに出るとすぐ目の前は海だった。インド洋だ。沈みかけた太陽が雲と海を真っ赤に染めている。その荘厳さに私は息を呑んだ。東京では絶対に見られない夕焼けの光景だ。

(そう、これよ。これが見たかったのよ)

素直に興奮してしまう。

テラスで待ち構えていた女性店員が私たちを席に案内してくれた。

さっきのスコールの影響か、テラス席にいたのは中国人らしい家族連れだけだった。全員が着席するのを待って女性店員が胸に抱えていたメニューをひとりひとりに配ってくれた。海を正面に見る上座がアサミで、その両隣に郭と私、郭の隣にジュリナ、向かいにサヤカ、私の向かいはショコラとソラという席順だった。

メニューを開いて思わず苦笑が零(こぼ)れてしまった。

日本語で書かれたメニューだったが写真の下に書き添えられている魚の名称に苦笑させられた

のだ。ずんぐりとした魚はすべてハタと書かれている。色によってアオハタ、アカハタ、クロハタ、銀色の魚はカツオとアジ、アジといっても見慣れた鯵ではない。五十センチを超える菱形の巨大なアジだ。

ジュリナがホンビノス貝といった貝にはニマイガイ、水槽に貼り付いていた巻貝はマキガイと記されている。まともに説明しているのはロブスターとカツオくらいだ。

調理法の欄にはバター焼きもあった。ジュリナのために少しだけ嬉しくなった。ただ逆に、そのジュリナが勝ち誇ったように注文して、アサミの機嫌を損ねはしないかと心配もした。

全員がメニューを見ながら注文した。言葉が通じないのでメニューの写真を指差しながらの注文だった。最初に注文したのはもちろんアサミだ。

「これと、これと、これ」

参考にしようとしていたのは私だけではないだろう。なにしろ一行の中でこの店のリピーターはアサミだけなのだ。いや、それ以外にも郭もリピーターだが、メニューを開きもせずに注文したので参考にはならなかった。

「臭い豆腐、臭い豆腐。たくさんくれよ」

二度繰り返し両手で山を作って分量を表現した。

「鮎子さんもお好きなものを注文してください」

アサミに促された。

「臭豆腐、少しね」

私の悪い癖が出た。

知らない食べ物に臆するのがイヤなのだ。負けた気がするのだ。ただ食べ切れるかどうか分からないので、親指と人差し指の間隔を狭めて「少し」を表現した。

「鮎子さんも臭豆腐食べるんですか？」

アサミが目を丸くして驚いた。

「自分が知らない食べ物があるのがイヤなの」

「大丈夫。この女の人は私の昆虫料理を全部食べた人だよ」

頼もしげにいって郭がカラカラと笑った。

「それからこれとこれね」

アカハタとロブスターを注文した。

「アカハタにはサンバルソース、ロブスターはバター焼きでお願いします」

再び指差しながら声に出して注文した。

これも私の悪い癖かもしれない。サンバルソースでアサミの言に従い、バター焼きでジュリナを援護した。どれだけ仕事ができる美人を装っても、大きな組織で女が管理職を務めるのには気を遣う。八方美人、周囲を丸く収めるのが私の社会人生活の習い性になっていた。近付き難い女であればあるほど、それなりの苦労もしてきたのだ。

私の次に注文したのはジュリナだった。私に倣って、アカハタのサンバルソースとロブスターのバター焼きを注文した。ジュリナがサンバルソースを注文してくれた事に私は胸を撫で下ろした。

サヤカ、ショコラ、ソラの順でそれぞれ注文した。全員が私と同じ取り合わせだった。

「全員にビンタンお願い」

最後にアサミが飲み物を注文した。日本語だったがビンタンという響きに女性店員は頷いた。人差し指をテーブル全体に回したので「全員」という意味も通じただろう。

「ノー、ノー、ノー」

立ち去ろうとした女性店員を郭が呼び留めた。

「ビンタン、ノー。アラク、イエス」

女店員が頷いた。

「あ、私もアラク」

肩の高さに手を挙げて私もアラクを注文した。

ビンタンビールは飲んだことがある。アラクは未だ飲んだことがない。それだけで十分な理由になる。アラクがそこそこ度数の高い椰子酒だということは以前アサミから教えられていたが、まさかアブサンほどではないだろう。

「初日から酔っぱらわないで下さいよ」

アサミがいったが心配している風ではなかった。

ビンタンとアラクが給仕され、私たちは形ばかりの乾杯をした。初めて口にしたアラクは少し癖のある泡盛といった印象だった。臭みもあったが気になるほどではなかった。氷を浮かべよく冷えていたからかもしれない。

最初に運ばれた料理は郭と私が注文した臭豆腐だった。

テーブルに置かれる前から（来たな）と分かる臭気を放っていた。

ジュリナが露骨に顔を顰め、ジュリナほどではないがサヤカやショコラとソラも眉間に皺を寄せた。見た目は日本の厚揚げに近かった。五センチ角に切られたものが私には皿に二個、郭には平たい丼に山盛りにして配膳された。そしてその臭いだが、私なりに表現する言葉を探したが、結局なんの芸もない『糞便臭』という言葉しか思い付かなかった。

面白かったのは、少し離れたテーブルで食事をしていた家族連れの反応だった。中年の夫婦と二人の少年の組み合わせだ。

臭いに全員が顔を上げ、家長と思える男性が中国語で郭に語り掛けてきた。離れているとはいえ遠慮のない大声だった。少し興奮しているようにも思えた。クレームかと私は身構えた。それはそうだろう。食事中にこんな臭いを嗅がされたのでは堪ったものではないはずだ。

しかし違った。二言三言郭と言葉を交わし、男性は女性店員を呼び付けた。郭を指差して、どうやら同じ臭豆腐をオーダーしたようだった。それが運ばれ、たちまちテラスは臭豆腐の臭いに包まれてしまった。

「白人観光客がいなくて良かったですね」

アサミが愉快そうにいった。

「いたらこの店のクチコミサイトに罵詈雑言が書かれるところでしたよ」

「その代わりあの家族の誰かが星五つで投稿するよ。中国人のお客さん増えるね」

「要予約ってサイトに書いておくようにいっておかなくちゃいけませんね。いつでもあるわけじゃないですからね」

「臭豆腐は郭さんスペシャルなの？」

「そうです。予約の段階で手配するよう指示しておきました」

二人の会話など気にする風もなく、郭は貪るように臭豆腐を口に含み、それをアラクで流し込んでいる。

「見てばかりいないで鮎子さんも食べればどうです」

アサミに勧められフォークで刺した臭豆腐を口に運んだ。強烈な臭いに臆さず半分くらいを齧り取った。ジュリナたちが心配そうな顔を向けている。

「あらッ」

「どうですか？」

「案外いける。カリッとして、少々塩味がきついけど、これならお酒も進むわ」

そういってアラクを口に含んだ。

「さすが鮎子さんですね」

笑顔のアサミに褒められた。

「でも、今夜のキスはお預けですよ」

一度だけのアサミの唇の感触を想い出して顔を熱くした。

「いらんこといわんといてよ」

郭が二杯目のアラクを注文した。

そのアラクと同じタイミングで全員のオーダーが運ばれた。

魚は黒焦げといっていいほど焼かれていた。その香ばしい匂いが臭豆腐の臭みを和らげてくれる。ジュリナらがナイフとフォークでロブスターのバター焼きから食べ始めた。アサミは黒焦げになった魚の身を、右手の指先で毟りながら食べている。どうやらハタのようだが、黒焦げになっているのでアオもアカもクロも関係ない。他にはカツオとアジを注文したようだ。これも丸焦げになっていたが、魚体の形状でそれと推測することができた。アサミに倣って毟り取ったハタの身をサンバルソースに付けて口に含んだ。思ったほど辛くはなかった。どちらかといえば酸っぱい味がした。

「辛くないね」

アサミに語り掛けた言葉は他のメンバーに聞かせる言葉だ。

「レモンでも絞っているんやろうか、酸味が口の中をすっきりさせてくれる味で美味しいわ」

私の言葉につられジュリナが黒焦げの魚に手を出した。ナイフとフォークを使わず指先で身を毟り取って食べている。他のメンバーもジュリナに続いた。

「サヤカ、左手はダメ」

アサミが注意した。

「ここでは左手は不浄の手なの。左利きのあなたには不便でしょうけど、右手で食べなさい」

命令口調だが優しさを感じる。

「すみません」

素直に謝ってサヤカが右手に変えた。

「サンバルソース美味しいですね」

諂（へつら）うようにいう。

左手でロブスターを押さえ右手で身を毟り取った。

口に含んで噛み締めて首を傾げた。身がスカスカに思えた。加えてバターの味も少し違うのではないかと感じた。コクがないのだ。

（味の強いものばかり食べるから舌が鈍感になったのか）

それだけではないように思える。

「それ、バターじゃなくてマーガリンですよね」

ジュリナがいった。視線は私に向けられている。なるほどマーガリンならコクがないのも納得できる。

「そうね。これバターの味ではないわね」

ジュリナに同調した。

「アンタって子はホントに文句が多いよね」

聞き咎めたのはアサミだ。

「文句だなんて……」

「バリ島じゃマーガリンもバターも変わらないんだよ」

アサミがいったが真偽のほどは確かめようもない。

「サンバルソースの方が合ったかも知れませんね」

ジュリナがいった言葉が迎合ではなく反発に聞こえる。

「あー面倒臭い。ちょっと酔うか」

アサミがいって手を挙げた。反応して駆け寄った女性店員にいう。

「ブルムちょうだい」

女性店員が手元の伝票に書き込む。

「ブルムって？」

好奇心を抑えられない私は質問する。

「お米のワインです」

「へぇ、なんかバリ島らしいやないの」

前回ガイドに案内されたライステラスが目に浮かんだ。ライステラスは日本でいうところの棚田に当たる。温暖な気候のバリ島では、三期作が可能なのだとガイドから説明された。そのバリ島で米のワインは腑に落ちるものがある。

「米のワインか。ライステラスで有名な島だもんね」

自分の知識をひけらかしたかったのではない。アサミとジュリナのギクシャクとした空気をなんとかしたかったのだ。このままでは折角のバリ島旅行が初日から気拙いものになってしまうではないか。

「鮎子さんもお飲みになります？」

「もちろんいただくわ」

「他に飲みたい人は？」

ジュリナ以外の全員が手を挙げた。

「ジュリナはビンタンのお代わり？」

私はジュリナに問い掛けた。ジュリナのグラスは空になっている。

「バリ島って三期作もできるんだよ。日本でも高知あたりだったら二期作が可能だけど、三回も収穫できるんよ。バリ島はインドネシアを代表するお米の生産地なの。その島のお米のワインやったら美味しいんと違うかな」

「それじゃ私も」

ジュリナが左手を浮かしてくれた。

高知で二期作が行われているというのは小学生か中学生の地理で習った知識だ。その後減反政策が行われたので、今はどうなのか疑問だった。またバリ島がインドネシアを代表する米の生産地だというのもその場の思い付きでいったことだ。なんにせよジュリナが同調してくれてホッとした。同時にこの先ずっとアサミとジュリナの関係に気を揉まなくてはならないのかと思うと気が重たくもなった。

「それじゃブルムを七つね」

アサミが右手を広げ、その手のひらに左手の指を当てて再度注文した。

給仕されたブルムは匂いに癖のある甘酒だった。ジュリナが不満を口にしないか、それだけが気掛かりだった。

「このお酒なんか臭い」

案の定、ジュリナが誰にともなくいった。

「なんか全然ワインっぽくない」

続けて不満を口にした。

「リーダー、私さっきのビールに変えてもいいですか」

ジュリナが尋ねてアサミが顔を顰めた。

「勝手に頼めば？」

突き放すようにいった。ジュリナが手を挙げて女性店員を呼んだ。

「さっきのビールをちょうだい」

日本語で注文された女性店員が首を傾げた。

「これよ、これ」

メニューを開いてジュリナが苛立たし気に指差した。

「アー、ビンタン」

女性店員が納得して奥に消えた。

「ったく、ビールで分かるでしょうが」

舌打ちをした。

「あんた態度悪いよ」

ジュリナを諫めたのはサヤカだった。

「案内してくれたリーダーに少しは気を遣いなさいよ」

「だって魚は黒焦げ、ロブスターはパサパサ、そのうえお米とやらのワインは臭みがあるし、ビールだって薄くてコクがないし、散々じゃない。ついでにいえばこの臭い豆腐も――」

いきなりジュリナの顔面で液体が弾けた。

臭みがあると文句をいったブルムをアサミに掛けられたのだ。

「気に入らないんだったら、先に宿に入っても構わないのよ」

アサミが凍るような声でいった。

ジュリナが憤然として席を立った。

椅子を後ろに飛ばす勢いだった。

「外の車に乗ればカツゥらがあなた用のコテージに案内してくれるから」

「いりません。お断りです。私はオーディションの日まで別のホテルに滞在します」

「演目はどうするのよ。リーダーが考えてくれているんだよ」

サヤカがいった。

「私なりに考えてきた演目があるからそれもいらない。音源もプレイヤーも持って来たから」

ジュリナが去ってアサミが携帯を取り出した。

「私。今ひとり、先に宿に入りたいっていう子が出るからエントランスに車を回して。ホテルに泊まりたいというでしょうけど、構わないからハウスのコテージに案内してあげて。暴れるかもしれないけど、そこのところは任すから」

それだけいって携帯をしまった。

「ジュリナさんもコテージに泊まるんですか?」

ショコラがおずおずと訊いた。

「予約もしていない、土地鑑もない、そんなジュリナが飛び込みで泊まれるホテルなんてろくなホテルじゃないわよ」

「でも……」

「でも、どうしたの?」

「ジュリナさん気が強いし、それに暴れたら任せるって……」

そうだ、その点が私も気になった。

暴れたら任せるということは、腕ずくでも泊まらせるということなのだろうか。高慢さを隠さないジュリナの顔が目に浮かんだ。ジュリナはアサミの指導を断ったのだ。音源も自分で持って来たといい放った。それはバリ島に来る前から、アサミの指導を受ける気がなかったことを意味する。そこまで決めていたジュリナが、『リフレッシュ・ハウス』のコテージへの滞在を素直に受け入れるとは思えない。流れとしては、アサミが案内したシーフードレストランに不満を抱いたジュリナが口論の末に離席したようにも思えるが、実際はそうではなく、あれはジュリナが意図的に仕掛けたトラブルではなかったのか。

「白けたからアラクでも飲んで盛り上がろうか」

アサミの提案に異を唱える者は誰ひとりいない。

ジュリナが彼女独自の演目を用意しているのであれば、それを観てみたいという衝動を私は抑える。この土地に来て、アサミに逆らうことは無意味だと諦める。やがてアサミが注文したアラクが瓶で六本運ばれた。同じ数のペットボトルとかち割り氷を山盛りにしたアイスペールも三つ用意される。

「ペットボトルはアクアというインドネシアのミネラルウォーターよ。アラクはそこそこ強いお酒だから、水割りにするなりロックにするなり、好きなスタイルで飲んでちょうだい」

アサミの言葉にそれぞれが従う。

ショコラとソラは水割りでサヤカはロックだ。それはおそらくアサミがそうしたからそれに倣ったのだろう。私と郭はもちろんストレートだ。チェイサーとしてアクアをペットボトルから直接飲んだ。アサミとサヤカも同じようにしてアクアを飲んでいるが、サヤカがアクアを飲むペースが速い。

(無理はしないで)

心の中でサヤカに囁き掛けた。

全員がアラクを飲み始めたタイミングで料理が変わった。大皿に盛られた野菜がテーブルセンターに、取り皿が各人に配られた。二人の女性店員がテーブルの脇に控えた。

「ガドガドよ」

アサミが料理の名を告げる。

「日本風にいえば温野菜サラダね。取り分けはこのお姉さんたちがやってくれるわ」

アサミが振り返って女性店員らに顔を向けると、彼女らは膝を折り、優雅な所作でお辞儀した。二人の内の一人は金属のボウルを抱え持っている。手が空いている方の女性店員が温野菜を席順に取り分けてくれる。それにもう一人の女性店員が金属のボウルからオタマで掬ったドレッシングを回し掛けてくれる。

「ピーナツソースよ」

アサミの解説が続く。

「それとガドガドのお皿に添えられているのはクルプック。日本風にいえばエビせんね」

アサミがクルプックを一枚手に取る。

「こうして粗く砕いてガドガドにまぶして食べても美味しいの」

全員がそれを真似する。

「このピーナツソース甘辛くて美味しいですね」

さっそく声を上げたのはサヤカだった。

「エビせんも美味しいです。このまま食べてもいいんですか？」

ショコラが控えめに尋ねる。

「いいよ。お代わりは幾らでもあるから遠慮しないで食べなさい」

ショコラがソラに頷いて二人はエビせんを直に齧りだす。二人の美貌と相俟って、サクサクと小気味いい音に頬が緩む。ショコラとソラの『ギャルソン』での演目が脳裏を過る。童謡の『蝶々』をバックに踊られた演目だった。ジュリナの高慢な笑顔やアサミの『刺青』に気を取られ、それほど印象に残る演目でもなかったが、今こうして、嬉しそうにエビせんを齧る二人を見ていると、改めて、その透明感のある無邪気な美しさに微笑んでしまう。

（でも……）

と私は思い出す。

蝶々に扮したショコラとソラは、男性ダンサー扮するわんぱく少年に追い立てられ、助け合いながら逃げ惑うが、ついには虫取り網に押さえられ、翅を捥がれて絶命するのだ。あの演目のラストを思い出した私は複雑な気持ちになる。立案、演出したのはアサミだろう。

（こんな可愛い二人が）

思わずにはいられない。

（翅を毟り取られて殺されるなんて）

現実とステージを混同する愚は承知している。しかしこの場所は、そしてこれからの時間は、すべてアサミの手中にある。ジュリナの離脱を認めなかったアサミは、腕ずくで従わせるよう指示を下した。先ずはジュリナに下された災厄だが、同じことがショコラやソラにも、さらにはアサミに気を遣うサヤカにも、降り掛からないとはいえないのだ。いや、降り掛かるに違いない。それは予感というより確信だった。

「ちょっと失礼します」

サヤカが椅子を後ろに引いた。

「トイレなの？」

「ええ、少し飲み過ぎました」

「しょうがない子だね。がぶ飲みしているからだよ」

その時点でサヤカは二本のアクアのボトルを空にしている。ガドガドを取り分けてくれる女性店員の役割はそれだけではない。アラクを勧めるのも彼女らの役割らしい。ロックで飲んでいるサヤカの氷が融けて小さくなると、その中身をテラスの外の海岸に捨て、新たな氷を入れてアラクを注ぎ、飲むように促すのだ。

椅子を引いて立ち上がったサヤカがよろけて尻もちをついた。明らかに腰に来ている倒れ方だった。女性店員より先に駆け寄ったのはショコラとソラだった。

「トイレッ」

鋭い声でアサミが女性店員に指示をした。

「私たちが付き添います」

ショコラがいってソラと二人でサヤカを支えて立たせた。

「いいよ、ひとりで歩けるよ」

「ダメですよ。フラフラじゃないですか」

ショコラがサヤカを叱った。

「そうですよ。ちょっと吐いたほうが良くないですか」

ソラが同調した。二人のいう通りだ。支えられて立ち上がっているものの、サヤカの足はテラスの床をしっかりと踏んではいない。

「しょうがないね。ショコラとソラ、サヤカを頼んだよ」

女性店員に先導されて三人が店内へと消えた。

「もうお開きにした方がいいみたいね」

私は思ったことを口にした。

「なにをいっているんですか。夜はこれからですよ」

アサミに反論された。夕焼けの残照も消えてテラスの外はとっぷりと暮れている。単調な波の音だけが暗闇から耳に届く。曇っているのか空の星は確認できない。

「ほら、新規のお客さんだよ」

アサミにいわれて目を転じた。

二組の白人カップルが席に着こうとしている。中年とはいえないが、それほど若くもない、そんな年齢の落ち着いた四人だ。リゾート気分に華やぐ空気は感じられない。中国人一家は既に席を後にしていた。

「これからが大人の時間なんですよ」

「そうそれがリゾートね」

小太りの郭が、似つかわしくない言葉でアサミに同調する。

「どこかでディナーを済ませ波の音でも聞きに来たんでしょう」

アサミが推測を付け加える。

「それとそろそろショーの時間ですから」

「ショーの時間？　ここでショーがあるの？」

「あそこをステージにレゴンダンスが披露されます」

テラスの中央には海に突き出た場所がある。あれがステージなのか。

「もちろんこんな場所ですから、本格的なレゴンではありません。簡略化されたステージですが、ガムランは生演奏ですし、それなりに愉しめるショーではあると思いますよ」

ショコラとソラに支えられたサヤカが席に戻った。斃れるように椅子に座りこんだ顔は苦しさを隠せない。

「あんたは水でも飲んでなさい」

忌々し気にアサミがいう。盛大に吐いたのだろう。サヤカの口元が唾液で濡れている。新たな白人のカップルが腕を組んでテラスに出てくる。

「すみません。酔ってしまって」

嗄れ声でサヤカが謝る。それをアサミは無視する。唾液に汚れたサヤカの口元をショコラがハンカチで拭いている。チッとアサミが舌を鳴らす。私に対する態度とあからさまに違うアサミの態度に、私は微かな不安を覚える。

それからも三組の白人カップルが次々に入店し、テラスの席は半分ほどが埋まってしまった。アサミのいう通り、全員がディナーを済ませ、あるいは軽く飲んできたのだろう。魚料理を注文する者はおらず、ガドガドとアサミが教えてくれた温野菜サラダか、クルプックと呼ばれたエビせんをツマミにグラスを傾けている。

「ほとんどの人がお米のワインなんやね」

「ブルムは安いですからね。日本円で一杯二百円しないくらいですし、ビンタンやアラクはその倍くらいしますからね」

「倍といったって十分安いやん?」

白人客はバックパッカーという身なりではなく、それなりにちゃんとした人物に思える。

「基本彼らはシビアですよ。リゾートだからといって日本人みたいに財布の紐を緩めたりはしません」

いわれてみればガドガドも、私たちのテーブルのように大皿に大盛りされたものでなく、ひとりずつ小皿に盛られたものだし、もちろん私たちのテーブルのように、取り分ける女性店員も付いていない。エビせんだけでブルムを傾けているカップルもいる。

「ショータイムがあるといってたけど?」

「もうすぐ始まります。何時からと厳密に決まっているわけではなく、客席が適度に埋まったら始まるんです」

「なるほど、《時間はゴム》やもんね」

やがてテラスに楽器が運び込まれた。鉄琴のような楽器が二台、それほど大きなものではない。

二人で一台ずつ運び込んで、運び込んだ男たちがそれぞれに楽器に向かって胡坐をかいた。

「グンデルと呼ばれる楽器です」

アサミが耳元で説明してくれる。

「本格的な演目ではもっと多くの種類の楽器が使われますが、ここでは最小単位として、二台のグンデルで演奏が行われます」

男たちが目を見交わして演奏が始まった。音符の転がりが目に見えるような演奏だった。男たちは両手に構えた木製のバチで鉄琴を叩いている。先端が球形になっているバチではなく厚みのある円形のバチだ。その形状は月餅を連想させる。

「木のバチなのに硬質な音が出るんやね」

「材質は黒檀ですから十分に硬いバチです」

演奏が速くなる。速いメロディーラインを担当しているのは右手で、左手はそれを補完する役割らしい。演奏はどんどん速くなるが、引き込まれるというより沁み込む音に包まれる。

「なんか懐かしい響きやね」

「鉄琴は十枚で五音階に分割されています。日本の民謡とか童唄に近い音階です」

なるほどと得心した。

「どこかで繋がっているんかもしれないね」

「鮎子さんバロンは観ましたか？」

「ああ、あの獅子舞みたいな」

「そうです。バロンはバリ島で森の聖獣として崇められています。バリヒンドゥーでは善の象徴であり、反対に悪の象徴である魔女ランダと闘います。一種の厄除けですね。日本の獅子舞も邪気を祓う舞いとされてるようです。どこかで繋がっているのかも知れません」

「お互いアジアの仲間やもんな」

バリ島と日本を直接的に繋げようとするアサミの物言いに軽く釘を刺した。

獅子舞が行われるのは日本だけではない。台湾にも韓国にも中国にも、その文化は根付いている。リベラルよりの新聞社に勤めていた私は、日本だけを特別視したり、気に入っている国や地域と日本の関連性だけをことさら強調したりする風潮には抵抗を感じてしまう。

「グンデル・ワヤンの音色になにか感じるものがありませんか？」

私の思惑など関係なくアサミがいう。

「うーん、リズムの速さに高揚するというより、沁み込んでくる音色やな」

「さすが鮎子さん、その通りです」

褒められたがなにがさすがなのか分からない。感じたままの感想を述べただけだ。

「二台のグンデルはそれぞれに表と裏を担当しています。オンビートを中心とした演奏を担当するのが、ポロスと呼ばれる表のパートにあたります。裏のパートはサンシと呼ばれ、オフビートを中心としたパートを担当します」

「なるほどね」

そういうものかと納得するしかない。

「二つのリズムとメロディーが合わさって、さらに音域の微妙な違いが共鳴して、深みのある演奏になるんです。コテカンと呼ばれる技法です」

「そう、詳しいんだね」

だんだんアサミの囁きを鬱陶しく感じ始めていた。あえて気のない返事をした。しかしその想いはアサミに届かなかった。

「鮎子さん、私は舞踏家だったんですよ。詳しくて当然じゃないですか」

そういってアサミが胸を張ったのだ。ダンサーといわず舞踏家といった。その言葉にアサミの気負いを感じた。

「ですからコテカンの技法を使うためには最低でも二台のグンデルが必要なんです」

詳しいのは分かったし、アサミなりの気負いも感じたが、解説はほどほどにして欲しかった。もっと演奏に浸りたかった。

二台のグンデルは互いに競うようにテンポを上げ、絶頂に達したところでふっつりと演奏が止んだ。いきなり訪れた静寂のなか、耳に波の音が届く。やや間をおいて白人のひとりが緩慢な拍手で演奏を称(たた)えた。それに他の観客も続き、私も、私たちのテーブルのメンバーも拍手を送った。アサミはグラスを傾けるだけで拍手はしない。郭も同じだ。

あちこちからの拍手を縫うように、二台のグンデルが音色を奏で始めた。打って変わった厳(おごそ)かな旋律だ。やがてその旋律に誘われるように、建物から二人の小柄な少女がテラスに出てきた。ただ歩いているのではない。膝を折り気味にして背筋を過剰に伸ばし、足の動きも同調している。すでに踊りが始まっているのだと理解した。

二人の少女は花びらが盛られた皿を両手で胸の高さに掲げ、舞台中央まで歩み寄って右手に持ち替え、左腕を横に開いて本格的に踊り始めた。

「パニャンブラマと呼ばれる歓迎の踊りです。元来は寺院の祭礼などで神々を迎える踊りでしたが――」

「ちょっと黙っていてくれないかなぁ。踊りに集中できないじゃない」

再び始まったアサミの解説を遮った。

これ以上煩く耳元で喋るのは止めて欲しかった。

アサミが口を噤んだ。

素直に従ったのではない。明らかに気分を害している。気にならないわけではないが、私は踊りに集中した。少女らの踊りは十分ほどで終わり、その最後に皿に盛った花びらを左手で摘まみテラスに撒き散らした。再び拍手が送られた。その拍手のなか、アサミがバッグから携帯を取り出した。

「終わった。車を回して」

言葉短く指示をした。

「さっ、帰りましょ」

もう少し余韻に浸っていたかった。さっきのことがあるのでそうもいかないと判断した。ショコラもソラもサヤカも同様に後ろ髪を引かれる思いだったのだろう。緩慢な動作で帰り支度を始めた。

「早くしなさいよ。すぐに退店の混雑が始まるんだよ」

苛立たし気にアサミがいう。

アサミが苛立っている原因は私しかない。そそくさと帰り支度をした。混雑するというが、誰も席を立つ気配がない。余韻を楽しみながら談笑している。急ぐ必要などまったく感じない。

アサミが他のメンバーを置いてテラスから姿を消した。私たちがテラスから建屋に戻るとカツゥの姿があった。どうやらキャッシャーで精算をしているようだった。

「アサミさん車で待ってます。急いでください」

私たちに気付いたカツゥがいった。

レストランの車寄せにワンボックスカーが停まっている。急ぎ足で車に向かった。ワンボックスカーのスライドドアは開いており、腕と脚を組んだアサミが憮然とした表情で前を睨んでいる。

「お待たせしました」

最後列に座るショコラとソラが声を揃えて乗り込んだ。

郭とサヤカ、そして私がアサミの横に座るタイミングでカツゥも車に戻り、助手席に身を潜り込ませた。助手席のドアが閉まるのを合図にワンボックスカーが発進した。

「リーダー良いものを観せて頂きありがとうございました」

さっそくサヤカがお追従(ついしょう)を口にした。

「私、本格的なバリ舞踊を生で観るのは初めてだったので感激しました」

「本格的?」

サヤカの言葉をアサミが聞き咎めた。顔は進行方向に向けられたままだ。腕も脚も組んだ姿勢のままでアサミがいった。

「あれのどこが本格的なのよ。楽器だって最低限だし、踊っている子見たでしょ。まだ子供じゃない。あんなの全然本格的じゃないわよ」

ずいぶん棘のあるいい方をする。

「すみません」

サヤカが小声で謝った。

謝るのはたぶん私の方なのだろう。耳元で細かく解説してくれるアサミの好意を無下にしたのは私なのだ。そうは分かっていても謝る気にはなれなかった。むしろあんな小さなことを根に持っているアサミに腹が立ったくらいだ。

気拙い空気のままワンボックスカーは暗闇を走る。街灯もない道は、いつかアサミがいったように真正の闇だ。ヘッドライトに照らされた道の先だけが明るく見える。

(どこに連れていかれるんだろう)

それは承知している。『ギャルソン』のパトロンらが共同で所有する『リフレッシュ・ハウス』という名の保養所だ。承知はしているが、それでも不安になる周囲の闇だ。

「カツゥ」

アサミが助手席に声を掛けた。

「はい、アサミさん」

カツゥが振り返った。

「ジュリナはどうした?」

「一番奥のコテージに入ってもらいました」

「大人しく入った?」

「少々暴れましたがボクとワヤンとコックのマデで取り押さえました」

「そう。それで今は大人しくしているの？」

「ええ、まあ」

カツゥの返答が曖昧だ。ワヤンとは運転手の名だろう。コックだというマデも男に違いない。男三人掛かりでジュリナを押さえ込んだということか。しかし今、そのうちの二人は私たちと共に行動している。拘束されているジュリナの姿が浮かんだ。保養所の付近の環境は知らないが、あのジュリナならコテージを抜け出してタクシーを拾うことくらいするだろう。

（私は無理）

そう思わせるほど車を取り巻く闇は深い。そこになにかが潜んでいるのではないかと、原始的な恐怖を抱かせるほどの闇だ。

「私たち、後で様子を見に行ってもいいですか」

おずおずと質問したのはショコラだった。

「もう眠っているよ」

カツゥが応える。いくらなんでもそれはないだろう。さっき暴れたといったではないか。外は真っ暗だが未だ深夜という時間でもない。そんな時間に興奮しているジュリナが眠れるわけがないだろう。

（眠らされているのか）

拘束され身体の自由を奪われているのではなく、クスリで意識を奪われているのかと空想が転がる。ショコラはそれ以上なにもいわない。納得しているのではないが、私と同じような想いに囚われているのだろう。しかしこれ以上訊けないのだ。訊くことを許さない空気が車内に充満しているのだ。

車が明るい道に出た。明るいといっても道を挟んで並ぶレストランから漏れる灯りで明るく感じるくらいだ。

「ここがサヌールの外れになるの。保養所はこの先の森の奥よ。一応食事は三食用意されるけど、現地のレストランとか利用したい人は、この通りに出ればいい。サヌールは西海岸のクタとかスミニャックと比べて治安もいいから」

アサミが説明してワンボックスカーが左折した。森の中に進み私たちは再び漆黒の闇に包まれた。

ほどなくして『リフレッシュ・ハウス』に到着した。玄関先の明るい光に包まれ安堵した。車を降りて辺りを見渡した。敷地一帯が二メートルくらいの壁で囲まれている。暗闇の中に点在するコテージが玄関ライトに浮かび上がっている。全体的に落ち着いた佇まいだが、敷地を囲む壁の上辺に違和感を覚えた。

「あれはなに？　装飾かしら？」

敷地内から漏れ出る光を反射してなにかがキラキラと輝いているのだ。

「あれはガラス瓶の破片です。ガラス瓶を集め、砕いたものをコンクリートで埋め込んでいます。泥棒避けですね」

「そうなんだ」

当たり障りないよう言葉に気を付けた。正直な感想をいえば『リフレッシュ・ハウス』に似つかわしくない物々しい造作に思えた。ワンボックスカーが停まったのは敷地内でもひときわ大きい建物で、ヴィラと呼ぶに相応(ふさわ)しい建物だった。

「この建物が『リフレッシュ・ハウス』のセンターになるの。特別変わった設備があるわけではないわ。この建物にだけあるのは、会議室と稽古場とダイニングくらいかしら。みんなが宿泊するコテージにはリビングとベッドルーム、バス、トイレ、それからプールも付いているから、稽古場の利用以外でこの建物を利用する必要はないと思う」

アサミの説明が続くなか、カツゥに引率されたメイド服の女性が建物から姿を現した。三人だった。

「この人たちがあなた方の世話をしてくれるメイドよ。全員が日本語を喋れます」

アサミがカツゥを手招きした。

カツゥがアサミの傍らでアタッシュケースを広げて持った。

「これからひとりずつに携帯電話を配布します。携帯電話には私とカツゥ、それからそれぞれのコテージを担当するメイドの携帯番号が登録されています。普段のことは担当するメイドが世話をしてくれます。どこかに出掛けたくなったらカツゥに連絡してください。日本語を喋れるタクシーを手配してくれます。レッスンのスケジュールは明日の午前中までに私が決めて、各コテージのドアに挟んでおきます。そのスケジュールに従って、明日の夕方からセンターの稽古場でレッスンを始めます」

「あのう、荷物は？」

質問したのはサヤカだった。

「みんなの荷物は運転手のワヤンにいって、コテージのリビングに運ばせているわ」

「そこまでして頂いて恐縮します」

「いいのよ。ここではみんなはゲストなの。お客様よね。だからなにも気を遣うことはないの。メイドにしてもそう。日本人はこんなことまでしてもらってと気を遣うけど、それが彼女たちの仕事なんだから、一切の遠慮とか気遣いは無用よ。あなたたちは自分の演目に集中すればいい。最終オーディションにはあなたたちひとりずつの将来が掛かっているんだからね」

「はい、頑張ります」

サヤカが素直に応え、満足気に頷いたアサミが、ダンサーらの名を呼んで携帯を配り始めた。配りながらメイドを引き合わせる。

「サヤカ。あなたの担当はこの娘よ」

メイドは胸にカタカナ書きされたネームプレートを付けている。

「ヨロシク、オネガイシマス」

ややたどたどしく聞こえる日本語で挨拶したメイドが両手を胸の前で合わせ、膝を折ってお辞儀した。

「ショコラとソラ」

二人は同時に呼ばれた。二人が歩み出るタイミングでアサミの隣にひとりのメイドが進んだ。ショコラとソラにお辞儀した。

「あなた方はペアで演じるから同じコテージにしておいたわ。ベッドはダブルサイズだから大丈夫でしょ」

「はい、ありがとうございます」

ソラの手を引いたショコラが神妙に応えた。

「あなたとソラの携帯には互いの電話番号も登録しておいたわ。ま、二人が離れて行動することはないと思うけど、念のためにね」

アサミの言葉にショコラとソラが恥ずかし気な表情を浮かべた。

「それじゃ、サヤカ、ショコラとソラは、担当メイドが案内してくれるからそれぞれのコテージでゆっくりして」

敷地内の通路は小さな白色のＬＥＤライトで縁取られている。その通路にサヤカらが消えて私と郭が残された。

「鮎子さん」

アサミがひとり残ったメイドを伴って私のもとに歩み寄った。手に持った携帯電話を渡してくれた。

「画面は日本語表示になっていますからご心配なく」

微笑んでメイドを私に紹介した。

「この子が鮎子さんのお世話をするメイドです」

メイドの胸のネームプレートに目をやった。『アユ』と書かれてある。

「偶然ですよ」

私の視線に気付いたアサミが薄く笑った。

「彼女の本名です。わざわざニックネームを付けたわけではありません」

アユはすらりとしたチョコレート肌の美人だ。年齢を想像するのは難しいが十五、六歳というところだろうか。サヤカらの担当になったメイドも少女を思わせる年齢だったが、とりわけアユは若さが際立っていた。幼いというのではなく瑞々しいのだ。

「ヨロシク、オネガイシマス」

アユも胸の前で両手を合わせ、膝を折ってお辞儀した。

「こちらこそよろしくお願いしますね」

「それじゃアユ、お客様をご案内して」

「ハイ、カシコマリマシタ」

「アサミちゃんや郭さんはどうするの？」

郭のコテージなどどうでもいいが、アサミのコテージは知っておきたかった。さっきのレストランで気拙い空気になってしまったが、この『リフレッシュ・ハウス』で気軽に話せるのはアサミだけなのだ。

「私と郭さんはセンターの部屋を使います」

「そう。ここに寝泊まりするのね」

「なにかあったら電話ください。電話でなくて、訪ねてきてくれても構いません。レッスンは夕方五時からですから、昼間はのんびりしています」

「それじゃ、今夜のところはお先に」

「鮎子さん」

その場を立ち去ろうとした私をアサミが引き留めた。

「ん、なに？」

「後で部屋に行っていいですか？」

「別にかまへんけど、どしたん？」

アサミらしくない遠慮する態度に問い返した。

「さっきの事を謝りたくて……」

「そんなこと？」

あえて気にしてないよと聞こえるようにいった。

「少しだけでいいですから」

アサミが泣きそうな顔でいう。

「ほな来て。その代わりナイトキャップをお願いできる？」

「寝酒ですね。持って上がります」

「それじゃ後で」

軽く手を挙げてその場を後にした。アユに連れられ自分に割り当てられたコテージに向かった。

コテージはセンター棟のすぐ裏側だった。

「ドウゾ」

ドアを開けてくれたアユに促されて部屋に入った。間接照明の部屋は薄暗かった。アユが私に従って入ってくる。なんとなく気詰まりな空気になってアユに語り掛けた。

「アユはここに長いの？」

「ナガイ？」

「何年くらいここに勤めているの？」

「サンネン、クライデス」

「通いで?」

「カヨイ?」

「うーん、なんていうかな。寝るところはどこ?」

「センターデ、ネテイマス」

　ということは住み込みか。

「メイドさん三人で暮らしているのね」

「イエ、メイド、モット、タクサンデス」

　そうか、ここに泊まるのは私たちだけではないのだ。

　正月が過ぎて松が明ければパトロン連中も来島する。しかしと私は考えた。パトロンが共同所有しているとはいえ、むしろ一年を通して考えれば、誰も利用しないことのほうが多いのではないだろうか。

「ゲストがいないときはどうしているの?」

「インターナショナルスクール、カヨッテイマス」

「そう、学生さんなんだ」

　しばらくアユと会話を交わした。

　なんにでも興味を持ち、根掘り葉掘り訊いてしまうのも新聞社勤務時代の癖だ。

　アユとの会話を通じ、ここのメイド全員がインターナショナルスクールの生徒だと知った。それだけではない。彼女らの学費を支払っているのはパトロンたちだ。卒業すれば就職先も世話してくれるし、嫁入りの際には、その費用の面倒もみてくれるらしい。

ドアをノックする音がした。

コテージの入口には真鍮製のドアノッカーが付いている。思った以上に室内に響く音だった。

驚いたアユが、私の対面に畏まっていたリビングの椅子から飛び上がるように立ち上がった。コテージの扉は施錠していない。こちらが反応する前にガチャリと音がして扉が開いた。アサミだった。

「あら、アユ、未だいたの？」

「スミマセン、スミマセン」

アユが大袈裟に謝った。

「私の話相手をしてもらってたんよ。アユちゃんありがとう。明日からよろしくお願いしますね」

アユが恐縮しながら部屋を出た。

「叱らんといてや。私が引き留めてたんやからね」

「そうだと思います。用事もないのに長居する娘ではありませんから。そんなことより」

アサミが改まった。

「さっきは不機嫌な態度をとって申し訳ありませんでした」

深々と頭を下げた。下げたまま元に戻そうとしない。

「もういいよ。ジュリナの事とかあって、気持ちが波立っていたんでしょ」

一応の理解を示した。

「でもね、バリ島に来てからのアサミちゃん、少し変だよ。みんなにきつく当たり過ぎじゃない？　リーダーとしての気負いもあるだろうけど、あれじゃみんなが萎縮してしまうよ。私も素直な気持ちで最終オーディションのショーを楽しめなくなるし」

アサミが不機嫌になったのは私にも責任がある。

イカンバカールの店のテラスで、バリ舞踏についてしつこく耳元で解説され、踊りに集中できないから黙っていてくれないかと私は諭した。そのことでアサミが気分を害した。しかしそれでも、私がそういいたくなるほど、執拗に解説しようとしたのは、やはりアサミの気負いではなかっただろうか。

「それ、ワイン？」

アサミの手に握られている瓶を指さしていった。瓶を摑むように持っているのは右手で、左手には脚の部分を指に挟んだワイングラスが二個見える。

「あ、これですか。ええ、ワインです。お米のワインじゃないです。フランス産のそこそこいいワインです」

「だったら早く飲もうよ。どうも癖のあるお酒ばかりでウンザリしてたんだよ」

バリ島に来てからのことだけをいっているのではない。

それ以前からの話だ。アブサンから始まりマッコリにタガメ酒なのだ。そして今日の夕方に飲んだのがアラクにブルムだ。

アサミが右手に摑んでいるワインの瓶は緑色で、間接照明の薄暗い灯りのなかでも表面が結露しているのが分かる。ということは、よく冷えた白ワインに違いない。

「それじゃ開けますね」

アサミがワインボトルとグラスを応接セットのテーブルに置いた。グラスの脚を挟んでいた左手に握りこんでいた小刀を思わせるワインオープナーでコルク栓を抜き取った。トクトクといい音がしてワインがグラスに注がれる。

「さぁ、飲みましょう」

二つのグラスを左手に持ち、右手でワインボトルのネックを摑んでリビングの掃き出し窓へとアサミが向かう。窓にはカーテンが掛かっているので外の様子は窺えない。

「外で飲むの？」

テラスでもあるのだろうか。

「外の方が気持ちいいでしょ」

アサミがワインボトルを持った右手で慎重にカーテンを横に引いた。

「プール？」

闇に浮かんでいたのは蠟燭と思われる光の揺れだ。

球形のガラスボールに入れられた蠟燭が、十メートル四方を囲むようにして並べられている。水面は暗くて見えないが、蠟燭のガラスボールに切り取られた闇の四角形がプールだろう。

アサミはコテージごとにプールがあるといっていた。竹に囲まれた庭は蠟燭が切り取る闇より少し大きいくらいだ。そうであればそこがプールだと考えるのが合理的だろう。

「そう、プールです。飲んでから二人で泳ぎませんか？　誰も観ていませんから裸で泳ぎましょうよ」

（裸で？）

アサミの提案に心臓が締め付けられた。

プールサイドに二つ並べて置かれたビーチチェアに脚を伸ばして座りアサミと二人でワインを傾けた。よく冷えて酸味が喉に心地好いワインだった。

「ごめんなさい。私、神経が張り詰めていて……」

夜空に顔を向けたままアサミがいった。

満天のという表現が相応しい星空だった。月は出ていない。星明かりだけでもアサミの表情はうっすらと窺える。

「もういいよ。気にしていないから」

「ジュリナの不満に大人気ない反応をしてしまいました」

「そういうたらジュリナはどうしてるん？」

気にしないといったが、そのことはやはり気になっていた。

ジュリナは暴れたらしい。それを男三人で取り押さえてコテージに押し込んだのだ。そのままコテージで大人しくしているとも思えない。実際のところ私は、緊縛されているジュリナを思い浮かべたりしていた。

「ジュリナはセンターで休ませています」

「休ませているって眠っているということなん？」

「ええ、興奮していたので落ち着くクスリを投与しました」

（どんなクスリなんやろう）

その疑問を口にすることはできなかった。

興奮している人間を眠らせるほどのクスリが簡単に入手できるとは思えない。もしそれが常備薬として『リフレッシュ・ハウス』に置かれているのであれば、この保養所の在り方そのものを考え直さなくてはならない。

「医師もすぐに呼べますから」

私が口にできなかった疑問に応えるようにアサミがいった。

「フランス人の外科医です」

「この島で開業しているん？」

「開業医ではありません。リタイアして隠遁生活を送っている老人です。島に永住している外国人に重宝されて、呼び出しに応じて往診して小遣い稼ぎをしています」

「そのお医者さんがジュリナを……」

続く言葉が見つからなかった。大人しくさせた。眠らせた。どちらにしても、それはジュリナの意思に反することであり、犯罪とまではいわないが、それに近いものを感じる。

「明日の朝には意識を取り戻すでしょう」

アサミがグラスにワインを注いでくれる。

「そのうえでジュリナがどこか他のホテルとかに移るといったら？」

踏み込んだ。

「あの子、アサミちゃんのレッスンはいらないっていってたやん」

「いわないでしょ」

言下に否定したアサミが自分のグラスにもワインを注いだ。

「あの子だって最終オーディションの大切さは分かっているでしょうし、冷静になれば考え直しますよ」

答えになっていない。

明日の朝、目覚めたジュリナが自分の意志で『リフレッシュ・ハウス』を出ていくといったらどうするのかとアサミに訊いたのだ。それを真っ向からアサミは否定した。

リタイアしている医師の力を借りて、ジュリナを眠らせ——いや、意識を取り戻すとアサミはいった——眠らせたのではなく、意識を喪失させたアサミの言葉が素直には聞けなかった。

喉の渇きを覚えてグラスのワインを飲み干した。

アサミとの距離感を測りかねている自分に気付いた。

違うのだ。こんな会話を続けたくはないのだ。

ジュリナのことは心配だが、しょせんそれは他人事で、私は微妙にこじれたアサミとの関係を修復したいのだ。島に来る前の関係に戻りたいのだ。

最後のワインを私のグラスに注いでアサミがビーチチェアから立ち上がった。極彩色のリゾートウエア、ワンピースを躊躇いもなくビーチチェアに脱ぎ捨てた。ワンピースの下にはなにも着ていなかった。手すりを頼りに足からプールへと身を沈めた。少し離れた場所に浮き上がって、髪を後ろに撫で付けて「ふうぅ」と長い息を吐き出した。

「一緒に浸かりましょ」

誘われた。

「井戸の水を使っています。冷たくて気持ちいいですよ。プールの水は毎日張り替えます。使っても使わなくても」

「誰が張り替えしてくれるの?」

アサミは浮いているわけではない。立っている。肩が辛うじて出ているのでプールの水深が知れる。十メートル四方でそれほど深くはないとしても、それだけの水を入れ替え、定期的な掃除も必要だろう。それはアユの手に余る仕事ではないだろうか。

そんな考えで気を紛らしながらワインを口に含んだ。

もっと強い酒が欲しかった。

このワインを飲み干せば私もプールに入らなくてはならない。断るという選択肢はない。それは先に全裸になってくれたアサミに対して失礼だし、それ以前に、私自身がアサミの前で全裸になることを望んでいる。

スポーツジムで鍛えたボディーラインには自信がある。

それをアサミに見てもらいたいと私は思う。

露出したいという欲求に捉われている。

思い切ってグラスのワインを飲み干した。

(もっと強い酒が欲しい!)

アサミの眼前で全裸になる事の緊張感を紛らわすために、バリ島の真正の闇に、どっぷりと酔いたかった。

ブラウスのボタンを慌ただしく外した。本当はボタンなど千切れ飛ぶほどブラウスの前を開き

たかった。しかしそれは違う。アサミにされるのならいいが、自分ですることではない。プール
に背を向けてブラジャーのホックを外した。胸を露わにした。そのままパンツを脱いだ。パンテ
ィーも脱いで全裸になった。

「あっちを向いてて」

「いまさら？」

アサミが鼻で嗤った。

「恥ずかしいんだったら早く水に浸かればいいでしょ」

命令された。

されたように感じた。

命令して欲しかった。

アサミと同じように手すりを頼りに足からプールへと身を沈めた。驚くほど冷たい水だった。

心臓が萎縮して早鐘（はやがね）を打った。

「冷たい」

思わず口に出して訴えた。

アサミに抱き締めて欲しかった。

ショコラとソラのことが頭に浮かんだ。

（いまごろあの二人は……）

プールで戯（たわむ）れているのだろうか。それともベッドで愛し合っているのだろうか。

アサミが水を搔（か）き分けながら近付いてきた。腕で胸を抱えた。その腕ごと、アサミが抱き締め

てくれた。強く。

「気持ちいいでしょ？」

　こくりと頷いた。

「冷たい水でマンディなんて最高でしょ」

「マンディ？」

「バリでは沐浴（もくよく）のことです。バリニーズはね朝昼晩、一日に三回沐浴するんです。日本人が一日に一回しかお風呂に入らないって知って、不潔だなんていう人もいるくらいです。沐浴と入浴は違うものですけどね」

　唇が触れるほどの距離で喋るアサミの息が甘い。

　私から唇を求めることはないが、アサミから求められたら拒絶しないだろう。

「鮎子さん。未だ臭豆腐が臭いますね」

　アサミにいわれて顔に血が昇った。

「ヤダッ」

　身を捩（よじ）って逃れた私をアサミが笑う。

「アサミちゃんの意地悪！」

　平手で水面を叩いてアサミの顔に水飛沫（みずしぶき）を飛ばした。

　アサミもそれに対抗する。

　子供のように燥いだ私たちはやがて燥ぎ疲れ、先にプールから出たアサミが浴室から持って来たバスタオルで身体を拭いて部屋に戻った。

そしてその夜、私は甘美な悪夢にうなされた。

アサミが革のソファーに深々と座り、高々と脚を組んでいる。身に纏っているのは黒い光沢のある……

（毛皮？）

目を凝らした。

いや違う。

毛皮ではなく羽だ。

微かに青みがかった黒は、烏羽色（からすば）といわれる色だ。烏の濡羽色（ぬれば）とも呼ばれている。烏の羽を全身に纏ったアサミの脚は眩しいほどの乳白色だ。

ダンスで鍛え上げられた脚線は完璧なシルエットを描いている。膝をつき、アサミの足元に伏（ふく）臥（が）して畏まった私は頭陀（ずだ）袋を着込んでいる。鼻を刺す酸化した珈琲（コーヒー）豆の匂いに頭陀袋の由来が知れる。肌をチクチクと刺激する麻袋だ。袋には、産地国や重量が焼き印されているだろう。無造作に引き裂かれた穴から両手と頭を出した私は、腰から下にはなにも穿（は）いていない。

肘や膝や腿（もも）に触れる感触で敷物の素材がカシミアだと知れる。そのカシミアの敷物に自分の性器を擦り付け、私はアサミの命令を待っている。尻を振りながら待っている。

（足を舐めたいの？）

アサミの声が脳裏に響く。

犬のように舌を突き出し、顎を激しく上下させて、待ち切れない気持ちをアサミに告げる。アサミの目が私に許可を与える。それを私は気配で知る。

舌を尖らせる。慎重に、アサミのつま先を畏れるように舐め始める。指先を舐める。指の股も舐める。口に含みたい。アサミのつま先で口中を充たしたい。そう願うのだが、どうすればそれが可能なのか分からない。尖らせた舌でアサミのつま先に奉仕する。

カシミアが、意思を持つ生き物であるかのように、私の性器を弄る。細かく波立ちその波が、私の性器に砕けて散る。熱い。身体の芯が蕩けるほど熱い。私は性器だ。全身が性器になった芋虫だ。体をくねらせながら、舌だけでアサミのつま先に奉仕する蛇腹の芋虫だ。

気配を感じる。

アサミ以外の者が、芋虫になって奉仕する私を見下している。

ジュリナ、ショコラ、ソラ、サヤカ。

ひとりひとりを数えるように顔を思い出す。

ジュリナの傲慢、ソラとショコラの透明感、サヤカの妖艶さ。

期待に震える。

この者たちは元々男性なのだ。股間に男性のしるしが残っているのだろうか。アサミの号令一下、男の本性を剝き出しにした彼女らにこれから私は蹂躙される。麻袋を剝ぎ取られ、無表情のジュリナに頬を平手で打擲される。サヤカが用意した麻縄で私を縛り上げる。ショコラとソラは私の敏感な部分にねっとりと舌を這わせるだろう。その光景をアサミが魔性の目で見ている。震えるどころではない。自分の妄想に痙攣しそうになる。

それなのに誰も動かない。動いてくれない。私は焦れる。焦らされる。焦らされながら昂る。

アサミ！

命令してよッ。

この子らに私を甚振れと命令してよッ。

哀願する。

しかしアサミの目は冷たいままで反応してくれない。昂る私を愉しんでいる。魔性の女の愉悦の視線に射られながら、私の昂ぶりは脳天を突き抜ける。突き破る。

「あぁぁぁぁ」

私は呻く。猫のように、発情した猫になって呻く。

視線を感じる。

ジュリナが侮蔑する視線で見下している。サヤカが憐れむ目を向けている。ショコラとソラは怯えている。そしてアサミは愉しんでいる。私はそれらの視線に輪姦される。


硬質なノックの音に眠りを破られた。全裸のまま眠っていた私はバスローブを羽織ってドアを開けた。

「おはようございます」

アサミだった。背後に配膳台を押すアユを従えている。

「朝食をお持ちしました。一緒に食べましょ」

「今起きたところやわ。せめて顔を洗わせて」

歯磨きもしたかった。

「どうぞ。その間にテーブルセッティングしておきますから」

アサミがいってくれてバスルームに向かった。洗顔と入念な歯磨きをして戻るとベッドに腰掛けたアサミがいった。

「プールサイドに用意しておきましたので外で食べましょ」

アサミが手をついたシーツは濡れていた。広範囲に地図を描くそれは私の愛液の迸りだ。私の表情を窺う目をするアサミをあえて無視して外に出た。

朝食はプールサイドにセットされていた。

昨夜は見掛けなかった折り畳みの簡易テーブルだった。食べやすい大きさにカットされたバゲットが三切れ、オムレツ、フルーツサラダ、スープ、トマトジュース。マニュアル通りの朝食に思えた。

「さ、鮎子さん、食べましょ」

背後から肩に手を置いたアサミに促された。テーブルとセットになった折り畳み椅子が二脚並んでいる。向かい合って座りトマトジュースのグラスに口をつけた。塩で縁どられたグラスにはクラッシュアイスが詰め込まれている。喉に沁みる冷たさに身体が目覚めた。添えられたフォークでオムレツをカットして擶った。

「キノコのオムレツです。バターをたっぷり使っています。マーガリンではありません」

アサミが言葉を添えた。

ロブスターがマーガリン味であったことに不満を口にしたジュリナのことを、未だ根に持っているのだろうか。

オムレツを口に運んだ。なるほどバターがしっかり利いた濃厚な味わいのオムレツだった。芳醇なバターの香りをキノコがしっかりと受け止め、それを卵が包み込んでいる。

「味が濃いね」

感じたままの感想をアサミに告げた。

「卵は平飼(ひらが)いの鶏の卵です。日本みたいにケージで餌だけを食べさせて産ませる卵工場みたいな卵ではありません。もちろんまったく餌をやらないわけではないでしょうが、それ以外にも自分で捕まえた虫やミミズを食べている鶏です」

「そう、元気な鶏なんや」

「元気ですよ。飼育所の木の枝に飛び乗るくらい元気です」

「バターも地元で作っているの?」

「バターは違います。ニュージーランド産のバターです。ニュージーランドは牧畜と酪農の国です。輸入品ですから、バリ島ではかなりの高級品になります」

なるほどと、それにも感心させられた。

「日本でも、今ではオージービーフやアメリカンビーフより、ニュージーランドビーフが主流だものね」

浅草で通うスーパーの景色が目に浮かんだ。

もちろん和牛もあるが、私はもっぱらニュージーランドビーフを求める。赤身が美味しいというのは自分に対する言い訳で、値段の違いがニュージーランドビーフを選ばせる。改まった席で食べるのなら未だしも、女のひとり暮らしで食べるのだから、そこそこの味であれば文句はない。

「バリ島でもそうですね。ステーキといえばニュージーランドビーフです」

またひと口オムレツを口に運んだ。

「このバター、ほんとうに美味しいわ」

お追従ではなく繰り返した。

「生乳と塩だけで作っている本格的な無添加バターです。世界的にも評価されてます」

オムレツは癖になる味だった。

それだけではない。ボリュームもかなりのものだ。

私が考えるオムレツの三倍くらいの大きさがある。いつしか私はオムレツに夢中になり、それを平らげるころには満腹になっていた。

「ごめん。バゲットまで入りそうにないわ」

スライスチーズを載せたバゲットだった。バターの品質を考えたらチーズも美味しいに違いないが、胸やけがしそうな気がした。あれだけの量のオムレツを食べたのだ。バターも相当の量食べたことになるだろう。

「せっかくですから、デザートにフルーツサラダを食べてみてください」

プレートにはスイカとマンゴーがカットされている。

「雨季はフルーツが美味しくなる季節です。でも、日本のそれに比べたら、バリ島のフルーツは薄味です。私にいわせれば、日本のフルーツは不必要なほど糖度にこだわり過ぎだと思えますけどね」

勧められてスイカを一切れ食べてみた。

「ほんまや、あっさりしてるな」

ほんのりした甘みしか感じなかった。むしろ水気が多い分、口の中がさっぱりとした。

「でしょ。マンゴーも試してみてください」

食べた。

「うん、これもそれほどベタベタしていないわ。これなら満腹でも食べられそうやね」

嬉しそうに微笑んで、アサミがマンゴーについて話してくれた。

「マンゴーの原産地はインドからインドシナ半島、及びマレー諸島と考えられています。特にインドでは四千年以上も前から栽培されていて、仏教の経典には聖なる樹として記され、ヒンドゥー教では万物を支配する神であるプラジャーパティの化身とされています」

その後もアサミはマンゴーの話を続けた。

たとえば開花した花は強烈な腐臭を放つとかという話だ。マンゴーの原産地であるインドやインドシナ半島の熱帯地域は、ミツバチにとっては気温が高すぎる。そのためマンゴーは受粉昆虫としてハエを選んだらしい。またその樹高は四十メートルにもなるのだとか。

「面白いのはマンゴーの広がり方です。多くの種子植物の種は、実を食べた鳥とか獣とかによって運ばれたり、風に乗って広がったりするのですが、マンゴーの場合は倒れるんです」

「倒れる?」

「そうです。根が弱いので自重を支え切れないんです。たわわに実ると倒れてしまうんです」

「なにそれ……」

喉を鳴らして笑ってしまった。

「ですから樹の高さの分だけ生息範囲を広げることができるんです。さすが熱帯の植物ですよね。のんびりしていると思いませんか」

「ほんまや。のんびりしとるわ。アハハ、ハハ、アハハ」

ツボに入ったのか笑いが止まらない。

どうしてアサミがマンゴーの話を始めたのか分からないが、その声は心地好く私の耳に入ってくる。いや、耳だけではない。私には見えた。アサミの言葉が見えたのだ。それはキラキラと輝く破片になって折り畳みテーブルの上で弾けた。

「あれっ？」

「鮎子さん、どうしました？」

「アサミちゃん、あそこにリスがいるよ」

指さしたのはコテージの向こうで風に揺れている椰子の木だ。

どれくらいの距離があるだろうか。三十メートル？　五十メートル？　いやもっと遠い。しかし慥かに聞こえたのだ。生い茂るその椰子の木のてっぺんの葉陰に、小さなリスが動く足音を私の耳は捉えた。その足音の可愛らしさに頬が自然と緩んでしまう。

「なんか世界がキラキラしてるね」

「南国ですからね」

「昨日みたいに浸かろうか」

「沐浴しますか」

返事を待たずにアサミが立ち上がり、ワンピースを脱いで全裸になった。私も遅れじとバスローブを脱ぎ捨てた。アサミが頭からプールに飛び込んだ。その背中にギャルソンのショーで目にした女郎蜘蛛の刺青はなかった。しかし私にはうっすらとそれが見えた。女郎蜘蛛がアサミの背中を捕らえていた。歩み寄り大きく股を開いてプールに落ちた。無性に楽しかった。

「アハハハハ」

プールに落ちて、浮かび上がって、我慢できず声に出して笑った。

「ヒヤァ、冷たい。冷たくて気持ちいい」

快哉を叫んでいた。

「井戸の水ですから冷たいですよ。昨夜いったでしょ」

「そうやったな。井戸の水やねんな。井戸の水やて。そら冷たいはずやわな。そやけどほんまに気持ちええわ。アハ、アハハハハハハハハハ」

水に潜ってアサミに泳ぎ寄り腰を抱いた。

しっかりとくびれた、それでいて芯のある腰だった。

アサミが身を捩(よ)じらせて逃れた。水に潜ったままアサミを追った。息切れはしなかった。息切れどころか、このままずっと潜っていられるようにさえ思えた。自分が魚になった気がした。そうだ私は鮎子なのだ。冷たい清流に棲む鮎なのだ。息切れなどするはずがないではないか。アサミの両腕が私の両脇に挿し込まれた。そのまま私を水面に担ぎ上げた。

「プッファ」

息と水飛沫を吐き出した。アサミが顔を背けた。その様子が面白くて再び声高らかに笑った。

「アハハハハ」

空を見上げて思い切り笑った。

「アハハ、アハハ、アハハ、もうダメ、苦しい。アハハ、アハハ」

「効き過ぎたのかしら」

アサミが顔を顰めて小声でいった。

「なにが効き過ぎたんよ？　ハハ、アハハ、アハハハハハハ」

「いえ、こっちのことです」

「いいなさいよ。なにが効き過ぎたのよ」

「そんなことより鮎子さん」

アサミが真顔になっていった。

しかしダメだ。こんなときに真剣な顔をされると、なおさら可笑しくなってしまう。

「なにを真面目な顔をしているんよ。アンタも笑いなさいよ。ええ、アサミちゃーん。笑いなさいよ」

「ジュリナが」

「ん？　ジュリナちゃんがどうした？」

大事な話だとは分かっているが、身体の芯から込み上げてくる多幸感に自分を抑えることができない。

「ここに残ることになりました」

「そう、それは良かったじゃない。もっと嬉しそうにいいなさいよ」

アサミの頭を平手で撫でた。

撫でるつもりだったが勢い余って叩いてしまった。

「ごめん、ごめん。叩いちゃった。アハハ、アハハ、アハハ、アハハ。あー助けて。苦しい。苦しいの。助けてよー」

「とりあえず出ましょう。身体が冷えてきました」

「ヤダー。もっとアサミちゃんと浸かっていたいよぉ」

「もう一時間以上もプールに浸かっているんですよ」

「ヤダー、ヤダヤダヤダ」

ダダをこねたが、アサミに腕を引かれてプールの梯子(はしご)を昇らされた。

「はい、これ」

アサミがバスローブを投げてくれた。

「ありがとう」

礼をいって腕を通した。アサミはワンピースを頭から被ろうとしている。

見つけた。折り畳みテーブルには未だオムレツが残っていた。アサミが食べ残したオムレツだ。

素早くテーブルまで足を運んでオムレツを手摑みにした。それをそのまま口に押し込んだ。

「あっ、鮎子さんダメですよ」

アサミが止めようとしたがオムレツは既に口の中に押し込まれている。

「それ私のオムレツじゃないですか」

「いいのよ。気にしないで。あなたと私の仲でしょ」

アサミに背を向けたまま手の平を舌で綺麗に舐め上げながらいった。ニュージーランド産のバターの味が堪らない。そしてキノコも。

(ん？　キノコ？)

そうだキノコだ。キノコなんだ。

私が、私の体が、私の本能が、求めていたのはキノコの味だ。

(キノコや。キノコ。キノコ、キノコ、キノコなんや)

そのキノコの味がしないのだ。アサミに向き直って真顔になった。

「キノコのお代わりはないの？」

「キノコのお代わりですか？」

「そう、キノコや。オムレツはもっとないの？」

「朝の分はそれで終わりです」

「終わり……」

「お昼は外に食べに出ましょう。それまで横になっていてください。テレビを観ていても構いません。日本の公共放送なら衛星放送で受信できますから」

アサミがコテージを出てすぐに、アユが訪れて朝食の後始末をしてくれた。その様子を見ながらボンヤリとキノコのことを考えていた。

腰が抜けたような倦怠感を持て余しながら午後を過ごした。

二度ほどアサミがコテージを訪れて昼食に誘われたが、食欲がないと断った。三度目の訪問でアサミがいった。

「私はこれからあの娘たちのレッスンです。初日ですし、二時間くらいで終わりますから、それから外に食べに出ましょ。それまでゆっくり休んでいてください」

食欲というものが抜け落ちている私にはありがたい言葉だった。

「お腹が空いたり退屈したりしたら携帯を鳴らしてください。すぐに部屋に来ますから」

「レッスンは？」

「今日は事前準備です。極端なことをいえば、私がいなくてもいいくらいなんですけど、形だけでも立ち会おうと思います」

おかしなことをアサミがいう。

（アサミがいなくてもいい？）

事前準備の意味を測りかねたが、問い質すのも面倒なくらい倦怠感に包まれていた。

「アサミちゃん」

部屋を後にしようとするアサミを呼び止めた。

「なんでしょ」

「ノックはいいから」

玄関ドアは施錠していない。もともと敷地内には関係者しかいないのだから、その必要性も感じない。訪問のたびにノックされたらベッドから玄関まで出なくてはならない。それが堪らなく億劫に思えるほど疲れているのだ。もしできることなら、このまま眠らせて欲しかった。

「分かりました。アユにも部屋に来ないようにいい付けておきます。旅の疲れというか、永年の会社勤めのお疲れが出たんでしょ。ゆっくりお休みください。夕食もしんどいようでしたら、ケータリングを頼みますから」

いい残してアサミが部屋を後にした。

(そうだろうか?)

ボンヤリとアサミの言葉を反芻した。底なしの倦怠感が新聞社勤務の蓄積だとはとても思えなかった。

(キノコだ)

そう、私のオムレツに入っていて、アサミのオムレツに入っていなかったキノコだ。

オムレツを食べた私に起こったことに思いを巡らせた。

音に敏感になった。厳密にいえば音が見えた。アサミが語る言葉がアサミの唇から零れ落ちるのが見えたのだ。破片になって零れたそれは、折り畳みテーブルのアルミの天板に弾けて転がった。

それから周囲の景色がキラキラとし始め、私の耳はリスの足音を捉えた。五十メートル以上も離れた椰子の木の高い枝で動くリスの足音を聞いたのだ。

そしてアサミとプールで沐浴した。

そのころになると堪らなく愉快になって、笑いが止まらなくなっていた。

苦しいほど笑った。笑いながらアサミとじゃれた。一時間以上もだ。

一時間も燥いでいたという感覚はない。アサミにそういわれたのだ。そういわれてアサミに腕を引かれてプールの梯子を昇らされたのだ。

プールを出た私は、ワンピースを着るアサミの目を盗んで、アサミが残していたオムレツを手掴みで食べた。食べたというより口に押し込んだ。キノコを求めていた。本能が、多幸感を生んでいるものの正体がキノコだと告げていた。しかしキノコの味はしなかった。そこで私は確信したのかもしれない。キノコの効用を、だ。

マジックマッシュルーム。

不意に浮かんだ。

幻覚症状を催す毒茸だ。

バリ島の固有種というのではない。日本にだって笑い茸と呼ばれるキノコがある。日本だけではない。世界中でいくつもの品種がマジックマッシュルーム、あるいはマジックトリュフとして知られている。

あいにくその方面の知識には乏しいが、十年以上前にバリ島旅行をした際、クタの裏通りにはマジックマッシュルームの看板を掲げる店を多く見掛けた。幻覚性のキノコをオムレツとして供する店だ。もちろん見掛けただけで手は出していない。現地に駐在している日本人ガイドの話によれば、それだけを目的にバリに旅行に来る若い人もいるらしい。

「でも、もうすぐ禁止されるみたいですね」

そんなふうにガイドが語っていた記憶がある。

知らない食べ物があることが許せない性分の私だが、マジックマッシュルームには食指が動かなかった。社会人としての良識がジャマをした。日本に帰国してから試しておけばよかったと少しだけ後悔もした。

そんな想い出はともかくとして、その朝、私が食べさせられたのはマジックマッシュルームのオムレツではなかったのかという疑いが湧いてきた。そうでなければ、あれほど高揚することはなかったのではないか。高揚しただけではない。私は時間感覚も失っていたのだ。アサミとのプールでのじゃれ合いは数分のことくらいにしか思い出せない。しかしアサミの言葉を信じるなら一時間以上も二人はプールに浸かっていたことになる。

（アサミのオムレツにはキノコが入っていなかった）

当然のこととして私の想いはそこに向かう。

（どうして？）

そういえばアサミはプールの中でいったのだ。「効き過ぎたのかしら」と。

あれはどういう意味なのだろう。分量を間違えて、キノコを私に食べさせてしまったことを悔やむ言葉だったのだろうか。あまりにテンションを上げた私に困惑してつい漏らしてしまった言葉なのか。

（なんのために？）

ここで考えは止まってしまう。

私のオムレツだけに幻覚性のキノコを入れて、その分量を間違ったというのであれば、どうしてアサミはそんな真似をしたのだろう。

（ただの悪戯？）

いくらなんでもそれはないだろう。

幻覚を引き起こす成分に過剰に反応する体質の人間もいるはずだ。万にひとつのことがあった場合、冗談では済まなくなる。

(だったらどうして……)

ここまでだった。

経験したことのないような倦怠感に囚われていて、もうそれ以上、考えを巡らせる気力がなかった。そのまま目を閉じて、いつしか深い眠りに落ちてしまった。


「鮎子さん、鮎子さん」

肩を揺すられて目が覚めた。

目の前にアサミの笑顔があった。

「お加減どうですか」

「あ、うん、よく眠ったわ」

「もう夜の九時です。どうします? 外食しますか。ケータリングでもいいですよ」

優しい声でいってくれる。

「せっかくバリ島に来ているんやから外に出るわ」

とりあえずコテージで出されるものには口をつけまい。そう決めていた。たとえそれがケータリングであろうとも、部屋に運ばれるまでになんらかの仕掛けが施されないとも限らない。アサミを疑いたくはなかったが、どう考えても朝の出来事は不自然過ぎる。

「この時間から遠出しますか？」

「いや、この近くの店でいいよ。歩いて行ける距離にあるんでしょ」

「分かりました。ご案内しますから出掛ける用意をしてください」

「シャワーを浴びてええかな。プールで沐浴という時間でもないでしょ。それに外出するんやったら簡単にメイクもしたいから」

「どうぞご遠慮なく。私はテレビでも観ながら待ってますから」

「すぐに済ますからね」

断ってバスルームに向かった。水のシャワーを浴びた。お湯に切り替えられないわけではないが、火照っている身体を冷ましたかった。シャワーの水は生温(なまぬる)かった。

簡単に済ませてバスタオルを巻いてバスルームを出た。キャリーケースから下着を取り出し身に着けた。

「またスコールがあるかも知れません。足元が濡れてもいい格好がお勧めです。ショートパンツとかあればいいんですが」

「ジョギングパンツを持って来たけど、ドレスコードは大丈夫やろか」

「ぜんぜん気にすることはないですよ。こんな時間ですし、あらたまったお店に行くわけでもありませんから」

アサミがいったのでジョギングパンツを穿きトップスも半袖のTシャツにした。化粧道具を出して鏡台の前に座った。

「キャリーケースに貴重品とかありますか」

「着替えと化粧道具くらいやな」

「だったら私たちが出掛けている間、アユにいってクローゼットに収納させておきます。クローゼットにはランドリーバッグもありますから、洗濯物はそこに入れておいてください。次の日までに洗濯を済ませておきます。いちいち出し入れするのは面倒でしょ」

「そら助かるけど、下着なんかもええの？　それにこんな時間やし、アユちゃん学校があるんやろ」

「仕事と割り切っていますから遠慮することはないです。学校よりゲストが優先だと心得ている娘たちです」

ここで議論をしても仕方がないので、アサミの提案に従うことにした。

郷に入っては郷に従えだ。

「どんなものが食べたいですか」

用意を終えてコテージを出たところで訊かれた。

「お任せするわ。簡単なもんでええけどな」

「それじゃ屋台に行きましょうか」

「うん、そんなんがええな」

『リフレッシュ・ハウス』の入口でカツゥが待機していた。

「通りまで車で送ってもらいます。そこまでの道は真っ暗ですから」

カツゥが用意していた車に乗った。到着の日に出迎えた大型のワンボックスカーではなかった。

普通乗用車だ。

「日本製なんやね」

「ええ、輸入車は高価ですけど、私なら安く手に入りますから」

「そんなルートまで持っているんや」

「ルートというほどではないですけど、外交官パスポートを持っているパトロンさんがいるんです。自家用車に限っては、関税なしに持ち込むことができます。関税はほぼ車の価格と同額ですから、まともに支払ったら日本の二倍の値段になってしまいます」

「外交官のパトロンさんまでいてはるの？」

「外交官じゃなくても外交官パスポートを持っている人もいますよ」

もう少し詳しく訊きたかったが車が通りに出てしまった。

「ここで待っててちょうだい」

カツゥにいい置いてアサミが車を降りた。それに続いた。屋台が並ぶ広場に至った。

「ナイトマーケットです」

何台かの屋台に囲まれテーブル席が並んでいる。白人の観光客と現地の人が半分半分の客構成だ。その一角に腰を下ろしてからアサミがいった。

「鮎子さんはちょっと待っていてくださいね」

「待っていてって、アサミちゃんはどうするの？」

「私は屋台で食べ物をもらってきます。日本でいえばフードコートみたいな仕組みになっているんです」

暫く待たされた。やがてプレート二枚と水のボトルを持ったアサミが席に戻ってきた。

「お待たせしました。ラワール・バビのナシチャンプルです」

テーブルに置かれたプレートに目を落とした。

「ナシチャンプルって混ぜご飯やな」

「そうです。それにラワール・バビ、細かく切った豚の肉と野菜が載せられています。バリの郷土料理みたいなものですね」

「かなり赤いね」

「赤いのはサンバルではないです。それほど辛くないので安心して食べて下さい。豚の血ですけど生臭くはありません」

添えられた大きなスプーンで混ぜご飯を掬って口に運んだ。いろいろなものが混じった複雑な味がしたが悪くはなかった。

「なかなか美味しいやん」

咀嚼しながらアサミに微笑み掛けた。

アサミも微笑んで頷いてくれた。

二口目を頬張ろうとしたときに私の手が止まった。ラワール・バビのナシチャンプルの混ざり合う味の中に慥かに感じたのだ。それはキノコの味だった。


けだるい朝を迎えた。

原因は考えるまでもない。前日に食べた、いや食べさせられたラワール・バビのナシチャンプルだ。入り混じったスパイスの味に紛れて私は感じた。キノコの味を感じたのだ。しかしスプーンを止めることはできなかった。少しだけ、少しだけだからと自分に言い訳しながら、私はプレートをキレイにしていた。

それから先は前の夜の繰り返しだった。

私は堪えようのない高揚感に包まれた。包まれたまま『リフレッシュ・ハウス』のコテージに戻り、プールサイドでアサミとワインを飲み交わした。まったりとした赤ワインだった。飲むほどにキノコの効果が増長された。二本、三本と止めどなくワインを開けた。当然のようにプールにも飛び込んだ。

ナイトマーケットに出掛けているうちに、アユが水を入れ替えてくれたのだろう。腹筋が痙攣するほど冷たい水だった。それが心地好かった。冷たい水の中でアサミとじゃれた。むつみ合った。激しく舌を絡ませた。もちろんそれは性的な行為ではない。私にそんな衝動があるはずがない。きっかけは何気なく発せられたアサミの一言だった。

「鮎子さん、可愛い。食べてしまいたいくらい」

応えて私もいった。

「アサミちゃんこそ食べてしまいたいくらい可愛いよ」

そして私とアサミは、互いを貪るように舌を絡め合ったのだ。

裸のままアユが整えてくれたベッドで眠った。再び甘美な夢に襲われた。アサミの暗示に覚醒した夢だった。夢の中でアサミはラワール・バビのナシチャンプルを食べていた。暗闇だ。手摑みで食べていた。

「これ、鮎子さんの血だよ」

手の平を開いて赤いナシチャンプルをアサミが示した。

暗くて定かには見えなかった。

「細かく刻んだ肉は私の肉なの？」

甘える声でアサミに訊いた。

「まさか」

アサミが小さく笑った。

「これは豚の肉ですよ」

アサミの言葉に鼻白んだ。

それでも鼻を鳴らしながら、私の血を混ぜ込んだナシチャンプルを貪るアサミが可愛らしく思えた。

「美味しい？」

「鮎子さんの血ですもの」

そんな会話に満足もした。

私の舌にはアサミの舌の感触が残っている。

噛み千切りたいのを寸前で我慢した。アサミも同じように我慢したのに違いない。

雷鳴が轟いた。

白い稲光にアサミの顔が浮かび上がった。

口元が赤く汚れていた。私の血で汚れていた。アサミが舌で口元の汚れを舐め取った。舌も真っ赤だ。爬虫類（はちゅうるい）を思わせるほど不自然に長い舌で、アサミは延々と飽きることなく、口元だけでなく、手指の汚れを舐め取った。


「鮎子さん、もうお昼ですよ」

アサミの声に瞼（まぶた）を開いた。

アサミの口元は汚れていない。

（いつの間に拭き取ったの？）

夢と現実の境界が曖昧だった。

「明け方スコールがありましたがいい天気になりました」

アサミが寝室のカーテンを引き開けた。

眩しい陽の光に目を細めた。掃き出し窓の外、プールサイドでアユが食事をセッティングしている。

「今日もキノコのオムレツなの？」

もう口にすまいと決めていた。

ひと口でも食べれば止まらなくなる。そして高揚感に持ち上げられ、時間の感覚もなくなってしまうのだ。

「今日はニュージーランドビーフのガーリックステーキです。それとグリーンサラダです。飲み物は赤ワインを用意しています」

「寝起きにステーキ？」

疑問を口にしながら安心していた。ステーキなら怪しいキノコを混入されることもないだろう。付け合わせにキノコを添えられる可能性もあるが、口にしなければいいだけだ。混ぜられたものはどうしようもないが、単品なら避けようもある。そんな算段をしながら、その一方でガッカリもしていた。身体がキノコを求めている。しかしキノコは明らかに、なんらかの好ましくない作用を持っている。そんなものを安直に受け入れることはできない。

「お疲れのようですからステーキでスタミナを付けてください。さ、食べましょう。私もご相伴しますから」

アサミに誘われてベッドから出た。食事のセッティングを終えたアユが私を見て目を丸くした。瞬時その場で固まった。そそくさと朝食の用意を済ませ、逃げるように部屋を後にした。

「なにを驚いているんやろ」

「鮎子さん、マッパですよ」

「えッ、あッ、そっか」

自分が全裸だということを忘れていた。未だ感覚がおかしかった。

「バスローブがないんだけど」

「リビングの床に落ちているのをアユが片付けてました。替えはバスルームにあります」

「そう。まッ、いいか。どうせ食後はプールだものね」

あっけらかんという自分の言葉に驚いた。

どこか間違っている。その意識はあるのだが、自分の発言や行動を制御する機能が失われている感覚がある。全裸のままでプールサイドに出た。

(やっぱりおかしい)

いくらアサミとは気の置けない仲だとはいえ、全裸で食事をするなど、私の発想ではない。感覚が緩んでいる。ネジが一本抜けている。

「だったら私も脱ぎましょうか」

アサミがリゾートウエアのワンピースを脱いだ。下着は穿いていなかった。お互い全裸になって折り畳みテーブルに向かい合って座った。

(なんか変……)

違和感が拭い切れない。

それはそうだろう。明るい陽射しの中で私とアサミは全裸で向き合っているのだ。それでも私はこの状況を受け入れている。修正しようという気持ちになれない。

「さッ、頂きましょ」

アサミがナイフとフォークを手にした。プレートに目を落としたが怪しい気配はなにもない。ステーキの上に載っているのはカリカリになったニンニクのスライスだけだ。グリーンサラダにはドレッシングと塩が添えられている。ステーキにナイフを入れて口に運んだ。バターとニンニクの香りがしただけで、キノコのそれはまったく感じなかった。咀嚼して赤ワインで喉に流し込んだ。赤ワインにもキノコを感じさせるような気配はなかった。グリーンサラダに塩を振って口に含んだ。レタスにキュウリ、ゴーヤにプチトマト。これも怪しくはなかった。

「ドレッシングもありますよ」

アサミが勧めてくれた。

「いや、塩で食べるのが好きなの」

ドレッシングを警戒した。

「そうですか」

アサミが自分のサラダに白いドレッシングを掛けた。それから二人は無言でステーキを頬張った。カチカチとプレートに当たるナイフの音だけが静寂に響いた。食べながらワインを一本空けた。二本目のワインの栓をアサミが抜いた。

「あれッ」

「どうかしましたか?」

「いや、ちょっと……」

言葉に出すのが躊躇われたが、また景色がキラキラとし始めたのだ。

前の日は高い椰子の梢で動くリスだったが、今度はプールを囲む竹林のなかで動くアリの気配を私は捉えた。アリは長い行列を作って竹林の中を行進している。そのサワサワという足音が耳に届いたのだ。

「今夜はジェゴグの公演を観に行きましょう」

アサミが話し始める。

「ジェゴグはバンブーガムランとも呼ばれます。もともとはバリ島北西部のヌガラ地方で演じられていたマイナーな演目でしたが、かなり以前からウブドなどでも演じられるようになりました」

初日のイカンバカールの店で聴いたのが鉄琴を使ったガムランで、ジェゴグは竹琴のガムランだという。

「特徴的なのは直径二十センチほどもある太い竹を使った竹琴です。バチの重さが二キロほどあります。だからひとりでは演奏できません。二人掛かりで一台の竹琴に取り組むことになります」

その音色は重低音で人間の耳では捉えられないのだと付け加えた。

「聞こえないんかいな。そんなん演奏する人が可哀想やで」

もうその時点で私にはアサミの声が見えていた。

オムレツの時とまったくと同じだ。

アサミの口から吐き出された声がキラキラと輝く破片になって折り畳みテーブルの上で弾け始めたのだ。

「聞こえないけど身体が振動を感じるんです」

聞こえない竹琴を演奏する人。

しかも二人掛かりでそれぞれ二キロもあるバチを振りかざして——

（あかん……）

込み上げてくる笑いを必死に抑えた。ここで笑ってしまうとタガが外れてしまう。それは既に経験済みだ。

(でも、どうして?)

キノコは摂取していない。それは慎重に確かめた。十分すぎるほど用心した。

それなのに……

(キノコはダミーか)

思い至った。

キノコなど元から重要ではなかったのだ。そうだ。そうに違いない。キノコは注意を逸らすためのダミーだったのだ。無味無臭のなにか、それは幻覚を呼び起こし高揚感を極限にまで、いやそれ以上に、突き抜けるまで高める麻薬のようななにか。キノコはそのための隠れ蓑(みの)だったのだ。

「人間には聞こえなくてもサルには聞こえるのかも知れません。ジェゴグの演奏が始まると森のサルが騒ぎ始めますから」

アサミが道化(どうけ)てサルの真似をした。

「キャ、キャ、キャ」

(あかん、もうあかん……)

ついに耐えられなくなった。

我慢していた感情が弾けてしまった。

「アハハ、ハハハハハ。なんやねんそれ。アサミちゃんそんなん卑怯やで」

腹を抱えて笑い出した。

「沐浴しますか」

冷静な声だった。

アサミが立ち上がって手を差し伸べた。ごく自然に私の視線はアサミの股間に向けられる。そこにぶら下がっている異物は、アサミがアンドロギュノスという証だ。それをアサミは隠そうともしない。

（信頼されているんやな）

アサミの手を握る。

そのままアサミに手を引かれ、二人は足からプールに落下した。

「ひゃあ冷たい。めちゃくちゃ冷たいやないの」

「今朝もプールの水を入れ替えましたから」

「なんで？　昨日の夜、入れ替えたんやろ」

「あれから三時間以上も二人でプールに浸かってましたから」

記憶がない。アサミとむつみ合った記憶はあるが、三時間以上も戯れていたのか。完全に時間感覚がなくなっている。

「それに……」

アサミがいい淀んだ。

「どしたの？　それにどしたのよ？」

「あんまり冷えたんで私お漏らししてしまいましたし」

「なんやねん、それ。酷い、アサミちゃんあんまりや。プールの中で漏らしたんかいな。アハハ、アハハハハハハ、アハハ、アハハ」

「ごめんなさい。我慢できずに」

「かまへん、かまへん。市民プールなんかにいったら、そこいらの子供や、オッサンが、アハ、アハハ、アハハハハ」

アサミの股間の可愛らしいオチンチンから漏れ出るオシッコを思い浮かべ、愛おしさに声を上げて高笑いした。

太陽が真上に昇るまでプールで燥ぎ、燥ぎ疲れて上がった。

二人は並べて広げたビーチチェアに全裸のまま身を横たえた。俄かに空が掻き曇り、分厚い暗雲の底から大粒の雨が降り注ぎ始めた。雨粒が全身で弾けた。しかし不快ではなかった。むしろ冷水のプールで芯まで冷えた身体に南国のスコールが温かい。

「そろそろお腹空きませんか？」

同じように雨に打たれながらアサミがいった。

「うん、少し減ったかな」

アサミが脱ぎ捨てたリゾートウエアに包んであった携帯を取り出した。電話の相手に食事の用意を口早に指示し、再び包み直した。

「携帯大丈夫なん？」

包んでいるリゾートウエアも雨に打たれてびしょ濡れだ。

「生活防水されている携帯ですから大丈夫です」

事も無げにいう。

それから私たち二人は雨音に包まれて過ごした。そうしているうちに馬鹿笑いの熱狂も醒めてきた。豪雨が洗い流してくれた。アサミが混入したに違いない無味無臭のなにか。その効能が薄れてきたのだ。

冷静になった頭で考えた。

(アサミが秘かに混入している理由はなんだろう)

それが理解できない。

いやこの場合、理由というのは厳密ではない。目的というべきだ。なんらかの目的をもって、アサミが私の感性を狂わせているのは間違いない。

その目的がなんなのかが、どうにも理解できない。

(私を玩具にして遊んでいるのか?)

そう考えてもみたが腑に落ちない。

アサミとは他人に明かせない互いの秘密を共有し合った仲だ。その相手を単純に揶揄っているとは思い難い。

(クスリで愉しむため?)

慥かに二人は全裸でじゃれた。

あまつさえ互いの舌まで絡めた。吸った。何時間も冷水の中でむつみ合った。クスリで愉しもうというのなら、刺激的な体験ではあったが、それがアサミの目的だったとは思えない。クスリで愉しもうというのなら、正直にいってくれればいいのだ。臆したかもしれないが、私は攻める女だ。自分が未経験であることが許せない質なのだ。拒否などするはずがないではないか。そのことはアサミも知っているはずだ。郭が用意した昆虫食も、いわれるままに咀嚼し嚥下したではないか。勧められていない臭豆腐も自ら注文した。それだけではない。

（どうしてアサミは服用しないのだ）

秘かに私の飲食物に混入させているが、アサミ自身はそれを服用していない。

そのことは、アサミの様子を観ていれば疑いようのない事実だ。普段とまったく変わらないアサミが服用しているはずはないのだ。

アサミの真意が推し量れない以上、今後アサミが勧める飲食物を口にすることはできない。してはいけないと思う。ついさっき、アサミは携帯で食事の用意を指示した。その時点で私は未だクスリの影響下にあったが今は違う。冷静だ。

（食事には手を付けないでおこう）

そう決意した。

夜間、この『リフレッシュ・ハウス』は漆黒の闇に包まれる。その闇を抜けてサヌールの通りに出るのは躊躇われるが、陽のあるうちなら大丈夫だろう。ひとりで通りに出て飲食をすればいい。夜は夜で、テイクアウトの食品を予め買い求めておけばいい話だ。

なんといったか。

そう、ブンクスだ。

現地の言葉でテイクアウトのことをいう。

それは前の観光旅行で覚えた言葉だ。注文し過ぎて食べ切れなかった食品を、店の人が容器に詰めてくれた。そんなものは無用だと断った。昼は昼でお出かけの楽しみがある。だから必要ないと断るのに、一度や二度ではなく、私はそのブンクスを勧められた。相手の善意を断り切れなかったが、結局それらは無駄になった。

そのブンクスをすればいいのだ。

他にもスーパーがあるだろう。規模からすると日本のコンビニエンスストア程度のスーパーかもしれないが、それでも食品や飲料が手に入るだろう。片言の英語しかできずに異国の街をひとりでぶらつくのはどうかと思うが、それこそそんなことに臆する私ではない。

当然のこととしてアサミはそんな行為を訝しく思うだろう。詰るかもしれない。しかしその時こそ逆に言い返す機会だ。アサミの行為を問い詰める。どうしてクスリを混入したのか、その目的を問い詰める。あやふやな回答で誤魔化されたりはしない。とことん真相を突き止めてやる。『リフレッシュ・ハウス』での食事を拒否するのは、アサミを議論の土俵に上げるための方途だ。

雨が小止みになってからも私たちは暫くそのままでいた。

「その後、ジュリナは大丈夫なの？」

気掛かりだったことを訊いてみた。

「あの子の頑固さはどうしようもありません。私の演目を演じるのは嫌だ。私のレッスンも受けたくない。その一点張りです」

ため息交じりにアサミが答えた。

「今はどうしているのかしら」

「ひとりで練習しているみたいです。私の接し方が間違っていたのだろうかと反省しています」

アサミが落ち込んだ口調でいう。

「そうなの。でもそれはアサミちゃんのせいだけではないと思うよ。性格は人それぞれだからね。

憔かにアサミちゃんにも高圧的なところがあったかもしれないけど、それだけじゃないと思う。で、ジュリナは他のホテルに移ったのかしら」

「いいえ、この『リフレッシュ・ハウス』に留まっています。最終オーディションはセンターハウスの特設会場で行います。ですからあの子はそこで練習することを希望しました。ホテルに移ってもリハをする場所を確保するのは難しいでしょうから」

「そこでひとりで練習しているの？」

「ええ、他のメンバーと重ならない早朝とかに、ひとりで練習しているみたいです。そのままサヌールの通りに出掛けるので、私も含めて、他のメンバーがジュリナと顔を合わすことはありません」

そうか。理由は違うが、私が考えたのと同じようなことをジュリナもしているのだ。

「私の底本リストからジュリナ用にアサミちゃんが選んだのはなに？」

気になっていたことだ。

他のダンサーは最終オーディションの舞台を観れば分かることだ。今までアサミにそれを訊かなかったのは、楽しみを取っておこうという気持ちがあった。しかしジュリナが独自の演目を演じるというのであれば、アサミがジュリナに振り分けた底本を訊いてみたい。

「私が選んだのは『暗闇の殺人鬼』です」

「えッ、あれをジュリナに……」

耳を疑った。あれをどうアレンジすればショーの演目になるというのだ。

底本リストに『暗闇の殺人鬼』を加えたのは、それがそのまま演目にはならないまでも、アサミなら、雰囲気をくみ取ってくれるのではないかと期待したからだ。

「ジュリナだけではありません。他のダンサーにも、サヤカにもショコラとソラにも、あれを底本とした演目を与えています」

言葉が出なかった。

『暗闇の殺人鬼』は数ページ単位でいくつもの残酷な話が並ぶ。しかしどう考えても、それらが演目の底本になるとは思えない。

「郭さんはどうしているの？」

別にそのことが気になったわけではない。自分なりに考える時間が欲しかったのだ。私が感じている疑問をアサミにぶつけても、有耶無耶（うやむや）にされてしまいそうに思える。

手がないわけではない。演目のレッスンはセンターハウスで行われているのだ。忍び込めばいい。覗き見すればいいだけだ。

「郭はピエールと毎日朝から飲んだくれています」

「えっ、ピエール？」

「ほら初日にお話ししたでしょ。バリ島に移住したフランス人医師ですよ」

「ああ、外科医とかいっていた」

「そうです。郭も薬膳料理の調理人ですから、話が合うみたいです」

「外科医と薬膳料理人が？」

「広義でいえば人の健康に関わる仕事をしているわけですから」

「それにしてもおかしな組み合わせね」

雲が流れ去って陽射しが戻った。コンコンと硬質なノックの音がした。

「食事が来たみたいですね」

アサミがビーチチェアから立ち上がった。

「あ、私は――」

外に食べに出るといいそびれてしまった。バスローブを羽織ったアサミがプールサイドに戻った。手には私用のバスローブを携えている。

「アユが食卓の用意をしてくれています。またスコールが来るかもしれませんから、中で食べましょう」

「いや、私は――」

「どうかしましたか?」

「外に食べに出たいなと思って」

「それなら先にいってくださいよ。せっかくステーキを用意したのに」

アサミが頬を膨らませた。

「アサミちゃんが食べればいいじゃない。朝もステーキだったし私は出掛けてくるから。陽の高い内ならひとりで歩いて行けるしね」

「薄いモーニングステーキじゃないんですよ。本格的なステーキなんです。おかかえシェフが低温調理した特製ステーキです。肉汁たっぷりで美味しいですから」

「でも……」

いい淀んだ。上手く断る口実が思い浮かばない。

「さ、これを着てください」

アサミから受け取ったバスローブに腕を通した。

コテージ内では、アユが整えたステーキがダイニングテーブルに並べられていた。アサミと私が向き合う格好でセットされている。最後のチャンスに賭けるつもりでいってみた。

「アサミちゃんはどっちのステーキを食べるの？」

「どっちのって、どっちでも同じですよ」

怪訝（けげん）な顔でアサミがいった。

二の句を継げないでいると「それじゃこっちを頂きます」とアサミがステーキを指差した。

「私もそっちがいい」

返事を待たずにアサミが指差したステーキ側の椅子に腰を下ろした。

「変なの。鮎子さんって子供じみたことをするんですね」

呆れた声でいいながらアサミが私の対面に腰を下ろした。

「さっき低温調理っていってたわね」

気拙さを紛らわすように質問した。

「湯煎したステーキです」

「焼き色があるけど」

「仕上げに両面を軽く焼きます。そうすることで肉の糖質とアミノ酸が合わさって、香ばしい香りが加味されます」

「湯煎という事はレアステーキなの」

「レアですね」

「血の滴るような？」

いつかそんなことをアサミがいったことがある。

「見ていてくださいね」

アサミがいってナイフとフォークを手にした。切られた肉の断面は生肉の色だ。

「血は滴らないでしょ。このあたりが湯煎の難しいところです。湯温や湯煎時間を間違うと硬くなるか生のままになるか。肉質を見極めてギリギリの温度で、ギリギリの時間、湯煎するのがプロの技です」

アユが残していったワゴンに乗せられた竹籠から、アサミが瓶を取り出した。

黒い瓶だった。

「赤ワイン？」

肉料理ならそう考えるのが普通だろう。

「いえ、これは黒ワインです」

ワインの黒いラベルには白い文字でCARNIVORと記されている。

「カーニバル」

「そうではなくカーニヴォと発音します」

「カーニバルの事をそう発音するの？」

「違います。カーニバルではありません。おそらく『カーニズム』に由来する命名ではないでしょうか」

『カーニズム』

それは『肉食主義』と訳される。

「もともとカーニバルの本来の意味が謝肉祭ですから、そちらに因んだ命名だと考えても間違いではないでしょうが、私は『カーニズム』に由来するものだと思っています。その方がしっくりきますからね」

「しっくりくるの?」

アサミが『カーニズム』という言葉を知っていたことが驚きだった。

「だってそうでしょ。肉用のワインより『肉食主義者』用のワインと考えた方がしっくりくるじゃないですか」

半ば絶句した。

『カーニズム』だけでなくアサミは『肉食主義』という言葉まで知っていたのか。英語表記を知っているのだからその日本語訳を知っていても驚くことでもないだろうが、一般的にそれほど知られている言葉ではないはずだ。

それを私に教えてくれたのはイギリス人ジャーナリストだった。

脳裏に真っ赤な血に染まった海が浮かんだ。鮮血の波が浜辺に打ち寄せ、その浜にはいくつもの死骸が規則正しく並べられていた。

平成二十二年七月に公開された映画『ザ・コーヴ(The Cove)』が大きな反響を呼んだ。和歌山でのイルカ漁を扱った同作品は前年にアメリカで公開され、第八十二回アカデミー賞長編ドキュメンタリー映画賞を受賞した。日本での公開に当たっては、当事者である太地町のみならず、多くの市民団体から抗議の声が上がった。彼らは映画が日本を貶めるもの、捏造・歪曲の産物であると上映に反対した。幟旗やプラカードを掲げ、拡声器に先導されたデモが行われ、実際そのことで上映を断念した映画館も少なくない。図らずも言論や表現の自由を問う映画となったのだ。当然の成り行きとして文芸部デスクの私は関連取材に駆り出された。

　その取材の過程で私はイギリス人ジャーナリストの知己を得た。米国の有名大学で人類学のドクターコースを終えている女性通訳を介して意見を交換した。

「イルカは知能が高いから、愛くるしいから、殺してはいけないという理論が日本人には理解できないのではないでしょうか。漁師たちは無差別にイルカを殺戮しているわけではないのです。敬意をもってそれを食します」

「あなたは『肉食主義』という言葉をご存じですか」

　質問を質問で返された。

　通訳の彼女は『肉食主義』と訳してくれたが、私はそれを『カニバリズム』と聞き違えた。通訳の助けがなければ頓珍漢な問答をするところだった。被虐趣味で虐殺や拷問の情景を嗜好する私の個人蔵書には、カニバリズム、すなわち食人に関する蔵書も何冊かある。カーニズムはカニバリズムを連想させた。

「菜食主義の対極にある主義主張でしょうか」

　カニバリズムを横に置いて質問した。

「いいえ、肉食主義は菜食主義と対を成す概念ではありません」

イギリス人ジャーナリストが穏やかに微笑んで首を横に振った。

「カーニズムは人類と動物との関係を論じる際の概念だとお考え下さい。本質的にはヴィーガニズムに対置される概念です」

当時、東京でもヴィーガン料理を謳うレストランがちらほら開店している時期だった。豆腐を使ったハンバーグとか、豆乳のケーキとか、要は精進料理に似た食品を供するレストランだ。

「カーニズムを提唱したのは社会心理学者でヴィーガン活動家であるメラニー・ジョイです。彼女はカーニズムを防衛機制に支えられた信念体系であると指摘しています」

防衛機制とは受け入れがたい状況に陥った人間が、それによる不安を軽減しようとする無意識下の心理メカニズムだと通訳が補足してくれた。

「カーニズムは動物食品だけを選択的に摂取することを意味するものではありません。その点で、植物食品だけを選択的に摂取するベジタリアニズムとは一線を画します」

話の着地点が見えないまま曖昧に頷いた。

「四つ足動物の摂取を禁忌としてきた日本人には理解しがたいことかも知れませんが、牧畜・屠殺・消費が日常的であった欧米では『肉食のパラドックス』という概念が指摘されています。すなわち動物を愛でることと動物を殺して食べることとの矛盾です」

彼が重要な指摘をしているらしいと思い耳を傾けた。

「ジョイは種差別の一例としてカーニズムという言葉を作り出したのです。そのカーニズム思想によって、食肉を目的とした屠殺が支えられていると指摘しました。カーニズムほど極端ではないにしろ、欧米人は『肉食のパラドックス』を克服するために動物の順位付けを行いました。より知的能力に優れ、社会的に行動する動物を食べないという順位付けです。それには可愛いという感情も含まれます」

要は歴史的な文化としてイルカを食べる行為は理解され難いということか。

ぼんやりとだがイギリス人ジャーナリストの主張を理解した。同意したわけではないが理解はした。しかし彼の説明はそれで終わりではなかった。

「先ほどあなたは漁師たちが敬意をもってイルカを食していると仰った。捕殺したクジラ類を慰霊する施設があることも私は知っています。しかしそれで納得できる問題ではないのです」

「どうしてでしょう？　付け加えるなら、追い込み漁は魚を捕食するイルカの群れから猟場を守るためでもあるのです。漁師の生活権も蔑ろにしろということなのでしょうか」

「少し極端な例になりますが、あなたにご理解頂くために申し上げげます」

紳士的に話を続けるイギリス人ジャーナリストの次の言葉に息を呑んでしまった。

「カニバリズムはご存じですね」

まさか話がそこに及ぶとは思いもよらなかった。

「ええ、もちろん知っております」

「歴史を紐解けば、世界中の多くの場所で食人は行われてきました。部族紛争により殺した敵を食べるという習慣も数多く報告されています。そしてそのほとんどは儀式的であり、また相手に対する敬意によるものでした」

「イルカを食べるという行為は、西洋人にとってカニバリズムにも匹敵する行為だということなのでしょうか？」

「そうです。そこに敬意があるとか無いとかの議論で納得できるものではないのです」

彼我（ひが）の考え方、捉え方の落差に沈黙するしかなかった。


往時のことを思い出しながら私は黒ワインを口に含み、あまつさえ切り取ったステーキ肉を口に含んでさえいた。あれほど警戒していたのに、アサミが用意した食べ物に手を出してしまったのだ。

「どうです。この黒ワイン、肉に合うでしょ」

屈託（くったく）のない笑顔でアサミがいう。

その言葉は言葉のままに私の耳に届き、テーブルに砕けることもなかった。遠くの椰子の梢のリスの足音も聞こえない。竹囲いに列を作るアリの気配も感じない。どうやらクスリは盛られていないようだ。

「程よいタンニンと、余韻の長いスムースな口当たり、そして複雑な構造が限りなく深い色調を出していて、あらゆる肉料理との相性抜群のワインなんです」

まるで説明書きを読むようにアサミが講釈する。

「そうね、渋みが合うみたい」

同調した。

「でもタンニンは赤ワインなんかにも含まれているんじゃないの？」

「そうですね。だから肉料理イコール赤ワインとなるんですね」

アサミが素直に頷いた。

「でもこのワインは『肉食主義者』のために醸造されたワインですから」

アサミが再びその単語を口にした。

「アサミちゃんは『肉食主義者』のことをどれくらい知っているの」

興味本位で訊いてみた。

それに対するアサミの回答は、あのイギリス人ジャーナリストやそれを補足してくれた通訳の彼女ほど完璧だった。『肉食のパラドックス』にまでアサミの説明は及んだ。

「すごく勉強しているんやね」

素直に感嘆の息を吐いた。

「これでも読書家ですから」

アサミが照れる顔でいった。

私の作った底本リストのかなりの項目を、既読だと横線で消したアサミの姿が浮かんだ。ただの謙遜ではなく、慥かにこの子は読書家なのだと改めて納得した。

「このワイン、カーニヴォって名前よね。そして『肉食主義者』はカーニズム、なんかカニバリズムを連想させるわね」

誘い水を向けた。

あれは新大久保にアワビの肝のお粥を食べに行った日だった。

緑色のお粥を食べながらアサミはいったのだ。

「人間の胆嚢も綺麗な緑色ですよ」と。

そしてアサミの言葉にスプーンを止めてしまった私にこうもいった。

「大丈夫ですよ。人間の胆嚢みたいに苦くはないですから」

その言葉は熊の胆から連想したものだと流されたが、もう一度確認してみたかった。

「もしかしてアサミちゃん、人間の胆嚢を味わったことがあるんじゃないの」と。

その問いかけはあまりにも唐突過ぎはしないか。

私の思惑を無視してアサミが話を続けた。

「カニバリズムはカリブ族に由来します。十五世紀のスペイン人航海士たちは、西インド諸島に住むカリブ族が人肉を食べると信じていました。そこから発展して、人肉食を習慣とする人たちを意味する言葉になりました。カーニズムはヴィーガン活動家のメラニー・ジョイの造語で、カーニはラテン語で肉を意味する言葉ですが、その響きからカニバリズムを連想させるというジョイの悪意も感じますね」

理路整然と解説した。

しかし私はアサミが口にした「悪意」という言葉を聞き逃さなかった。アサミはメラニー・ジョイに好ましい感情を抱いていないのだろう。

「アサミちゃん自身はカニバリズムを否定しないの?」

一歩踏み込んでみた。

「私は防衛機制をかなぐり捨てた人間ですから。あるいは逆にそれにどっぷり浸かっている人間かも知れません。防衛機制ってご存じですよね?」

「ええ、もちろん。不安とか抑うつ、罪悪感、恥なんかの不快な感情から自身を遠ざけて、安定を保つための心理的作用ね」

心理学における定義を述べた。

私が「できる女」を演じてきたことは、ある意味、私なりの防衛機制なのではないかという自覚はある。アサミもアンドロギュノスというハンディを背負い生きてきたのだから、同じ立場にあるはずだと、出会って早々に心を許してしまったという経緯もある。

「防衛機制を捨てたという言葉と、どっぷり浸かっているという言葉は矛盾するみたいやけど」

「一周廻(まわ)ってそこに戻ったということですよ」

いってアサミが乾いた笑い声をあげた。

(この娘もずいぶん苦しんだんだ)

アサミの自嘲とも聞こえる笑い声にそう感じた。

「それじゃアサミちゃんはカニバリズムを必ずしも否定しないと考えてもいいのかしら?」

「そうですね。でも人肉を直接食べるのには生理的に抵抗があります。内臓をスープにするくらいならアリかと思いますけど」

そういってアサミは付け加えた。

「中華の薬膳料理くらい味も含めて、原形を留めていないお料理なら、食べられるかなと思います」

中華の薬膳料理。

小太りで脂ぎった郭の顔が浮かんだ。初めて会った日に「ジュリナちゃんがいちばん美味しそうだな」と不穏なことを口にした郭だ。

ステーキを食べ終えてアサミが席を立った。

「ちょっと待って」

引き留めた。

「折り入ってあなたに話があるんだけど」

アサミが立ち止まって振り返った。

「話、ですか？」

小首を傾げた。

「このコテージに来てからの食事の事よ」

さっきのステーキは大丈夫だった。しかしそれまでの食事には、私をトランスさせるなにかが混入されていた。外食した夜でさえそうだったのだから、アサミが意図的に混入したとしか思えない。だとしたらなにが目的でアサミはそんなことをするのか。納得のできる説明をして欲しかった。

「ご不満でも？」

アサミの表情に動揺の色は窺えない。

「私はこのコテージに逗留（とうりゅう）してから何度かクスリを飲まされた」

言い切ってアサミの表情を読み取ろうとした。

変化はなかった。

仕方なく話を続けた。

「私が知りたいのは、どうしてアサミちゃんがそんなことをしたのかということなの。幻覚を伴って高揚するクスリを、私の食事に混入した目的が知りたいの」

「黙って入れたことは謝ります」

アサミが神妙に目を伏せた。

「鮎子さんが食べ物に臆さない人だとは知っていました。でもさすがにトリップするクスリだと知ったら、素直に口にはしないのではないかと思ったんです」

小声で「すみません」と、付け加えた。

「そうね。臆したかもしれないわね。で、目的はなんなの？　どうして私の食事にクスリを混入したりしたのかしら」

さらに追及した。

「私はショコラたちのレッスンがあります。もう二人が待機している時間です。レッスンの後で、昨日お話ししたバンブーガムランを、みんなで楽しむ予定にしています。その時にでもお話ししませんか。バンブーガムランが演じられるウブドまでは片道一時間くらいのドライブになりますから」

それだけいってアサミは逃げるようにコテージを後にした。

携帯の呼び出し音に目覚めた。カーテンの隙間から覗く掃き出し窓の外は漆黒の闇だ。

「鮎子さん、アサミです。三十分くらいでバンブーガムランに出掛けますから用意をお願いします。センターの前に集合してください」

「分かった」

短く答えて通話を終えた。

温水でシャワーを浴びてメイクを整えアサミと同じようにワンピースのリゾートウエアを着用した。アサミは花柄の可愛いプリントだったが、私は濃紺一色のマキシスカートを選んだ。年齢なりの選択だ。

伝えられた時間にセンター前に赴くと、他のメンバーも揃っていた。ショコラとソラは白のタンクトップに幾何学模様のレギンスのペアルックで腕を絡ませている。サヤカは墨色の下地に白の花模様をあしらった浴衣着だ。

「ジュリナは？」

誰にともなく問い掛けた。

「レッスンらしいです。私たちとは完全に別行動です」

サヤカが不満げに鼻を鳴らした。

「別行動どころか、私たち、未だ一度も顔を合わせてないんですよ」

サヤカの言葉を引き継いだショコラの声も暗かった。

「あの子、ほんとに身勝手だよね。日本にいたころから、いつも上から目線で私らのことを莫迦にしていたしさ」

ソラがショコラに同意を求めた。

「それじゃ、ここに来てからというより、イカンバカールを食べた最初の日から、誰もジュリナとは会っていないということなの？」

誰かが応える前にワンボックスカーがセンターの玄関前に乗り入れた。運転しているのはワヤンで、助手席にはカツゥが座っている。アサミが後部座席最前列の窓から顔を出した。

「お待たせぇ。さぁみんな乗って」

最初に乗り込んだショコラとソラが最後列のシートに並んで座った。次にサヤカが、ひとりで中央のシートに腰を下ろした。私は勧められるままアサミの隣に座った。

さっきアサミはクスリを混入させた目的を話すといったが、この状況でできる話ではないだろう。それとも現地に行けば話せる機会があるのだろうか。

「バンブーガムランは正式名称をジェゴグといって、もともとはバリ島北西部のヌガラ地方の伝統芸能だったの」

アサミが身体を後方に捩って他のメンバーに説明を始めた。

「ただし竹琴を打ち鳴らすだけではジェゴグとはいえない。ジェゴグは大小大きさが異なる十四種の竹琴を使って演奏されて、その中でも一番大きい竹琴がジェゴグと呼ばれるの」

その竹琴は直径二十センチほどもあり、重さが二キロほどのバチで叩くのでひとりでは演奏できず、二人掛かりで演奏すると、いつか私が聞かされた説明を改めてアサミがした。

「それだと凄い低音が出るんでしょうね」

後部シートから興味深げにショコラがいった。

「そう重低音がね。あまりに低音過ぎて人の耳には聞こえないの」

「なんですか、それ」

サヤカが呆れた声で疑問を投げ掛けた。

「聞こえないけど、身体で感じることはできるわ」

アサミがジェゴグの説明を続けた。

「通常のバリ・ガムランは五音階なんだけどジェゴグは四音階なの。その分、技巧的に単調だと評価する人もいるけど、私は違うと思う。ジェゴグは耳で聞くだけでなく、身体全体で感じる音楽なの。重低音が身体を振動させて、細い竹の高音や様々の音色が重なり合って、身体全体を刺激するの。演奏には楽譜がなくて、奏者が複数の旋律やリズムを分担してひとつの音楽になるの。初めて聞いた時、私には音が見えたわ」

「音が見えた?」

不思議そうにいったのはショコラだ。しかし私にはアサミの言葉が理解できた。なにしろ私はコテージのプールサイドで、音楽どころか、アサミが喋る言葉が見えた経験を既に何度かしているのだ。

(またクスリを使うつもりなのかしら?)

私の予感は当たった。

現地に到着して車を降りる各人に、喉が渇きますからとカツゥが水のペットボトルを配ったのだ。サヤカら三人はなんの疑問も抱いていないかのように、キャップを捻って水を口にしたが、私はペットボトルを手にしたままキャップを開けるのを躊躇した。

「大丈夫ですよ。鮎子さんのペットボトルには入れていませんから」

耳元でアサミが囁いた。

（入れてない？　なにを？　目的語が抜けているじゃない）

それはアサミがクスリの混入を認めたということではないか。混入を認めたがその目的までは未だ明かされていない。

「大丈夫ですよ。今の鮎子さんなら見えますよ。それに……」

「それに？」

「鮎子さんはハイテンションになり過ぎるので、人前では止めておいた方がいいでしょ」

「あの子らは初めて飲むの？」

銘々がペットボトルを傾けている。

「ええ、初めてです」

「どうして私だけ……」

「それは鮎子さんの防衛機制を緩和して差し上げたかったからです」

「アサミちゃんは、私が自分の性的指向に起因する不快な感情から、精神の安定を保つために自分を守っていたと感じていたの？」

そうだとすれば失礼な話だが、それを否定することもできない。そもそも私の半生は、周囲から自分を防衛する事に費やされたといっても過言ではない。

「大丈夫ですって。今の鮎子さんだったら音がちゃんと見えますよ」

「アサミちゃんの声は聞こえるけど見えないわ」

「私の声とジェゴグの演奏を一緒にしたらダメですよ」

軽くいなされてしまった。それだけジェゴグが凄いということなのだろうか。

「あの子たちはハイテンションにならないの？」

それが理由でアサミは私にクスリをくれないのだ。

「あの子たちはトランスジェンダーとして舞台に立つことで、すでに防衛機制のしがらみから逃れています。少しはテンションに変化を来すかも知れませんが、鮎子さんほどではないと思いますよ」

私はあの子たちとは違う。はっきりといわれてしまった。認めるしかなかった。あの子たちはトランスジェンダーだという事を晒して生きてきたのだ。アセクシャルを隠し、できる女を演じながら、周囲と距離をとってきた私とは違う。

「さッ、早くしないと始まってしまいますよ」

アサミに促されて会場に足を踏み入れた。

固まって半切りにした丸太のベンチに腰を下ろした。

ほどなくして演奏が始まった。

鉄琴の前に胡坐を組んで演奏するスタイルではない。演奏者は立ったままでバチをふるっている。身を躍らせながらの演奏だ。四音階しかないが、様々な音域の音が混ざり合いけっして単調さを感じさせはしない。

不意に周囲の空気が振動した。それで私はジェゴグと呼ばれる最大の竹琴が打ち鳴らされたのを知った。その後も間を置いてジェゴグが空気を振動させる。

「あれッ、私、見える」

ショコラが呟いた。

「あの筒先からパイプの煙みたいに音の輪っかが広がってる」

ジェゴグはその筒先を観客に向け、僅かに斜めに横たえられている。

「私にも見える。筒先から輪っかが広がっている」

ソラが同意した。

「筒先からだけじゃないよ。他の高音の竹琴から飛び跳ねる音も見えるよ」

サヤカがいった言葉にショコラとソラが大きく頷いた。

「見える。見えるね」

「うん、綺麗な色だね」

「音が欠片になって会場の地面にどんどん溜まるね」

「足首まで埋もれているよ」

「なんなのこれ、初めて、こんなの初めてだよ」

「零れた音が膝まで上がってきたよ」

「うん、膝まで」

ショコラとソラが口々に感嘆の言葉を漏らす。

私にも見えている。ただ私の場合は、音が見えるということが初めての経験ではないので彼女らほどは驚かない。

むしろアサミがいった言葉を反芻していた。アサミはクスリを盛ったことをあっさりと白状した。そしてその目的が私の防衛機制を緩和することだと説明した。

余計なお世話だと思わなくもないが、その一方で、私は長い期間、私が纏っていた鎧を脱ぎ捨てたような気にもさせられた。そのなによりの証左として、テンションを上げてジェゴグの演奏に感動するショコラたちに嫉妬のような感情を覚えている。どうして私の水にクスリを入れてくれなかったのだと、やっかむ気持ちにさえなっている。

「アハハ、もうダメ。なによあの人たち、どうしてあんな楽しそうに踊りながら演奏しているの」

ショコラが壊れ始めた。

「ほんとに。アハハハハ、可笑しいよね。もっと真面目に演奏しなさいよ」

ソラがそれに共鳴した。

「笑っちゃ悪いよ。あの人たちは身体でリズムをとっているんでしょうが」

サヤカは本気で怒っている。クスリの効果の発現の仕方は人によって違うのだろうか。

「抑えていた感情が剝き出しになってくるんです」

私の疑問に応えるように耳元でアサミが囁く。

観客に小さな竹筒と棒が配られた。

演奏をリードしている奏者も同じものを手にし、それを打ち鳴らせとばかりに手本を見せる。

観客が一斉に竹筒を鳴らし始める。もちろん竹琴のような音色は出ない。ただカッカッ、カッカッとリズムを刻むだけだ。

演奏が速くなる。テンポアップする。それに合わせて観客も必死で竹筒を打ち鳴らす。演奏が速くなっても個々の音色に狂いはない。

小刻みに叩かれる竹琴の音色。そして聞こえないが全身を揺するジェゴグの重低音。

奏者たちがバチを持った両手で煽(あお)って観客に立つよう促す。白人を中心とした観客が立ち上がって身体でビートを刻む。奏者は奏者で、なおも踊りながら竹琴を打ち鳴らす。踊っている観客の何人かが崩れ落ちる。失神する。まるでロックフェスさながらに会場が盛り上がる。

ショコラもソラも、アサミまでもが、いつしか立ち上がって竹筒を打ち鳴らしながら踊っている。私も立ち上がって竹筒を打ち鳴らす。

熱狂する会場で、サヤカは憮然と腕組みをしていた。

終演後、夕食をウブドで食べた。

レストランというより食堂という佇まいの店だ。

私たちへの断りもなく、アサミが独断で注文したのは、サヌールのナイトマーケットで食べたのと同じラワール・バビのナシチャンプルだった。

私たちは粗末なテーブル席に腰を下ろした。

食堂の片隅で中年の大柄な女性が中華鍋を振っている。ショコラとソラが席を立ち、興味深げに女性の手元を眺めている。出来上がったナシチャンプルをテーブルに運んだのはその二人だった。

「仕上げに赤いドロドロを混ぜ込んで炒(いた)めていましたけど」

ショコラが座りながらいった。

「豚の血なの」

アサミが応えた。

「豚の血なんですか？　生血でしたよ。大丈夫なんですか？」

ショコラが不安気に訊ねた。

「新鮮な血だから大丈夫だよ」

宥めるように応えてアサミが食べ始めた。それにつられて全員がスプーンを使った。

「ほんとうですね。ぜんぜん生臭くないですね」

サヤカが感想を述べた。

「少しは処理をしているんだろうけどね」

アサミがいってポーチからビニール袋を取り出した。

「これを掛けて食べてみて。合うからさ」

ビニール袋に手を入れて摑み出した赤黒い破片を、それぞれのナシチャンプルに振り掛けた。

ナシチャンプルの上で、それが小さな山になった。エビせんのクルプックみたいなものかと、それだけをスプーンの先で掬い取り口に含んでみた。まるで違うものだった。しっとりしている。

嚙むほどに滋味が広がる。

「美味しいですね。味に奥行きが出ます」

サヤカが真っ先に感想を述べた。単なるいつものお追従ではなかった。彼女の言葉通りだ。慥かに美味しかった。

「ほんと美味しいです。これなんなんですか。食べた事のない味ですけど、なにか懐かしい味にも思えます」

ショコラが訊ねた。

「食べたことはあるんじゃないかな」

「いえ、記憶にない味です。でもショコラがいうように懐かしさを感じる味です」

ショコラに代わってソラが応えた。

「私も食べた記憶がある。子供のころに……」

サヤカも同調した。私もだ。遠い記憶があるがそれがなんだったのか思い出せない。

「瘡蓋（かさぶた）よ。子供は誰でも一度くらいは食べるものだわ」

「瘡蓋？」

思わず聞き返してしまった。

「そりゃ食べたことはあるかもしれないけど……」

問題はその量だ。アサミが全員のナシチャンプルに振り掛けた量は、とてもひとつや二つの瘡蓋を剝がしたものとは思えない。十や二十でも間に合わない量だ。

「どうやって、こんなにたくさんの……」

疑問を口にした。

「人の瘡蓋は特別な味なの」

私の質問をスルーして、アサミが郭に教えられたという知識を披露した。『南史』という唐時代の史書にその記述があるらしい。

「都の官職に就いた男が、二百余名の部下を鞭打ちの刑に処して、その瘡蓋を剝いで食したという記述があるらしわ」

「えぐい話ですね」

ショコラが眉を顰めた。

そのショコラだけではない。アサミの話に全員のスプーンが止まっている。無理もない。人間の血を固めたフリカケが掛けられた混ぜご飯を食べる気になる者は少ないだろう。

「どうしたの、みんな？　豚の血が大丈夫なのに、人間の血を固めたものは食べられないの？それって種の差別だよ」

カーニズムのことをいっているのだろうが、見方を変えれば、人間の血を食べるという行為は、むしろカニバリズムに類する話ではないか。

アサミの挑発に乗ったのは私だった。黙々とスプーンを口に運んだ。噛み締めるほどに感じる瘡蓋の味は悪くなかった。むしろ素直に美味しいと感じた。いつもより入念に私は咀嚼した。

「さすが鮎子さん、知性のある人は違うわ」

アサミの言葉にサヤカがおずおずとスプーンを使い始めた。それにつられてショコラとソラも食事を再開した。しかし彼女らは、慎重に瘡蓋を横に退けながら混ぜご飯を食べている。

「どうしたのよ、みんな。私が中国の話なんかしたから、これが人間の瘡蓋だとでも思っているの？　そんなわけないでしょ。豚の血を乾燥させて、瘡蓋状にしたのよ。炒めたりしたら、この味は出ないの」

アサミが笑いながらいった。

誰も得心した顔はしていない。それはそうだろう。アサミは「人の瘡蓋は特別な味なの」といったのだ。

気詰まりな食事が終わって私たちは車に戻った。ナシチャンプルを完食したのは私とアサミだけだった。他の三人は半分以上残してしまった。

サヌールの『リフレッシュ・ハウス』への帰路、燥ぎ疲れたのか、緊張する夕食から解放されて安堵したのか、ショコラ、ソラ、サヤカは眠りに落ちた。クスリのせいかもしれない。私もあのクスリを飲まされた後は熟睡できた。なまめかしい夢を見たこともあったが、それでもぐったりとするほど眠ってしまった。

「さっきの話だけど」

ショコラたちを起こさないように小声でアサミに語り掛けた。

「依存性があるクスリなの？」

気になることを質問した。

「ありません。私も以前使っていましたが、止めるのに苦労することはありませんでした」

「どうして止めたのかしら」

アンドロギュノスの悩みを抱えるアサミには、私以上に防衛機制が働くのではないだろうか。

「代用品を見つけましたから」

「代用品？　別のクスリなの？」

「いいえ、クスリの代わりになるものを見つけました」

「クスリの代わりになるもの？」

あれほどの刺激を与えてくれるクスリの代わりになるものが、そうおいそれと見つかるとは思えない。

「鮎子さんにも差し上げます。しかしそれは松が明けてパトロンさんたちが来島するまで待ってください」

「パトロンの誰かが持って来てくれるの？」

車がサヌールの繁華街に差し掛かった。

私の問いに答えないままアサミが水のボトルを差し出した。

「もうすぐ『リフレッシュ・ハウス』に着きますから、どうぞ」

生唾を呑み込んだ。アサミの手からボトルを受け取り、喉を鳴らした。

「この娘たちに飲ませたものより成分を濃くしてます。解散したら、鮎子さんのコテージまで行きます。少しの時間待っていてください。それまでにはクスリも効果を表すでしょう」

宥めるように頬を撫でてくれた。依存性があろうが常習性があろうが、そんなことにお構いなく私は最後の一滴までボトルの水を飲み干した。クスリが与えてくれる多幸感に早く浸りたかった。

『リフレッシュ・ハウス』のセンター棟前で解散した。コテージに戻り、ベッドに腰掛けてしばらくぼんやりと過ごした。クスリの効果の発現を待ったが、それが来ない。汗を流そうとシャワーを浴びた。シャワーを出てアユが取り替えてくれていたバスローブを羽織った。バスローブの下にはなにも着けていない。どうせアサミが来れば、またプールでじゃれるのだろうとパンティーも穿かなかった。

アセクシャルで肉体関係と無縁の私が、裸に近い格好で、人待ちをした経験がないのは当然のことだ。胸がときめくわけではないが、アサミが来るのが待ち遠しい。しかしクスリの効果が訪れない。

（ほんとうにあのボトルの水にはクスリが入っていたのだろうか）

みんなが飲んだものより濃い目に入れておいたとアサミはいった。

（それとも刺激がないとトリップが始まらないのか）

さっきのバンブーガムランの会場では音が見えた。あれはトリップが始まる予兆のようなものだ。しかしクスリを飲んでいない私はトリップはしなかった。

バンブーガムランは十分に刺激的な体験だったが、音が見える向こうまで行くのにはやはりクスリが必要なのだろう。

（クスリと刺激、その両方がないとトリップはしないのかもしれない）

推測ではなくある種の確信を持ってそう考えた。

私にとっての刺激はアサミだ。

じりじりしながらアサミの来訪を待った。

どれくらい待たされただろう、漸くアサミがコテージを訪れた。手には黒ワインのボトルとラップされたプレートを携えている。

「すみません。夜食の用意をしていたら遅くなってしまいました」

ダイニングテーブルに黒ワインとプレートを置いて手招きした。

「今夜も肉食主義者用のワインにしました」

そういってプレートのラップを外した。もうすでにその段階で、アサミの言葉がキラキラとした破片になって見えていた。トリップが始まった。

「ビーフジャーキーなの？」

プレートには黒くて薄い物が並べられている。

「食べてみてください。取り立てですから美味しいですよ」

アサミに勧められて指で摘まんで齧ってみた。

「これは……」

ビーフジャーキーではなかった。

裏面が滑り（ぬめ）を帯びて濡れていた。

その味に私は記憶があった。

「瘡蓋？」

「ええ、取り立ての瘡蓋です。新鮮でしょ」

新鮮な瘡蓋。

その奇妙な言葉の組み合わせに私の中枢（ちゅうすう）神経が刺激された。

「アハハ、なによ、それ。だいたい新鮮な瘡蓋ってどういう意味よ」

「さっき剝がしたところですから」

「アハハハハハハハ。冗談キツイよアサミちゃん。なんの瘡蓋だっていうのよ？　豚なんでしょ。人間だとでもいうの？　運転手のワヤン？　助手席のカツゥ？　コックの人はマデといったかしら」

バンブーガムランに付き合ったワヤンとカツゥはあり得ない。ここまで瘡蓋が固まるためには、私を待たせたくらいの時間では足りないだろう。

アサミが首を横に振った。

「もうひとり、誰かを忘れていませんか」

探るような目でいった。

「ジュリナ、まさかジュリナなの？」

小さく叫んだ。

叫びながら瘡蓋の大きな破片を口にした。

噛み締めて、存分に味わってから黒ワインで流し込んだ。ジュリナだと思って食べると瘡蓋は血の味が濃く、噛めば噛むほど美味しさが口中に広がった。生臭い血の匂いが鼻腔を抜けた。夢中で食べて、黒ワインを飲んで、私は完全にトリップしていた。山盛りになった瘡蓋をひとりで完食してしまった。

その夜もアサミとプールでじゃれた。

燥ぐだけ燥いで眠りに落ちた。そしてまた甘美な夢を見た。

夢にジュリナが現れた。他人を見下す目をしたジュリナではない。暗い部屋のコンクリートの床に倒れているジュリナだ。

その背中には無数の傷痕が刻まれている。鞭で打擲された傷痕だ。その傷痕は艶めかしく、瘡蓋を剝がされて血を滴らせている。ピクリともしないジュリナを見下ろしながら、私は残念な想いに胸を苦しくしている。

（どうして鞭打ちを見せてくれなかったの？）

(どうしてジュリナの悲鳴を聞かせてくれなかったの?)

せめて私にも瘡蓋を剝がす作業をさせて欲しかった。

その場にいないアサミに抗議し哀願する。

バリ島初日、アサミに暴言を吐いて、イカンバカールの店から先に立ち去ったジュリナだった。ワヤンとカツゥ、それから料理人兼庭師のマデの三人で、『リフレッシュ・ハウス』に落ち着かせたとカツゥが言っていたが、あの時のジュリナの勢いと、彼女の性格を思えば穏便に事が済んだとは思えない。

それだけではない。アサミのレッスンを断ったジュリナは、みんなと別行動だとショコラたちから聞かされた。ショコラ、ソラ、サヤカの三人はジュリナの姿を見てもいないといっていた。ジュリナは今も監禁されて責め苦を受けているのだろうか。

アサミが夜食だといって大量の瘡蓋を持って私のコテージを訪れ、その瘡蓋がビーフジャーキーほどに大きかった事で、私はジュリナが晒されている災厄を確信した。しかしクスリの高揚感に囚われていた私には、そんなジュリナを心配するという精神回路が働かなかった。むしろ甚振られるジュリナを想像し、欲情さえ覚えた。その感情は、夢の中でますます膨らむばかりだ。自分では制御することができない。


「おはようございます」

アサミの声に起こされた。

スコールが激しく窓に弾ける朝だった。玄関で傘を畳むアサミの後ろにワゴンを押すレインコート姿のアユが従っていた。

「こんな雨ですから、今朝もダイニングで食べましょう」

ベッドに脱ぎ捨ててあったバスローブに腕を通して立ち上がった。

アユがダイニングテーブルに並べる朝食を見てホッとした。

初めて迎えた朝に食べたオムレツだった。キノコのオムレツだろう。そのオムレツに、クスリが混入されていないはずがない。キノコそのものにクスリの効果がないことは心得ている。しかしその味と香りがトリガーになるに違いない。

クスリの効果から抜けてしまうとジュリナが心配になる。アサミを問い詰めたくもなる。それが人間として正常な理性の働きだろう。

しかし私はそれを望んでいない。クスリの残滓(ざんし)が、私の判断力を狂わせているという自覚はある。しかし私は永年、アセクシャルを他人に気取られないようにするという防衛機制にがんじがらめになって生きてきた人間なのだ。このあたりで、それから解放されたいと願うのも当然ではないか。

正当化していると非難されるだろうか。

いったい誰が非難できるというのか。

それを考えただけで胸の奥底の『怒り玉』が燃え上がる。

他者に性的な衝動を覚えないアセクシャルとして生きてきた。結婚も恋愛も少女のころから憧憬さえなかった。そんな私の想いを、非難できる人間がどこにいるというのだ。

被虐趣味のあるアセクシャル、加虐趣味のあるアンドロギュノス、私とアサミの出会いは偶然ではなく運命なのだ。

アユが一礼をして部屋を辞した。ドアを開けたときに激しい雨音がコテージに満ちた。ドアを閉めると静寂が戻った。部屋の防音精度を再認識した。

「さあ、朝食をいただきましょう」

静寂を取り戻した部屋でアサミがいった。

アサミの言葉に従い席に着いてナイフとフォークを手にした。オムレツをひと切れ口に含んだ。キノコの味がしなかった。怪訝な顔をする私にアサミがいった。

「安心してください。クスリはちゃんと入れておきましたから」

もうクスリの混入を隠そうともしない。黙ってオムレツを食べ続けた。

「予報だと今朝の雨は午前中いっぱい続くそうです。ですからプールは午後からにしましょう」

アサミの言葉に落胆した。

「前だってスコールの中でプールに入ったじゃない」

控えめに抗議した。

「それだけじゃないんです」

アサミの顔が真剣になった。

「中国の武漢という土地で疫病が蔓延(まんえん)しているんです」

「武漢？」

「ええ、新型ウイルスで肺炎を発症するらしいです」

「中国のそれとバリ島とどう関係があるの？」

「パトロンの方の話によると、これは世界的に蔓延する可能性があるということです。いわゆるパンデミックです」

「パンデミック？」

「鮎子さんは浅草にお住まいでしたからご存じでしょうが、中国人観光客は世界中に溢れています。観光客を経由したパンデミックが起こっても不思議ではありません。現にこのバリ島にも、多くの中国の人たちが訪れていますから」

初日に訪れたイカンバカールの店を思い浮かべた。早い時間だったせいもあるだろうが、私たち以外に居たのは中国人家族と思しき四人だけだった。

「場合によっては、バリ島への渡航を考え直すかもしれないパトロンさんも何人かおられるようです」

「そんなに深刻な状況なの？」

「皆さんご高齢ですから健康には人一倍気を遣っていらっしゃいます」

それにしてもと私は思う。少し大袈裟過ぎはしないか。ジュリナはともかくとして、ショコラやソラ、そしてサヤカの将来が掛かっている最終オーディションなのだ。たかが遠方の新型ウイルスの蔓延で、そこまで慎重にならなくてはいけないのか。

他にも気になることがあった。

「このオムレツ、ほんとうにクスリが入っているの？」

オムレツは半分以上食べている。

それまでの経験からすると、遠くのリスの足音が聞こえたり、竹囲いの地面を行列するアリの気配を感じたりするはずだ。百歩譲って、窓を打つ激しいスコールがそれを掻き消しているとしても、アサミが喋る言葉も見えない。普段であれば、ガラスの破片のようにアサミの唇から零れ落ち、キラキラと輝いてテーブルに弾け、あるいは転がり、蒸発するように消えてしまうアサミの言葉だ。それがまったく見えない。

昨夜のバンブーガムランではクスリも飲んでいないのにガムランの音色が見えた。トリップこそしなかったが、それはクスリを飲んでいないせいであり、その後サヌールに戻って、アサミからクスリ入りの水をもらった私は、子供のようにアサミと深夜のプールで燥いだのだ。

「私は情報収集とパトロンさんとの調整がありますので」

手短にいってアサミが朝食のテーブルを離れた。

「鮎子さんもテレビを観ていてください」

引き留める間もなくアサミが部屋を後にした。

直ぐにアユが訪れてテーブルを片付けた。少し残している私のオムレツを見て、逡巡する顔をしたが、私が首を横に振るとさっさと片付けてしまった。

仕方なくアサミにいわれた通りテレビをオンにした。日本語放送を選んだ。懐かしい浅草寺が映し出された。初詣でごった返していた。

その画面には、ガイドに引率される中国人観光客らしい集団も垣間見えた。とてもパンデミックを心配する様子には思えない賑わいだった。あるいはパトロンたちは、別ルートの情報で、これから深刻な状況が発生すると感知しているのだろうか。そうでなければバリ島への渡航を考え直すなどといいだすはずがないだろう。

　画面が変わった。

　夏に予定されている東京五輪を伝える内容だった。新型ウィルスを懸念するコメントはまったくなかった。五輪の波及効果によるインバウンドの高まりに期待を寄せる商店主のインタビューなどが漫然と流されるばかりだった。

　それはそうだろう。私が暮らす浅草でも急拵えのホテルが林立していた。もともとホテル用地などが簡単に見つかる地域ではない。それでも立体駐車場を解体したり、民家を取り潰したりして、ワンフロアに二部屋か三部屋、場合によっては一部屋しか確保できないのではないかと思われるようなホテルもある。住居としているマンションから銀座線に向かう途上では、古くからある小さな稲荷神社を移設してまでホテル建築が始まっている。

　大型観光バスが停車する路上の昇降場も増えた。私が知るだけでも五か所はできた。そこには黄色のベストを羽織り赤い誘導棒を振る高齢の交通誘導員が各所に数人ほど配置されていた。そして大型観光バスが到着するたび、主には中国人観光客が降りたった。路上なのでバスはそのまま待機することはない。乗客を降ろした後は、どこへともなく消える。そして観光が終わる時間になると再び現れる。

　ホテルやバスの昇降場だけではない。中国人観光客を当て込んだドラッグストアも瞬く間に増えた。そこで働く従業員のほとんどは中国人留学生と思われる若者で、プラカードを掲げたり、旗を振ったりして、中国語で客引きをしていた。

　そんなこんなが、バリ島に来るまでの浅草での日常だったのだ。

新年の賑わいを伝える日本語放送の番組に映し出された浅草も、それと変わらない日常だった。

パンデミック？

その言葉が空言に思えてならない。

昼過ぎにアサミがコテージを訪れた。

「外出します。用意してください」

いきなり言われた。

「どこに？」

「カシイブです」

「カシイブ？」

「カシは愛、イブは母という意味です」

「母の愛なの？」

答えになっていない。それだけではどこに行くのか分からない。私の疑問に気付いたアサミが苦笑を浮かべ表情を柔らかくした。

「すみません。ちょっと焦り過ぎていましたね。カシイブは州都デンパサールにある総合病院です。そこで検査を受けて頂きます」

「検査って？」

「新型コロナウイルス感染の有無を調べる検査です」

コロナウイルス？

私の疑問を置き去りにしてアサミが説明を続けた。

「鼻の奥の粘膜を綿棒で採取して判定する検査です。ちょっと痛い検査でしたけど、直ぐに終わります」

「検査でしたって、アサミちゃんはもう受けたの？」

「ええ、私と他のダンサーは午前中に済ませました」

「どうして私だけが別行動なのよ」

「セダンで行きましたから乗車人数に制限がありました」

「ワンボックスカーは？」

「それはメイドたち用に使いました」

「アユたちも受けたの？　ずいぶん神経質なのね」

さっきテレビで観た浅草の光景を思い浮かべ、皮肉っぽい口調になってしまった。

それは仕方がないだろう。

あの映像を見れば皮肉のひとつもいいたくなる。

「お願いします。『リフレッシュ・ハウス』全員の陰性確認が最終オーディション開催の条件なんです。陰性確認後は、全員外部との接触を禁止します」

「禁足令ってことなの？」

「ええ、それもパトロンさんの指示です」

「ちょっと神経質過ぎない？」

「お願いします」

アサミがその言葉を繰り返した。

「パトロンさんの中には、世界情勢に通じている方も多くいらっしゃいます。その方々のご意見なんです。ヨーロッパ辺りでは小規模なパンデミックも発生しているようなんです」

懇願するアサミの言葉に抗えず、不承不承、カシイブとやらに向かうことにした。部屋を出るとスコールは収まり、辺り一面に雨上がりの匂いが立ち込めていた。

「院内感染したらシャレになりませんから」

車に乗る前にアサミからマスクを渡された。サヌールを出て幹線道路をデンパサールに向かいながら私はふと考えた。アサミは『リフレッシュ・ハウス』の全員が検査を受けたといった。

(ジュリナも受けたのだろうか)

ジュリナは病院の人間に見せられる状態だったのだろうかと訝った。

『カシイブ』に向かう車内での話題は主に新型コロナウイルスだった。

「インフルエンザみたいなもんなん?」

アサミに訊ねた。

「詳しいことは分かりませんが、インフルエンザどころではなく、肺炎を発症してかなりの死者も出ているそうです」

衛星放送で観た新年の浅草の景色が浮かんだ。

「日本では未だ騒ぎになっていないみたいだけど」

「この春過ぎには大騒ぎになるだろうというのがパトロンさんたちのご意見です」

「春過ぎに?　気温が上昇すれば鎮静化するんじゃないの」

「南半球の南米辺りでも感染が始まっているようです」

南米は夏だろう。

「南米だけではありません。ニュージーランドとかシンガポールでも、対策に乗り出す動きがあるようです」

「日本政府は動いていないの？」

「動いてないようですね。中国の春節に合わせた観光客の誘致をしたり、オリンピック景気で盛り上がったりしているそうです」

「パトロンさんたちは神経質過ぎるんじゃない？　ご高齢ということもあるのかもしれないけど」

アサミが首を横に振った。

「少なくとも、パトロンの皆さんの情報網は日本政府より正確です。その情報に基づくご判断も、よほど信頼できます。今回のウイルスの蔓延は、スペイン風邪にも匹敵するかもしれないと心配しておられました」

「スペイン風邪に……」

思わず言葉を詰まらせた。

スペイン風邪は第一世界大戦の戦時下から世界的なパンデミックを起こしたインフルエンザだ。五億人が感染し、その二割だったか三割だったか、いずれにしても人類史上もっとも多くの死者を出したとされる疫病だ。

首を傾げた。

それに匹敵するウイルスが猛威を振るい始めているというのが実感できない。首を傾げた理由はそれだけではない。政府より慥かな情報網を持ち、その判断が信頼できる。いったいパトロンたちは、どういう人たちなのだろう。

疑問を持つのも当然だ。

アサミの言葉を鵜呑(うの)みにしたわけではないが、俄然(がぜん)パトロンたちに対する興味が湧いた。文芸部とはいえ、私も新聞社に席を置いていた記者なのだ。興味を抱かずにはいられなかった。

PCR検査とやらは幸いなことに全員が陰性だった。その結果をアサミがパトロンたちにメールで報せた。ご丁寧に全員分の陰性証明書を添付してのメールだった。その結果、少し予定を早め、三日後にパトロンたちがバリ島に来訪することになった。

検査後、私たちはアサミから外出禁止を言い渡された。

そればかりかケータリングも禁止された。

外部の人間との接触を一切断つという徹底ぶりだ。

検査を受けた日に、自室から曜子に国際電話を掛けた。曜子にだけは、バリ島への渡航を教えている。

「武漢肺炎のことですね」

曜子の口調はのんびりとしたものだった。

「中国ではずいぶんな騒ぎになっているようですが、日本は平穏ですよ」

スペイン風邪に匹敵するパンデミックがと、喉まで出かけたが、曜子に笑われそうなので呑み込んだ。

三日待ってパトロンたちが到着すれば取材させてもらおう。

秘かに心中で決めた。

情報の出所を訊き出して、判断の適否を自分なりに評価しよう。

そう考えた。


外出が禁止された翌日、『リフレッシュ・ハウス』の敷地内を散策した。

目的は同伴しているダンサーたちのレッスンを覗き見ることだった。

アサミは『暗闇の殺人鬼』を底本にして、全員に演目を割り振ったといったが、そのレッスンの様子に興味を抑えられなかった。正面玄関から入ることは難しいだろうが、非常口なり、秘かに忍び込める場所があるはずだ。

そこで、思わぬ人物と出会った。

あまりのことに悲鳴を上げそうになった。

出会った相手は上半身裸の白人男性だった。

それだけで悲鳴を上げそうになったのではない。男はまさに赤鬼だった。

金髪で全身が金色の産毛で覆われ、身長は優に二メートルを超えているだろう。そして私が男を赤鬼だと感じたのは、その顔だけでなく全身が真っ赤に染まっていたからだ。

ウィスキーの酒瓶をラッパ飲みしながら、男が迫ってきた。かなり酔っているのだろう。足取りが怪しかった。

男がなにかを口にしたが呂律が回っていなかった。それ以前に知らない言葉だった。

「こんなところに居たのか」

背後で声がした。

しかし振り向けなかった。男から視線を切るのが躊躇われた。隙を見せれば直ぐにも襲い掛かってきそうな気配を感じて男を凝視したままでいた。

「この人は大切なお客さんね。怖がらせたらアサミさんに叱られるよ」

いいながら私の横を通り過ぎたのは郭だった。通り過ぎる時、卵が腐ったような臭いがした。郭もかなり酔っているらしい。顔もそうだが首筋まで真っ赤だった。

「ホカノ、オンナ、ドウシタ？　アノオンナ、アキタ」

拙い日本語で男がいった。

「他のダンサーはダメだよ。未だ順番じゃない。それもアサミさんに叱られるね。あなたにはジュリーがいるじゃないの」

男を諭すように郭がいって振り返った。

「鮎子さん、ごめんなさい。この人も、外出禁止で不満が溜まっているのよ」

詫びて頭を下げた。

「フランス人の外科医さん？」

名前はピエールだったか。毎日郭と飲んだくれているとアサミから聞かされた記憶が甦った。

「そう、そう」

郭が頷いたが聞き逃せないことがあった。

「さっきこの人に、あなたにはジュリーがいるといっていたけど、ジュリーってジュリナのことなの？」

であれば、ジュリナはこの巨漢の慰み者になっているということになる。

拘束され、コンクリートの床に転がされ、鞭打たれ、背中の瘡蓋を剝がされている。

それは私の夢の中での光景だが、もしそうであれば許すことはできない。昨日からアサミがコテージを訪れることもなく、クスリも飲まされていない私の理性は正常だった。赤鬼のような巨漢はいったではないか。

「ホカノ、オンナ、ドウシタ？」

それだけではない。

「アノオンナ、アキタ」

そうもいった。

郭はそれに応えていった。

「他のダンサーはダメだよ。未だ順番じゃない」

その会話を順当に受け止めるなら、そしてジュリーがジュリナのことなら、彼女は既に巨漢の慰み者にされていて、順番が来れば、ショコラにもソラにもサヤカにも、同じ運命が待っているということになるではないか。

「ジュリナちゃんではないです。ジュリーというのはメイドのひとりね」

「現地の子なの？」

「いいえ、バリ島の子は、堅いからダメね。ジュリーはタイランドのニューハーフよ。お金次第で、私やピエールの相手をしてくれるね」

小太りの郭の丸い顔に吐き気を覚えた。アサミはこの『リフレッシュ・ハウス』でそんなことまでさせているのか。

「未だ順番じゃないってどういう意味なの。そもそもどうして、その男まで、外出が禁止されたここに残っているのよ」

追及の手を緩めなかった。誤魔化されてなるものかと郭を睨み付けた。

「ピエールもダンサーなのね」

意外なことを郭がいった。

「バリ島に移住するほどバリのダンスに嵌ったのね。最初は鑑賞専門だった。だけど、いつの間にかダンススタジオにまで通うようになって、いまでは立派なダンサーなのよ」

「それじゃ順番というのは……」

「最終オーディションでピエールもダンサーたちと踊るのよ」

「一緒にレッスンしているの？　少なくともジュリナとは、一緒にレッスンしているのでしょ」

郭を突き飛ばしてピエールが前に出た。

転がされた郭が叫んだ。

「鮎子さん、早く部屋に戻ってッ。この男、酒乱だから、危ない」

身を翻して自分のコテージに駆け戻った。途中振り返ると、ピエールは植え込みに倒れ込んで手足をバタバタさせている。あれなら追って来れないだろう。そうは思ったが、コテージの内鍵をしっかり掛けた。

それだけでは不安だったので、いつでもアサミに連絡が取れるよう、携帯を握り締めてベッドに潜り込んだ。

ピエールほどの巨漢であれば、コテージのドアを蹴破るのも容易いだろう。

ベッドから出て掃き出し窓を開けた。気休めかもしれないが、避難路を確保しておきたかった。

プールの外は竹藪で囲まれている。そこに逃げ込む。

逆にその竹藪からピエールが侵入して来たら、ドアへと逃げる。

再びベッドに潜り込み、携帯電話を握り締めて全開にしたカーテンの向こうの竹藪に目を向けて身体を固くした。

暫く動悸が収まらなかった。

そのうちあんな危ない人間を『リフレッシュ・ハウス』内に放し飼いしているアサミに怒りを覚えた。郭がいたから良かったようなものの、もしピエールとだけ対峙していたらどうなっただろうか。

いきなりスコールが降り出した。

水底に沈んでいるような激しい雨音にコテージが包まれた。

ベッドから飛び降りて掃き出し窓を閉じた。

コテージに静寂が戻った。

(もしピエールに捕らえられていたら)

静寂のなかでその情景を想像した。

ピエールに押し倒されて蹂躙される光景ではなかった。

一撃で気を失った私は、地下室のコンクリートの床に転がされていた。

衣服はボロボロに剝ぎ取られている。

動こうとしたが動けない。ロープで固く拘束されている。その傍らに、赤鬼と化したピエールが仁王立ちしている。手には蛇を思わせる一本鞭を携えている。

やがてその鞭が宙を切り裂き私の背中に振り下ろされる。痛みは感じない。そもそもそんな経験がないので、痛みを想像することさえできない。しかし私は、恰(あたか)もそれがあったかのように、大仰な叫び声を上げて身体を仰け反らせた。二度三度と鞭が振り下ろされる。痛みを覚えない打擲に悲鳴を上げて身体を仰け反らせる。

もどかしい。痛みを想像できない自分がもどかしい。あれだけの巨漢に鞭打たれているのだ。さぞかし身体の芯まで、骨が砕けるような痛みを覚えているに違いないのだ。

身体が火照る。どうしようもなく熱くなる。

突然――。

痛みが背中に走った。知らないはずの痛みを慥かに覚えた。

「嗚呼(ああ)」

甘い息が漏れた。

悲鳴ではなかった。

それから何度も背中に痛みを覚えた。そしてその度に甘い吐息を漏らした。堪らなくなってアサミの携帯を鳴らした。直ぐに応答があった。

「アサミちゃん……」

「どうしたんですか、鮎子さん。なんか苦しそうですよ」

「大丈夫、でも、こっちに来てくれない。訊きたいことがあるの」

「今すぐにでしょうか？」

「忙しいの？」

「ええ、パトロンさんたちの来島が早まったので、レッスンを急いでいるんです」

「そう。それなら仕方ないわね。レッスンが終わったら来てくれないかしら」

「分かりました。レッスンが終わり次第急いで行きます」

結局アサミが訪れたのは夕食時だった。ノックがしてドアノブがガチャガチャ音を立てた。内鍵を掛けていたことを思い出し、ベッドから起き上がって鍵を外した。

「どうしたんですか。鍵なんか掛けて？」

「襲われかけたの」

アサミを部屋に招き入れながらいった。

「えッ、襲われた！」

「酔っぱらいの赤鬼に」

「もしかしてピエールに？」

「かなり酩酊していたみたいだし、郭さんが間に入ってくれたから助かったけど、木陰なんかで待ち伏せでもされていたらひとたまりもなかったでしょうね。なにしろあの巨漢だから」

「すみません。センターの建物からは出すなと、きつく郭にはいっておいたのですが」

「ジュリーって誰？」

郭は否定したがジュリーがジュリナかもしれないという疑いを捨て切れていない。

「ああ、フィリピン人のメイドで……」

「あら、郭さんはタイ人だといってたけど」

「そうでしたっけ。すみません。メイドの人選はカツゥに任せているので」

言い訳がましく聞こえた。

「セックスの相手もするメイドがいるなんて、ちょっと残念だったわ」

「それをピエールが望むものですから」

「パトロンさんは望まないのね」

「皆さん紳士でらっしゃいます。この『リフレッシュ・ハウス』でそのような振る舞いをされる方はいらっしゃいません」

今度はきっぱりといい切った。

「ジュリーというメイドは、この時期だけ、ピエールと郭の相手をさせるためだけに雇っているメイドです」

「この時期だけ？ それはダンサーとして、ピエールを遇するための代償なのかしら」

「普段はそんな事はしないのですが、今回の演目にはどうしてもピエールが必要だったので……ピエールは、普段は然るべき場所で性欲を処理していると聞いています」

また歯切れが悪くなる。

「然るべき場所？ バリ島にもそんな場所があるの？」

「ええ、カラオケとかスパとか」

その他にも、そこそこ名のあるホテルでファッションショーが開催されると、出演するモデルも金額次第で部屋に連れ込む事ができるらしい。いずれにしても不愉快極まりない話だ。

「ピエールはジュリナに飽きて、ショコラやソラ、それにサヤカを探しにセンターの建物から出たといっていたわ。ジュリナ以外のダンサーはいないのかと探していたみたいだった」

思い切ってカマをかけた。それは真実ではなく、私自身の勝手な解釈だ。

ノックの音がしてドアが開いた。アユが夕食を運んできた。

「ダイニングテーブルにお願い」

アサミの指示に頷いてアユがテーブルセットを始めた。その夜もステーキだった。ワイングラスが置かれた。肉食主義者用の黒ワイン『カーニヴォ』だろう。セッティングを終えたアユが一礼して部屋を出た。

「食べながらお話ししませんか」

アサミに誘われたが断った。

「食事は話が終わってからよ」

こんな事態にクスリが混入されているかもしれない食事を口にするわけにはいかない。

「どうしたんですか。怖い顔しちゃって」

「ジュリーとジュリナは違う人物なのね。いえ、私が知りたいのはあなたがジュリナを性具としてピエールに差し出していないかということ、そしてこれからショコラ、ソラ、サヤカを差し出す予定がないかということ。それをはっきりさせてほしいわ」

「勿論（もちろん）じゃないですか。私がそんなことをするはずがないじゃないですか」

アサミがきっぱりと否定した。目は泳いでいない。額に汗も浮き出ていない。

しかし言葉のままに信用することができない。

「分かりました。これからセンターに行きましょう。ご一緒します。ジュリナと会えば納得して頂けるでしょう。ついでにピエールの相手をしているジュリーもご紹介しておきます」

返事を待たずアサミがドアに向かった。

(罠かもしれない)

そんな危惧を抱きながら私はアサミに従った。

アサミに従ってセンターに入った。私たちに割り当てられたコテージと違い、ヴィラと呼ぶに相応しい規模のセンターは意外に簡素な造りだった。

「二階が私とメイドたちのベッドルームになります。私はひとり部屋ですが、メイドらは二人で一部屋を使っています。どちらも平凡なワンルームです。右手のドアの奥がキッチンです。それとは別に地下に郭専用のキッチンがあります。食材や調理用具が違いますし、食材の中には臭いがキツイ物もあります。もともとのシェフが嫌がるので、別に地下に造りました。郭はそこで寝泊まりしています。おそらくこの時間はピエールと酔い潰れて高鼾でしょう」

「ジュリーという娘は?」

「地下室の小部屋をベッドルームに改装して使わせています。他のメイドが嫌がるので別々に住まわせています」

ピエールや、そしておそらく郭の性具となるためだけに、ここで飼われ、他のメイドからさえも疎んじられているジュリーの身の上を想って、再び『リフレッシュ・ハウス』に対する嫌悪感が湧き起こった。

「奥の扉の先が稽古場になります。稽古場は最終オーディションのステージにもなります。今はちょうどジュリナが稽古をしている時間です。他の踊り子たちもさっきまで稽古をしていましたけど、ジュリナの時間になったので自分の部屋に戻りました」

アサミが稽古場のドアを開けた。

薄暗い中にゆったりとしたソファーが並んでいた。

「観客席です」

短く説明が添えられた。

その先の暗闇に風を感じた。

暗闇に目を凝らすと、どうやらそこが舞台になっているようだ。星明かりに蠢く影があった。身をくねらせて踊っている。気配に気付いた影が踊りを止めて客席から零れる照明の中に歩み出た。

「ジュリナ!」

呼び掛けた声は無視された。

「リーダーどういうことですか。私がレッスンしている間は、誰もここに入れないという約束でしたよね」

キツイ口調でアサミに抗議した。

「鮎子さんがあなたを心配して顔が見たいっていったから」

「だったらもう目的は果たしましたよね。出て行ってもらえませんか」

有無をいわさない口調だった。

「ごめんなさい。邪魔をするつもりじゃなかったの」

私も詫びた。

「だったらすぐに出ていってください」

客席から零れる照明は、ジュリナの細かい表情を読み取れるほどの光度はないが、それは紛れもなく高慢で他人を見下すジュリナだった。

「鮎子さん、これでご満足されたでしょ」

アサミに背中を押され稽古場の外に出た。

「風を感じたわ。空調の風じゃない。外を流れる風よ」

「ええ、舞台はオープンエアーになっています。スコールが来れば電動でテントが張られます」

「照明はあれだけなの」

「稽古場として使う時は観客席の照明だけです。実際に舞台として使う時は、観客席の照明を消して舞台の周囲に篝火が焚かれます」

（バリ島には真正の闇があります。東京では想像することさえできなくなった光の粒ひとつない真っ暗闇です。そんな闇の中で、ＬＥＤライトでもない、レーザー光線でもない、篝火の灯りだけで演じる彼女らを観たいとは思いませんか）

いつかアサミに誘われた言葉が甦った。その情景を思い浮かべ、私はバリ島に来てみたいと思ったのだ。

「少しは風が出てくれた方がいいんです。火の粉が舞って舞台を盛り上げてくれますから」

「危なくない？」

「篝火の台は鉄製でしっかりしていますから、よほどの風でも倒れたりすることはありません」

「いや、そうじゃなくて火の粉が、よ」

「踊りに集中していたらそんなの関係ないですよ。何年か前のことですけど、まだ燃えていない薪を抜き取って、それで何度も篝火を叩いて、火の粉を浴びて陶酔していた娘もいたくらいです」

他愛無い話をしながらセンターの出口に向かった。足を止めてアサミがいった。

「ジュリーにも会いますか？　地下の部屋に行けば会えます。たぶんピエールたちは酔い潰れているでしょうし、まさかお楽しみ中ということはないと思いますよ」

その申し出は断った。もともとジュリナの無事を確かめることが目的だったのだ。仮にお楽しみ中でなかったとしても、その痕跡が残る部屋に足を踏み入れるのには抵抗があった。さらに加えるなら、赤鬼のピエールに会いたくなかった。未だピエールに対する恐怖心と、惹かれるなにかが残っていた。ピエールとの面談を躊躇わせる感情はむしろ後者なのかもしれない。

「お腹が空きましたね」

「ええ、ごめんなさい。せっかくのステーキが冷めてしまったわね」

「大丈夫ですよ。作り直させていますから」

「温め直すの？」

「そんなことをしたら台無しになります。それ以前にシェフが拗ねてしまいますよ。湯煎ステーキはそれほど微妙なものなんです。食べなかったステーキは廃棄されます」

笑顔でいってアサミが携帯を取り出した。

「あ、私。もう用事は終わったから今から作り始めて」

「廃棄して新しく作り直すの？」

「すぐにできますから」

「いえ、そういう問題じゃなくて……」

あのステーキには、最上級のニュージーランドビーフが使われているのだろう。それを廃棄するのはさすがに気が引けた。

「ごめんなさいね、私の我が儘で」

「いいんですよ。鮎子さんが蟠りを持ったまま『リフレッシュ・ハウス』に留まることを思えばお安い御用です」

正直なところをいうと、私の蟠りは未だ解けたわけではない。

アサミは黒ワインの添え物として〝なにか〟の瘡蓋を供したのだ。一切れがビーフジャーキーほどもある瘡蓋だった。

あれほどの瘡蓋ができる傷を負わされ、さらにそれを剝ぎ取られたのであれば、ジュリナが無事で済むはずはない。

しかしさっき稽古場で対面したジュリナは紛れもなくジュリナだった。高慢で他人を睥睨するジュリナそのものだった。本心をいえば、ジュリナの背中を見せてもらいたかったのだが、そんなことが気軽にいえる空気ではなかった。アサミに遠慮したのではない。ジュリナがそれをいわせない空気を発散していたのだ。

コテージに戻って羽織っていたカーディガンを脱いだ。

「鮎子さん！」

悲鳴に近い声をアサミが上げた。

「どうしたんです、その背中」

「ん？　背中がどうしたの？」

「これを見てください」

私を姿見の前に立たせてアサミがいった。姿見に背中を向けて立たされた。肩を掴まれ首だけで振り返るようにいわれた。

「！」

言葉が出なかった。

背中の空いたドレス、その背中に無数の傷痕が走っている。傷はそれほど深いものではないし痛みも感じなかった。

「まさか鮎子さん、自分でこれをやったんですか？」

「違うわよ。どうして自分でこんなことをするのよ。むしろどうやってするというの？」

「いや、鞭とか持っていて……」

「持ってないわよッ」

言下に否定した。

しばらく無言の時が流れた。

「もしかして……」

呟いてから（しまった）と思った。しかしアサミはその言葉を聞き逃さなかった。

「思い当たることがあるんですね。話してください。私が管理を任されている『リフレッシュ・ハウス』でこんなことがあって、看過するわけにはいきません」

アサミの強い口調に黙っておけないと覚悟した。

「そのまえに少しワインを飲ませてくれないかしら。素面じゃ話し難いから」

アサミがワインコルクを抜いてくれて、黒ワインをグラスに注いでくれた。

「クスリはどうしましょう」

少し迷った。

「お願いするわ」

そう応えた。アサミが頷いてサマードレスのポケットから小さな紙包みを取り出した。サラサラと白い粉が落とされた。グラスを揺すって攪拌した。

「さッ、飲んでください」

グラスを掲げた。タンニンの渋みが舌の上で広がり、グラスに半分ほど注がれた黒ワインを一気に飲み干した。アサミがお代わりを注いでくれた。

「さっきもいったけど昼間散歩した時、酩酊しているピエールと出会ったの」

ポツリポツリと語り始めた。

上半身裸のピエールが赤鬼に見えたこと、郭が止めに入って難を逃れたこと、コテージに戻ってベッドに潜り込んだこと、アサミは無言で頷きながら耳を傾けてくれている。

「少し落ち着いてから想像したの。もしピエールが木陰に隠れていて襲われていたらって、ね。妄想したの。意識を失った私はコンクリートの床に寝かされていた。縛られて、服はボロボロに剝ぎ取られて、ピエールは一本鞭を持っていた。その鞭で私は打擲されたの。その光景を思い描きながら私は悲鳴を上げた。痛みは感じなかった。だってそんな経験したことないもの」

ふふふと照れ隠しに笑ったが、アサミは無言のままだ。

「ところがそのうちに、ほんとうに痛みを感じるようになったの。おかしいでしょ。想像しているだけなのよ。それなのに背中に痛みを感じるの。痛みを感じて悲鳴を上げているの。私の恥ずかしい悲鳴を消してくれたのは、スコールだったのかもしれないわね」

「そういえば昼間のスコールは激しかったですね。オープンエアーの電動テントを張るのが間に合わなくて大騒ぎになりました。あの時間に鮎子さんはピエールに鞭打たれ、悲鳴を上げていたんですね」

「実際にそうされたわけじゃないのよ。悲鳴を上げたのはたぶん間違いないと思うけど」

否定はしたがアサミにそう言われると、実際にピエールに鞭打たれたように思えてしまう。それが記憶として甦る。

悲鳴ではなく甘い吐息を漏らしたことはいわなかった。

語りながら自分の体の変化に気付いていた。痛むのだ。さっきまではそうでもなかったのに、ピエールに鞭打たれた背中が激しく痛み始めたのだ。

「どうかしました？　なんか額に汗を掻いてますけど。それに苦しそうだし」

「ううん、なんでもないの」

テーブルナプキンで汗を拭って誤魔化した。

「ひょっとして」

なにかを思いついたようにアサミが席を立った。背後に回った。

「やっぱり……」

「ど、どうしたの？　なにが、やっぱりなの？」

痛みで目がかすみそうになるのを我慢してアサミに問い掛けた。

「ノーシーボ効果に似たものかもしれません」

「ノーシーボ効果？」

「プラシーボ効果はご存じですよね」

「ええ、効くと信じることで、薬でもない小麦粉とかが、特効薬並みに効果を示すっていうあれでしょ」

「ノーシーボはその逆です。死刑囚を対象にした実験が有名ですが、目隠しをして足に傷を付け、血が止まった後も水滴の音を聞かせて、血が止まっていないと思わせるという実験がありました。結果その死刑囚はショック死したそうです」

「つまり思い込みだけで私は背中に鞭の傷痕を作っているということなの？」

「正確にそれをノーシーボ効果といっていいのかどうか、私には分かりません。ですけどプラシーボ効果にしろ、ノーシーボ効果にしろ、人の精神が肉体にまで影響を及ぼすという点で、この事態を考えてみてもよいのではないでしょうか」

「考えてみるって？」

「あまりご自分の被虐趣味に深入りしないでくださいってことですよ」

アサミが心配顔でいってくれた。

とにかく手当てをしようということになったが、さすがにピエールの往診は断った。アサミが塗り薬とガーゼで手当てしてくれた。

アユが二度目に運んでくれたステーキも断った。料理人が丹精込めて湯煎し、焼き上げたステーキを二度も断るのは気が引けたので、アサミの許しを得てアユと同室のメイド二人に食べてもらうことにした。

「アリガトウゴザイマス」

素直に礼をいったアユは思わぬ御馳走に嬉しそうだった。

手当てを終えて、俯(うつぶ)せになった私のベッドサイドにアサミが椅子を移動させた。腰掛けていった。

「想像だけであんなになるなんて凄いですね」

「想像だけかしら?」

私は疑念を口にした。

「他にもなにか心当たりがあるんですか?」

「クスリよ」

「クスリって? 私が鮎子さんにいわれてワインに混ぜた薬ですか。それはあり得ないですよ」

「ずいぶん断定的にいうのね」

「だってあのクスリは少し強めの安定剤ですから」

「少し強め? 安定剤ですって?」

鼻を鳴らした。私に幻覚を見せトリップさせるクスリが安定剤であるはずがない。

「今夜のは」

強調した。

「本当に安定剤でした。鮎子さんにゆっくり寝てもらおうと思って飲んでもらったんです。最初私は疑っていました。あの傷は鮎子さんの自作自演じゃないかって。でも、今は疑っていません。ピエールの話をしながら鮎子さんの傷はドンドン新しくなりましたから」

「あれが安定剤だとしたら、これまでに私が飲まされたクスリはなんなの？」

「マジックマッシュルームの一種です」

「クタ辺りで売っていた、あれ？」

「いえ、あんな粗悪品ではありません」

「最初はキノコの味を感じたけど、何度目かからは感じなかった。あれはどうして？」

「抽出成分だけで作った粉もあります。いろいろ試してみたんです。人によってはバッドトリップをする人もいますからね。まッ、鮎子さんの場合はどれも上手く効いたみたいですけど。同じものがサヤカにはちょっと合わなかったみたいですね。バッドトリップというほどではありませんでしたが」

そういえばと思い出す。バンブーガムランの演奏にショコラとソラが笑い転げる横で、サヤカは不機嫌に怒っていた。

「ねぇ、キノコ由来のクスリくれない？」

ダメもとでねだってみた。

「今ですか？　ダメですよ。背中の傷が治るまで大人しくしていましょうよ」

アサミの反応は予想通りのものだった。

「あれがないと、私また妄想に襲われる気がするの。ピエールに鞭で叩かれる妄想に襲われて、もっと酷い目に遭う気がするわ」

クスリ欲しさにでたらめをいったわけではない。今夜あの赤鬼に襲われる恐怖を私は感じている。そしてなにより怖いのは、襲われることを心のどこかで望んでいることだ。渇望に似た欲求さえある。

今まで私は、幾度も残虐な拷問や刑罰を思い描くことで身体を火照らせてきた。それが私の自慰行為だった。でもその光景に自らを置くことはなかった。傍観者として愉しむだけだった。

今回の場合は違う。自分自身が鞭打たれることを妄想し、あまつさえ鞭打ちの傷さえ身体に刻んだのだ。

(この異変をどう解釈すればいいのだろう)

あれこれ考えた挙句に行き着いた結論がクスリだった。

バリ島に来て、アサミに盛られたクスリで、それまでの人生で感じたことのない解放感を経験した。いろいろと甘美な夢も見た。相手はアサミだったが、同じ夢にジュリナやショコラ、ソラ、サヤカが現れたこともあった。私に働きかける人物としてだ。それは今までにない経験だった。

どんな淫猥な夢を見ようが、その登場人物として自分がそこにいることはなかった。しかしそれだけではなかった。赤鬼のピエールに拉致され、束縛され、服をボロボロに引き裂かれ、コンクリートの床に転がされて鞭打たれる自身を夢想した。それは夢ではなかった。妄想しただけなのだ。

ピエールから打ち据えられるたびに、甘い吐息を漏らした。それだけなら未だしも、私の背中には、鞭で打擲された傷痕まで残った。その傷痕をアサミに問い詰められ、ピエールとの妄想を説明するうち傷痕はより酷くなった。

私はアセクシャルだ。被虐趣味のあるアセクシャルだ。性指向という点でいえば、むしろ被虐趣味こそ私の本質なのではないか。その本質が過剰なほど解放された。その原因をクスリに求めるのは当然ではないか。

「どれだけ強い安定剤をもらっても、今夜は眠れそうにないわ」

語り掛けるようにアサミにいった。

「そればかりか、このままひとりで夜を迎えたら、またあの男、赤鬼のピエールに襲われるに違いない」

少し間を空けた。言葉がアサミに染み入るのを待った。

「そうしたら、もっと酷いことになるかもしれないのよ」

また間を空けた。アサミは無言のままだ。

「あなた、さっきショック死した死刑囚の話をしたわね。私がそうなっても構わないの？」

アサミを脅かす言葉だった。いくらなんでもそこまでの事にはならないだろう。それに話をしているうちに、ピエールに対する恐怖は霧散していた。むしろ早くひとりにして欲しいとさえ思う気持ちもあった。鞭を携えたピエールを待ち望む気になっていた。

「このままだと私は今夜、ピエールの餌食（えじき）になるわ」

アサミが長いため息を吐いた。

「そこまでいうのでしたら仕方ないですね。鮎子さんを陽気にして差し上げます」

アサミがさっきと同じような紙包みを取り出した。

「口を開けてください」

素直に口を開けるとサラサラと粉が流し込まれた。

「水を持ってきますね」

ベッドを離れたアサミが冷蔵庫を開け閉めし、水のボトルを持って戻った。

「俯せのままじゃ飲みにくいでしょうから上半身を浮かせてください」

アサミにいわれた。

腕で支えて上半身を浮かせた。

「暫くそのままの姿勢で」

アサミがミネラルウォーターを口に含んだ。それを口移しで飲ませてくれた。二口飲ませてもらって姿勢を戻した。

クスリの効果を待った。それはすぐにやってきた。

「どこかで猫がクチャクチャしている」

「ここには猫はいませんよ」

アサミが苦笑した。

「野良猫もいませんし、サヌールの通りまで出ないと猫は……」

「聞こえるのよ」

アサミの言葉を遮った。

「猫はクチャクチャとなにかを食べているわ」

はっきりとその音が聞こえている。

「ネズミかしら。この音は、なにか生肉を食べている音ね」

「クスリが効いてきたみたいですね」

そういうアサミの言葉もキラキラと輝いて私の肩先で弾けている。

「今夜は沐浴をしていないわ」

「プールに入ろうというのですか？　ダメですよ。クスリも塗ったしガーゼも貼ってますから」

私は勢いを付けてベッドから起き上がった。

「ダメですよ、鮎子さん」

バスローブを脱ぎ捨てた。

アサミのサマードレスに手を掛けた。

「さあ、一緒に愉しみましょ」

「ダメ、ダメですったら、鮎子さん」

「大人しくなさい。大人しくしないとサマードレスを引き裂いちゃうぞ」

「イヤです、イヤ。止めてください」

本気で抵抗している素振りではなかった。

アサミはアサミなりにこの状況を愉しんでいるように感じた。

「分かりました。分かりましたから大人しくしてください」

簡単にベッドに俯せに押さえつけられた。

「先ずはガーゼを剝がしますね。傷口を見せてください」

アサミがガーゼを剝がし始めた。

「瘡蓋になりかけていますけど、まぁこれならプールに入っても大丈夫かな」

アサミの言葉に閃くものがあった。

「私の背中の瘡蓋を剝いでちょうだい」

「えッ、出血しますよ」

「構わないから剝いでちょうだい」

「出血したらプールはお預けですからね」

アサミの言葉に躊躇の気配はない。迷わずに剝ぐ気だと感じた。

「剝ぎますよ」

背中に痛みが走った。

「やっぱり血が滲んでいますね」

「食べて。私の瘡蓋を食べて。食べてちょうだい」

「やれやれ我が儘なお姉さんだ」

アサミが瘡蓋を咀嚼する音がする。

「もっと、もっと食べてちょうだい」

「それじゃ遠慮なく」

次々と背中に痛みが走った。アサミは私の瘡蓋を咀嚼しながら剝がしている。その痛みが堪らなく気持ちいい。赤鬼にそうされるのは願い下げだが、私の瘡蓋を剝いで咀嚼しているのが魔性の女だと思うと息が甘くなる。昂ぶりを覚えてしまう。

アサミの手が止まった。咀嚼する音も聞こえなくなってしまった。

「どうしたの？　もうお終いなの？」

「瘡蓋がなくなったんですよ。こんなに背中が血だらけになってしまって。どうするんですか」

私を叱ったアサミが背中に唇を這わせた。

（血を舐め取るつもり？）

いや違う。

アサミは舐めているのではない。吸っているのだ。傷口から血を吸い取って飲んでいる。

強烈な吸引力だ。背中の肉が千切れるかと思うほど、アサミは傷口に吸い付いている。緩急を付けて血を吸い取りながら、それが口中に溜まると喉を鳴らして飲んでいる。

巨大な女郎蜘蛛に吸い付かれている自分を想った。女郎蜘蛛が血を吸うことはない。それは心得ている。しかしアサミは女郎蜘蛛と化して背中に吸い付いている。

身体が火照る。陰部が濡れる。血を吸われながら私は絶頂へと駆け上がる。昇天する。

その夜から続けて、私は瘡蓋を剥がされ血を吸われた。もちろんクスリも投与された。

初期に投与されたクスリとは成分が違ったのだろう。感覚が鋭敏になることはあったが、声を上げて笑い転げたりアサミにじゃれ付いたりすることはなかった。感覚が鋭敏になったぶん、それ以外の部分が鈍感になった。例えば理性とか良心とかが。

それでいいのだと思い切った。これまでの長い人生で理性的な女を演じてきたのだ。瘡蓋を剥がされ、アサミに血を吸われる快感に身を委ねることくらい許されていいだろう。

プールにも入ることはなかった。存分に血を吸い取ったあと、アサミは濡れタオルで私の体を拭いてくれる。そして次の夜に備えて傷薬を塗布しガーゼを貼ってくれる。

そんな夜を過ごし、パトロン一行が来島した。到着は深夜で、私は深紅のロングドレスをアサミから与えられ『リフレッシュ・ハウス』のセンター棟に招かれた。案内してくれたのはアサミではなくアユだった。

パトロンと思しき男性たちが思い思いのテーブルに着席していた。総勢で十二、三人ほどか。私が着席すると舞台を囲む篝火が点火された。篝火に照らされてステージが浮かび上がった。いよいよ最終オーディションの幕が切って落とされるのだ。

ステージの天井、それはスコール時のテントを張る骨組みだろうが、かなり高いところから二本の赤い布が垂れ下がっている。微風にゆっくりと波打っている。

ステージの向こうから（おそらく階段でもあるのだろう）頭が見えてダンサーがひとりステージに歩み出た。篝火が照らし出した顔は紛れもなくアサミだった。

黒い下着のセットアップにガーターベルトと網タイツを纏っていた。両サイドからワヤンとカツゥもステージに上がった。二人は白い祭礼服に身を包んでいる。

しばらく間があって、予告もなくガムランの音色が鳴り響いた。録音ではない。演奏しているのはワヤンとカツゥだ。バリ島に到着したその日、イカンバカールの店で演奏されたガムランより遥かに熟練した演奏だった。

ガムランには素人同然の私だが、今の私には音が見える。二人が演奏する鉄琴の音の渦がはっきり見える。音色は渦を巻きながらステージに佇立するアサミの身体に纏わり付く。

アサミが動いた。

ステージに垂れ下がった二本の布を一束にして昇り始めた。

昇りながら束にした布を右の足首に巻き付けた。中段まで昇りアサミの身体が逆さになった。頭を下にして右足首に巻き付けた布だけで吊り下がった。両手を優雅に広げ、背筋を伸ばし、左足も真横に開脚している。爪先まで一直線に伸びた開脚だ。

そのままゆったりと回転したアサミが体勢を立て直し、再び布を昇り始めた。ただ昇るだけではない。途中で様々なポーズをとって停止する。

(落ちた!)

そう思わせる場面もあった。

しかしステージに叩き付けられる直前にポーズを決めて停止した。

布と戯れながらなおもアサミは高みへと昇っていく。圧巻は右足首だけを布に巻き付け、左足を布に沿わせ、両手を広げ、逆さまに全開脚で宙吊りになった時だ。背筋を伸ばし、顔を正面に向けたアサミの姿はため息が出るほど美しかった。

それからもアサミの演技は続いた。

二枚の布を孔雀の羽のように広げたり、太腿と胴体に布を巻き付け高速で回転しながらステージギリギリまで落下したり、ポーズも全開脚だけでなく、背中から回した爪先で頭に触れたり、それらが淀みなく演じられた。

ようやくアサミの演技が終わった。拍手はなかった。

（パトロンたちは今の演技を当然の品質だと思っているのだろうか）

私にはそうとしか思えない。

本来であればスタンディングオベーションがあっても不思議ではない演技だ。

アサミが張りのある声で会場に語り掛けた。

「ようこそ『リフレッシュ・ハウス』へ」

全体を見渡して深々と頭を下げた。

「今回の最終オーディションには今までにない趣向を凝らしています。それを手助けしてもらうために、今までにないゲストをお招きしています」

サーチライトが会場の一隅を照らした。

「薬膳中華の料理人のクオジュンシーさんです」

白い光の中で調理服を着た小太りの郭が帽子を脱いで両手を挙げた。会場の拍手に応えて頭を下げた。

「郭さんは中華料理に限らず、あらゆる料理と食材に通じています。後ほど味わって頂きますが、その味にご期待ください」

スポットライトがいったん消され、次に照らし出されたのは私だった。

「及川鮎子さんです」

まさか自分が紹介されると思っていなかった私は大いに慌てた。仕方なく立ち上がって深々と頭を下げた。

「身体の線に崩れもなく、お肌も綺麗でお若く見えますが、鮎子さんは定年まで某大手新聞社の文芸部でお勤めされて、今後は文芸評論家としてご活躍が期待される方です」

郭の時のような拍手は起こらない。それはそうだろう。私はただ招かれただけなのだ。パトロンたちを喜ばす要素などなにもない。

「さらに付け加えますと、鮎子さんは他者に性的衝動を感じないアセクシャルです。このお歳まで、男性経験どころか、異性に身体を触れられたことさえない、純粋無垢の処女なのです」

拍手が起こった。それは郭に送られた拍手より盛大な拍手だった。

「今夜の晩餐には、生き血を混ぜ込んだラワール・バビのナシチャンプルをご用意しております。順次ジュリナ、ショコラとソラ、サヤカをご賞味下さい。そして最終日、皆様には処女である鮎子さんをご堪能していただきます。どうぞ血肉溢れる『謝肉祭』をお愉しみください」

アサミの言葉が理解できなかった。

これからこの男たちは、選ばれたダンサーを食するという意味なのだろうか。そして最後には私もその宴に饗されるのか。

男たちの拍手がさらに大きくなった。中には床を踏み鳴らして興奮している者さえいる。

私はというと、その声援にどう応えていいのか分からないまま、あろうことか、引き攣った笑顔で手を小さく振りながら愛嬌を振り撒いている。

「さて皆さま、長旅でお疲れの事と存じます。ナシチャンプルをお召し上がりになって、今宵のショーをゆっくりとお楽しみください」

アサミが手を打ち鳴らした。パンパンとよく響き渡る音だった。

会場の後ろの扉が全開になって、祭礼服を纏ったメイドたちが二列になって会場にすり足で入ってきた。メイドたちはトレイを捧げ持っている。トレイには木製のお椀が載せられている。

お椀がパトロンたちの座るテーブルに配膳された。

私のテーブルにお椀を置いたのはアユだ。これから何日間か、パトロンの世話をするメイドたちが、それぞれ担当するパトロンのもとに配膳しているのか。

「もうしばらくお待ちください。ラワール・バビのナシチャンプルの仕上げはメイドのイシが担当します」

イシと紹介されたメイドは小学生かと思えるほど小柄な少女だった。顔もあどけない。

そのイシが木製のお椀を左腕に抱え、各テーブルを廻り始めた。右手をお椀に入れ、鮮血を掬い取ってナシチャンプルに垂らし、揉むように掻き回した。最後に私のテーブルに来て、残り少ない血を丁寧にすくい取り、お椀のナシチャンプルに揉み込んでくれた。小さな手の指の間から、揉み出されるナシチャンプルが血に染まっている。

(ナイトマーケットの屋台のナシチャンプル同様、豚の血を混ぜているのだろうか)

内心で否定した。先程のアサミの口上にそうは思えなかった。イシが混ぜ込んでいる血は、ジュリナやショコラやソラ、そしてサヤカから採血された血ではないのか。

イシがテーブルを廻っている間に、他のメイドたちは飲み物を配膳している。例の『肉食主義者』用の黒ワインのカーニヴォだ。同じものが私のテーブルにも配膳された。

「ありがとう」

グラスに注いでくれたアユに礼をいって口に含んだ。

（ん？　キノコの味？）

微かだが間違いない。私の五感が敏感になる。目の前に置かれ手を付けるのを躊躇していたナシチャンプルから懐かしい香りがしてくる。

それはジュリナ、ショコラとソラ、そしてサヤカの体臭だ。彼女らの体臭など意識したことはないが、明らかに私はそれを嗅ぎ取っている。

タンニンの喉越しに誘われて、お椀に添えられた杓文字を手にした。ひと口嚙み締めた。ジュリナ、ショコラとソラ、サヤカの面影が脳裏に浮かんだ。

「それではもうひとり、今回のゲストを紹介しましょう」

アサミがステージで声を張り上げた。

それを合図に緩やかなガムランの音色が流れ始めた。

ステージの向こうから巨漢が現れた。

ピエールだ。

全身を白塗りし、十センチもあろうかという付け爪を十本の指に着けているが、あの巨体は紛れもなくピエールだ。

「フランス人外科医のピエール氏です」

アサミの紹介に応えピエールが両手を高々と挙げた。

「バリ島では聖獣バロンが人の善を、魔女ランダが人の悪を象徴するものだというのは皆さんもよくご存じかと思います。一般的にはバロンとランダは終わりのない闘いを続けるのですが、これは善も悪もひとりの人間のなかにあって、常に闘い続けているというバリヒンドゥーの思想によるものです。しかし一部の地域では、魔女ランダのためだけの踊りが奉納されることがあります。悪としてばかり扱われるランダの魂を鎮魂しようという目的で奉納される踊りです」

ランダに扮したピエールがガムランの音色に合わせて踊り始めた。素人目にもこなれた踊りだ。

アサミの説明が続く。

「聖獣バロンのいないこのステージで、ランダが嬉しそうに踊っています。ランダを演じているピエール氏はバリ舞踊好きが高じて、ついには自分で踊るようになった方です」

ガムランが止んでアップテンポな曲に変わった。生演奏ではない。スピーカーから音楽が溢れ出ている。

奥の階段からステージに躍り出たのはロングスカート、ペチコート、網タイツに身を包んだジュリナだった。

曲はカンカンダンスを代表する『天国と地獄』だ。

本来グループで踊るカンカンダンスをひとりで演じようというのか。手にはステッキを携えているので、純粋なカンカンダンスというのでもなさそうだ。意気込みは認めるがやはり無理がある。アサミほどの技術もない。

それだけなら未だしも、ピエール演じるランダが『天国と地獄』のリズムに合わせて茶化すように踊るのだ。客席のそこかしこから失笑が漏れる。それにイラつきジュリナの踊りが乱れる。ついにはステッキで、ランダに扮したピエールを追い回すありさまだ。

醜態――。

他に適切な言葉が見つからない。

ジュリナにステッキで打ち叩かれたランダが反撃に出る。ジュリナを突き飛ばし、長い爪の両手をいっぱいに開きジュリナを威嚇する。

ジュリナも負けていない。ステッキの柄(え)でランダの向こう脛(ずね)を手加減せずに叩く。堪らずランダが打たれた足を引き摺(ず)りながら、ステージの端まで逃げる。

（どこまでが演出なのだろう）

疑問に思わずにはいられない。

いつしかステージ上は、ジュリナとランダの闘いの場になっている。客席はそれなりに盛り上がっているが、アサミの指導まで断って、ジュリナが目指したステージがこれだとは思えない。ダンスというより寸劇のお笑いではないか。ドタバタ喜劇だ。

ジュリナの容赦のない攻撃に頭を抱え込んだランダが逃げ隠れた。逃げ隠れるといってもステージには天井から垂れた赤い二枚の布しかない。さきほどアサミが見事なダンスを披露した布だ。その布を自身に巻き付けランダは身を隠している。

ステッキの先端を握り締め、柄を振りかざしたジュリナがランダの頭上目掛けて柄を振り下ろす。隠れた布からランダが右手を突き出し、ステッキを受け止める。布から躍り出て、ステッキを引き寄せながら左手でジュリナの横面を平手で打つ。ジュリナの首が百八十度回転したかと思えるような強烈な一撃だ。

ジュリナが崩れ落ちる。それをランダが受け止める。気を失ったジュリナを左肩に担ぎ上げ、右手でスカートを毟り取り、誇示するように天に向かって突き上げる。

「ウォォォォ」

勝鬨なのか、胸を抉られるような咆哮を放つ。悪魔の咆哮だ。

ジュリナを抱えたままランダのピエールがステージの奥に去り、アサミがステージ前面に姿を現す。

「憐れジュリナは、外科医ピエールの手に落ちました。これから彼のオペ室に運ばれるのでしょうか」

ずいぶんと意味深な口上を会場に伝えた。

(これは……)

私の脳裏に一枚の画が浮かぶ。

フランス人売春婦がピエロに扮した客に殺され死姦された事件の挿画だ。

上流を気取る彼女は、アクセサリーとして携えていたステッキでピエロと闘ったが、撲殺されてしまう。その後に死体を蹂躙されるのだ。

『暗闇の殺人鬼』に描かれていた。

それが私の眼前で再現されて初日のステージの幕切れとなった。


遅い時間にアサミが瘡蓋を食べに訪れた。

クスリも口移しで飲ませてくれた。

瘡蓋を剝がされる痛みはほとんど感じなかった。痒み程度の痛みでしかなかった。

「アサミちゃん、今夜のダンス凄かったね」

瘡蓋を剝ぎ取るアサミに語り掛けた。

「ポールダンスみたいだったけど、あんな演目も踊れるんだね」

「あれはポールダンスじゃなくてエアリアルシェイプです。ロープを使うこともありますが、私は布の方が扱いやすいです」

「あの布、強いんだね」

「絹製です。強度と滑りが必要ですから」

「どうしてあれを『ギャルソン』の演目に加えないの？」

「高さです。今の箱では、あれだけの高さを確保するのは無理ですからね」

いわれてみればそうだ。あの高さがあったからこそのスリリングな演目だった。

「それにしてもパトロンさんたち冷たいよね。アサミちゃんの踊りに拍手しなかった」

「あれくらい踊れることがあたりまえだと思っていらっしゃるのでしょう。私にしても、あの程度の踊りで拍手をされたら照れてしまいます」

瘡蓋を剝ぎ終えたアサミが血を吸い始めた。私は甘い吐息を漏らす。

「ピエールに運ばれたジュリナは、どうなったの？」

興味本位の体を装って質問した。

「調理のために内臓の摘出をするのかしら」

郭がどんな調理をするのか、もちろん興味はあったが、むしろ私はピエールのメス捌（さば）きを見られないことが残念だった。

「麻酔で眠らせたまま手術するの？」

内臓を取り去るのだから手術の後は死亡しているだろう。

「それとも身動きできないように固定して、生きたまま内臓を取り出すのかしら」

そんなことをしたら暴れて手術がしにくいだろう。

「手術の前にひと思いに殺すの？」

矢継ぎ早の質問にアサミが私の背中に唇を付けたまま応えた。

「鮎子さん、ジュリナに興味津々ですね」

アサミの唇の動きを背中が感じる。

生きたまま内臓を抜かれるジュリナを見たい。阿鼻叫喚を耳にしたい。

ジュリーのことを思った。

地下室でピエールや郭の性具になっているジュリーは、ドア越しにジュリナの叫びを聞いているのだろうか。それとも表情のない眼で、目の前で繰り広げられる地獄絵図を眺めているのだろうか。

もし生きたまま内臓を抉られるジュリナを見られるのなら、性具ジュリーと立場が入れ替わっても良いとさえ思えた。他人との肉体の触れ合い、ましてやそれが性的な衝動を伴うものなど、想像するだに忌まわしいことだが、それに耐えてでもその場にいたいと熱望した。

「鮎子さんの想像はどれも外れています」

「私がなにを想像しているか分かるの？」

「もし鮎子さんの妄想通りのことが起こるなら、ジュリナは痛みを感じないほどには麻酔をされるでしょう。暴れないようにね」

少しがっかりした。

「それでも、自分の身の上に起こっていることを自覚できるほどには意識があるのではないでしょうか」

「ど、どうなるの？」

期待に胸を躍らせて話の先を促した。

「狂います。意識があって、取り出された自分の内臓を見せられるのですから、正常ではいられないでしょうね」

その光景を想像した。

『リフレッシュ・ハウス』のセンター棟の地下室では思った以上の惨状が繰り広げられているのだ。その想像に私の身体は今までにないほど火照り始めた。その身体からアサミが血を啜り取る。

「鮎子さん、こんなに濡れてしまって」

アサミの指先が私の股間を弄り始めた。

自分でさえその目的で触れたことのない敏感なその部分だ。

アサミの指が身体の中に挿し入れられる。その内壁を刺激する。私は悲鳴にも似た喘ぎ声を上げてしまう。今まで知ることのなかった悦びに打ち震える。

アサミに刺激されているからではない。私は他者との性的関係に反応しないアセクシャルなのだ。しかし私の身体は反応している。

今この時間、同じ『リフレッシュ・ハウス』の敷地内の地下室で、暴虐の限りを尽くされているジュリナを想って、身体の疼きが波状攻撃で私を襲う。

アサミの空いた手が胸元に滑り込む。

乳首を摘ままれ指で愛撫される。

それにも私は感じてしまう。

アサミは飽きずに背中から血を吸い続けている。

いつしか私は絶頂を迎え昇天してしまう。


翌朝もキノコのオムレツだった。アユが配膳してくれたそれを、私は残さず食べた。以前のようにハイテンションになることはない。五感が敏感になるだけだ。

敏感になるというより研ぎ澄まされている。

その一方で、理性とか善悪の判断とか、そんなものを感じる脳の働きが麻痺(まひ)している。

昨夜ジュリナは殺されたのだ。その臓物を今夜の宴に饗してパトロンたちは食するのだ。

アサミの予告によれば、今夜はショコラとソラが生贄(いけにえ)になる。あの可愛い二人がランダの手に堕ちるのだ。そして明日の夜には、郭の手によって料理され、その夜に、サヤカが地下室に連れ込まれる。

それだけではない。

最後の夜は私の番なのだ。私が処女と知ったパトロンたちは熱狂した。寝屋を共にするわけではない。処女を食べることに熱狂したのだ。それは処女を抱くこと以上に刺激的なことなのだろうか。

初めて会った『ギャルソン』での夜、アサミは私が処女だと知って目を輝かせた。その場でパトロンのひとりに断りを入れて、私のバリ島招待が決まった。私が処女だというのがポイントになったのは疑いようもない。

私も地下室に連れ込まれ、動けない程度に麻酔され、内臓を、胃とか、肝臓とか、膵臓とか、おそらく最後には心臓も、ひょっとしたら脳も抜き取られるのかもしれない。

いつかアサミがいっていた。ピエールは腕のいい外科医らしい。それであれば、私は最期の最期、脳を抜き取られる瞬間まで、意識があるのかもしれない。『暗闇の殺人鬼』に描かれていたように、自分の臓器を口に押し込まれ咀嚼し、嚥下するよう命じられるのかもしれない。

(逃げ出すべきではないか)

当然のこととしてそんな考えが浮かばないわけではない。

しかしその考えを私は他人事のように感じている。

昨夜はジュリナとショコラとソラ、そしてサヤカの生き血が混ぜ込まれたラワール・バビのナシチャンプルを食べさせられた。五感が研ぎ澄まされている私の舌が、その味に、彼女らの存在を憹かに感じた。

(今夜ジュリナを食べれば……)

私は想像する。

助けてくれと哀願するジュリナの悲鳴を聞けるのではないか。狂った挙句に高笑いするジュリナの末期の声を聞けるのではないか。

そんな風に想像する。そしてそれを聞いてみたいと切に願う。身体がそれを求めている。

アユに案内されて、その夜も『リフレッシュ・ハウス』のセンター棟に足を運んだ。時間を調整して呼び出されているのだろう。昨夜と同じようにパトロンたちは既に席に着いていた。

私の到着を待っていたかのように篝火が点された。

ステージ上にアサミが現れ、ガムランの音色が響き渡った。今夜のアサミはバリ舞踊の装束に身を包んでいる。ガムランの音色に合わせて中腰で踊り始めた。以前観光でバリ島を訪れた際、バリ舞踊を鑑賞したが、それと遜色のない腰の決まった踊りだった。

アサミの踊りが終わって曲が変わった。

童謡の『蝶々』だ。これは『ギャルソン』におけるショコラとソラのナンバーだ。あの時と同じように二人は菜の花色の薄衣を纏っている。背中には翅を模した飾りを背負っている。『蝶々』の曲に合わせるように、ショコラとソラは屈み込み、愛でるように、恰もそこに花があるように、手を添え、香りを嗅ぐ仕草をする。

私は演目の結末を知っている。

以前『ギャルソン』で観たからではない。

この演目は『暗闇の殺人鬼』に準えて作られているのだ。

アメリカ南部に住む牧場主が、両親を飛行機事故で亡くした幼い双子の姉妹を養女として迎えた。二人は養父の愛情に育まれ、すくすくと成長する。しかし月経を迎えた日を境に、養父の態度が一変する。養父は二人を女として認めるようになったのだ。

養父には妻も子もいなかった。その両方の役割を養父は二人に求めた。しかし身体のできていない二人にとって、夜の営みは苦痛であった。養父の求めを拒絶し、養父はそんな二人を家畜のように縛り上げて犯すようになる。そして終には、昂ぶりのあまり、養父は二人を殴り殺してしまうのだ。

ランダに扮したピエールが現れる。

長い爪の手を大きく広げ、ショコラやソラと遊ぶように舞い踊る。最初はショコラとソラもランダに懐き三人は舞い踊る。

ランダを仲間だと思って一緒に舞っていたショコラとソラが次第にその異形さに警戒し始める。終には怯えてお互いを庇うように抱き合う。蝶に擬態するランダが近付く。二人が怯えて顔を逸らせた途端、ランダは二人の翅を摑んで毟り取る。

翅を毟り取られたショコラとソラはその場に崩れ落ちる。

二人の頭をランダが摑み上げ、手加減もなくステージに叩き付ける。ゴツンと派手な音がして、ショコラとソラの動きがとまる。

ぐったりとした二人を、それぞれ左右の肩に担ぎ上げ、意気揚々とランダは舞台を去る。ショコラとソラの額から、ぽたりぽたりと血が滴り落ちている。

暫く間があってアサミがステージに姿を現す。口上を述べる。

「昨夜と違い二人になりましたが、ご心配なく。ピエールは腕のいい外科医ですから、二人分でも恙無く処理してくれるでしょう。そんなことより、今夜は昨夜の収穫が郭の手により中華の薬膳料理として皆さんの前に登場します。一昼夜掛けて丹念に煮込んだ料理です。心行くまでご賞味ください」

アサミが手を打ち鳴らす。

後ろの扉が大きく開かれる。

昨夜とは違う、少し大きめのお椀を捧げたメイドたちが摺り足で、二列になって会場を進む。

最後尾は童顔のイシが、頭に大きなバスケットを載せて列に従う。お椀が配膳されたテーブルにバスケットを置いて、その中から客が銘々に選んでいるのは、いつか郭の店で食べた揚げパンのようだ。

私の席にもお椀が置かれた。

それを持って来たアユはいつもと変わらない笑顔だった。アユはスープの中身がなにか知らないのだろう。ジュリナの臓物のスープだと知ったら、こんな平静な顔でいられるはずがない。

「ゲンキノデル、スープデス。ハヤク、ヨクナッテクダサイ」

言葉を添えた。

そういえば私はほとんど寝たきりの生活をしている。体調が悪いわけではないが、背中の傷が治らないので俯せで横になるしかないのだ。今朝のオムレツも横になったままでアユに食べさせてもらった。

「ありがとう」

アユに礼をいった。

間を置いて席を訪れたイシから揚げパンを二個受け取った。揚げパンはテーブルクロスの上に置いたままにした。

木のスプーンでスープを掬った。薬草の味がするスープだった。さらに肉片を掬って口に入れた。柔らかい塊だった。

（これはジュリナの肝臓？）

はっきりとジュリナを感じた。

揚げパンを千切ってスープに浸し口に運んだ。咀嚼しながらジュリナの面影を偲んだ。顎を上げて他人を見下す傲慢な視線。常に口元に漂う薄笑い。形の整った鼻筋。そして完璧なボディーライン。

揚げパンを頬張るごとに、私の身体の中にジュリナが甦る。

血肉となってジュリナは私の中で生き続ける。そんな幻影に囚われながら、肉片の欠片に至るまで、スープの最後の一滴まで、ジュリナを味わい尽くした。

饗宴を終えたパトロンたちが席を立ち始めた。誰もが無言だ。言葉を交わすこともなく、宴席からひとり二人と消えていく。

「いかがでしたか？」

背後から声を掛けられた。

神妙な顔をしたアサミが立っていた。

「ジュリナの夢は……故郷の札幌で『ギャルソン二号店』を開店するという夢は、夢のままで終わってしまったのね」

不意に涙が溢れた。

さっきまで、ジュリナと一体になれたという悦びに充ちていた身体にぽっかりと空洞ができてしまった。憐憫と悔恨、そしてなにより耐え難い喪失感に襲われた。

「最終オーディションに賭けているのはジュリナたちだけではありません。私も試されています」

「あなたの望みはなんなの？」

「それは追々お分かりいただけると思います」

アサミの言葉を待った。

しかしアサミはそれ以上なにもいわず、静かにその場を立ち去った。


アユが朝食を運んでくれた。その朝もキノコのオムレツだった。

俯せで横になったままの私に食べさせてくれ、食事が終わるとコテージを後にした。

「ランチハ、アサミサンガ、ハコンデクレルソウデス」

帰り際にそれだけをいい残した。その言葉通り、昼にアサミがコテージを訪ねてきた。メニューはその日も湯煎のステーキだった。もちろん黒ワインも携えている。

「あんまり食欲がないの」

いい加減にして欲しいという気持ちを込めた。

毎日のように続くステーキに辟易するものがあった。

「クスリのせいかもしれませんね」

ステーキをダイニングテーブルに置いてアサミが私のバスローブを脱がせ始める。

下にはなにも着けていないので、それだけで全裸になってしまう。恥ずかしいという感覚は疾とうになくなっている。

アサミが瘡蓋を剥がし始める。

「かなり治ってきましたね」

そんな風にいう。

「鞭を持ってきましょうか」

その提案に私は答えを逡巡する。

被虐の気持ちはあるが、それはアサミの役割ではない気がする。かといって、毎夜ランダに扮して道化を演じるピエールにも、叩かれたいとは思わない。『リフレッシュ・ハウス』敷地内の通路で、出会い頭に襲われそうになった赤鬼と見紛うピエールだから良かったのだ。あのままピエールに打擲されたのなら悦びも覚えたかもしれない。

「冗談ですよ」

アサミがクスリと笑った。

「だって鮎子さん明日のステージに立たなくちゃいけないんですよ。その鮎子さんを傷物にはできないですよ」

そうだ。今夜はサヤカが生贄になり、そして明日は私の番なのだ。

意識を失わない程度に麻酔され、白塗りでランダに扮したピエールに内臓を摘出される。その内臓を郭が調理し、パトロンたちの宴に饗される。

そのことに特段の恐怖は覚えない。

繰り返し投与されたクスリのせいもあるのだろうが、重大事だと考える気持ちが微塵もない。

そんな自分に戸惑いを覚える。耽溺(たんでき)している自分を上手く受け入れられない。

「初舞台に立つ心境はいかがですか」

アサミに問われた。

「そうね、あえていえば、アサミちゃん、あなたを食べられなかったことが心残りといえば心残りかな」

それは本心だった。

ジュリナを味わった。それで私はジュリナとひとつになった。そして今夜はショコラとソラを味わう。可愛い二人だった。甘い味がするだろう。

サヤカは和風の小柄な美人だ。

今夜の出し物も花魁だろうか。しっとりとした味がするに違いない。

しかし私が心から望むのは、谷崎潤一郎の『刺青』に登場する魔性の女を演じたアサミだ。あの時私は一瞬で心を摑まれた。そしてバリ島に同行して、毎日のように背中の瘡蓋を剝がされ、血を吸われ、その想いは益々強くなっている。

「鮎子さんは私を食べたいんですか」

「ええ、出来ることならね」

「だったら今ここで食べてみますか」

「なにをいうのよ、アサミちゃん」

アサミが私を転がした。

薄いコートを羽織ったまま、仰向けになった私の顔に跨(また)がった。

アサミはパンティーを穿いていなかった。アサミの不完全な陰茎が唇に触れた。自然な成り行きとして、私はそれを口に含んだ。

「フェラチオされるなんて初めてです」

アサミが恥じらいの色を浮かべていった。

股間にぶら下がる一物は、アンドロギュノスのアサミが最も嫌悪する部分、憎む部分、怒りを溜め込んだ部分に違いない。

人目に晒すのも嫌な部分を、アサミは私の口に咥(くわ)えさせているのだ。

「両性具有という言葉は通俗名で、医学的には私のような人間は性分化疾患に分類されます。ただし私は半陰陽者の立場を採っています。性分化疾患と半陰陽は微妙に違う概念で、私には後者の方がしっくりきます」

私に陰茎を咥えさせたままアサミが説明する。

「そしてその概念からいえば、私の場合は真正半陰陽ではなく、仮性半陰陽に分類されます。さらに仮性半陰陽者にも男性型と女性型があり、私は男性型に分類されます。私には精巣組織がありますから」

アサミの淡々とした説明が続く。

「男性型半陰陽ですと外性器が女性のものになるケースが多いのですが、残念ながら私の外性器は男性型になってしまいました」

説明しながらアサミの陰茎が私の口の中で硬度を増す。

「まあ、女性型といっても、ホルモン異常とかでクリトリスが異常発達して外性器が男性性器になるわけなんですけどね」

苦笑した。

「ほら、もっと舌を使って私を味わってくださいよ」

そんなことをいわれても、人生で初めて経験するフェラチオなのだ。どうしていいのか分からない。

アサミが私の髪を摑んだ。

頭を固定して陰茎を喉奥に突っ込んでくる。

十分に成長した陰茎だ。

私は苦しくて嘔吐きそうになる。

アサミの太腿を両手で押し離して逃れようとするが、全体重を掛けたアサミには抗えない。

両目から涙が溢れる。

(このまま死ぬかもしれない)

大袈裟ではなくそう思えた。

喉を塞がれほとんど息ができないのだ。

意識が遠くなり始めた。薄れ始めた意識の中で、アサミに窒息死させられる自分が愛おしく思えていた。初めてのフェラチオで、しかも半陰陽者であるアサミの陰茎で、喉を塞がれ死ぬのも悪くはないかと諦観めいた感情に支配されていた。

脳裏に浮かんだのは『刺青』の清吉だ。魔性の女によって『肥料』扱いにされる清吉こそ、私が理想とする成れの果てだ。

ブラックアウトした。アサミに揺り起こされた。掃き出し窓の外はとっぷりと暮れていた。

「もう直ぐサヤカの最終オーディションの時間です」

「分かったわ。直ぐに用意する」

喉の痛みを我慢しながらベッドから起き上がった。

クローゼットから赤いワンピースを選んだ。おそらく花魁をテーマに踊るであろうサヤカの演目に合わせた選択だった。アサミは薄いコートを羽織っている。コートの下は今夜の演目に合わせた衣装なのだろう。

センター棟に至る通路の途中でアユが待っていた。

「あまり時間がないので、私は楽屋口から入ります。ここから先はアユが案内します」

そういってアサミが背を向けた。

アユに従ってセンター棟に至った。案内されるまでもないが、私が逃げ出さないための見張り番がアユの役割なのかもしれない。

今夜も私が最後の客だった。

そして着席するのを合図に、篝火に火を点されたのも同じだった。やがて耳慣れたガムランの音色が会場に響き渡った。

ステージに現れたアサミは薄いピンクのトウシューズに純白のバレエ衣装だった。

ゆっくり演奏されるガムランに合わせて、それこそ白鳥のように、華麗に舞い踊った。難易度が高そうに思える連続ターンも完璧に熟している。ジャンプも着地も、体幹に一ミリのブレもない。初日のエアリアルシェイプや前夜のレゴンダンスも凄かったが、バレエこそアサミの真骨頂なのだろう。中学生の時に認められ、フランスのバレエスクールに特待生として招かれたという経歴に偽りはない。

アサミが踊り終えて曲が変わった。

演歌の調べが場内に流れた。

男を想い、そして恨む演歌だった。

和装のサヤカが舞台に現れた。予想に反して花魁姿ではなかった。踊り用に仕立てられた和服だった。濃い紫を基調とし、裾に白い花びらが散らされている。扇子を手にサヤカは正調の日本舞踊を舞った。そしてその夜も、白塗りのランダに扮したピエールが現れた。

(蝶々夫人をモチーフにしたあれね)

納得した。

今夜も『暗闇の殺人鬼』を底本にした演目だった。

蝶々夫人をモチーフにしているとはいえ内容はまったく違う。

原作のような舞子の悲恋の物語などではない。

海軍士官ではなくアメリカ人水兵が、芸者に横恋慕し、懇ろ(ねんご)になろうとするが、彼女には思いを寄せる日本人青年がおり、どうせ叶わぬ恋ならばと、その舞子を帯の紐で絞め殺すという事件を扱っている。

収録されている他の事件と違い、それほど血生臭い事件ではないのだが、日本髪を結った芸者を帯の紐で絞め殺すという設定が受けたのだろう。

『暗闇の殺人鬼』が発表された時代のアメリカ人が日本に抱くイメージは、サムライ、フジヤマ、ゲイシャ、などに代表されるオリエンタル情緒剝き出しのものであった。

アメリカ人の求愛を袖にして、日本人青年に想いを寄せる芸者など、絞殺されて当然だという差別的な感情があったのかもしれない。

ステージ上で、ランダはサヤカの日本舞踊に戸惑っていた。

これまでのように茶化そうにも、その隙をサヤカが与えないのだ。

完全に無視されている。

ランダが天井から垂れ下がる深紅の布に手を掛けた。アサミがエアリアルシェイプに使った絹の布だ。力任せにそれを引いた。簡単には外れなかった。それはそうだろう。アサミの激しい踊りにも耐えるだけの強度を持った布なのだ。少々のことで外れたりするはずはない。

ランダが何度も繰り返し、漸く布が天井から天女(てんにょ)の衣のように舞い落ちた。和装の真似事だろうか、それをランダが身に巻き付けて、サヤカの後ろで踊りの真似をする。まったく真似になっていない。

サヤカが片膝をついてしなをつくった。

その時だ。

ランダが自分の身に巻き付けた深紅の布を解いた。

それを二重にサヤカの首に巻き付けた。

そのまま彼女の身体を引き上げた。

二メートルを優に超えるランダが天に両手を突き上げてサヤカを吊った。

サヤカはもがき苦しんだ。

しかし絹製の布は、もがけばもがくほど、サヤカの首に食い込んでいく。

やがてサヤカの動きが止まった。首が真横に折れ、舌を突き出して動かなくなった。

サヤカを肩に担ぎ、ランダが舞台を悠々と後にする。サヤカの首から垂れ下がった深紅の布を曳きながらはけていく。

そして饗宴が始まった。

担当のアユが最初に給仕してくれたのは小振りの陶器に入ったスープだった。

白い木耳（きくらげ）が浮かんだ透明のスープだ。木耳はコリコリとした歯触りで、それがショコラとソラの耳を細切りにしたものではないかと疑った。

二品目は小籠包（しょうろんぽう）だった。先ずは舌を焼く熱いスープを啜り、包みを口に含む。挽肉（ひきにく）の塊から肉汁が迸った。

三品目は高麗人参（こうらいにんじん）入り肉のオイスターソース炒めだ。やや硬い肉だったが賽（さい）の目に食べやすく調理されていた。四品目は水餃子（すいギョーザ）で、五品目は緑のお粥だった。苦さが際立つお粥だったが、締めの一品として口中を爽やかにしてくれた。

素直に美味しく感じた。

ショコラとソラのあどけなさの残る透明な美しさを脳裏に描くと、食すことに抵抗感を覚えないわけではないが、味覚と理性は別のものだ。

(別のもの?)

自問する。

いやそうではない。二人を食べているという意識があるからこそ、いっそう美味しく感じているのだ。

その夜、アサミはいつもより遅い時間にコテージを訪れた。

「今日の食事は如何(いかが)でしたか」

「スープに入っていた木耳は、二人の耳ね」

「コリコリしてましたよね」

「オイスターソース炒めの肉はどこの肉なのかしら」

「脂肪が少なくて食べやすかったですね。脂肪が多い肉は薬膳中華には向かないそうです」

「小籠包とか水餃子が多かったのもそのせい？」

「ええ、挽肉にして上手く誤魔化していましたね」

会話が微妙に嚙み合っていない。

先程食べた料理の材料がショコラとソラだったという前提で喋る私の言葉を、アサミは肯定も否定もしない。

「最後の緑のお粥は苦かったわね。ショコラとソラの胆嚢を使ったのね？」

直球で二人の名前を出した。

「お口に合いませんでしたか？」

「ううん、苦さで口の中がさっぱりして美味しかったわよ」

平然といった。

嫌悪しない事がショコラとソラのためだと思えた。

「今日は疲れました」

「やっぱりバレエを踊ると疲れる？」

「いいえ、饗宴が終わってからパトロンさんたちと会議があったんです。それが長引いてしまって会いに来るのが遅くなりました」

「どんな会議をしたのかしら？」

さして興味はなかったが話の流れで訊いてみた。

「これからの『ギャルソン』についての会議です」

「私には関係ない会議ね」

明日私はランダの生贄になるのだ。

そしてその夜ピエールに腑分けされ、郭の手で料理される身の上なのだ。

不思議と恐怖は湧いてこない。

クスリをもらわなくても、当然のこととして受け入れている自分がいる。

「まったく関係ないわけではありません。明日は鮎子さんの最終オーディションなんです。これからの『ギャルソン』の方向性を決める大切なオーディションです」

「私はダンスなんてできないわよ」

「もちろん分かっています。鮎子さんに期待するのは別の事です」

「別の事？」

(もしかして……)

思い至った。

「パトロンさんたちの眼前で私は蹂躙されるのかしら」

思い付いたままを口にした。

衆人の前で蹂躙される。

おそらくその役割を任されるのはピエールだろう。アサミも加わるのかもしれない。それは永い間、私が夢想してきた光景だった。ただひとつ違うのは、蹂躙される対象が私自身だということだ。

私が処女だと知ってパトロンたちは喝采を上げた。この年齢の処女が蹂躙されるというのは、それなりに出し物として見応えのあるものかもしれない。

それでもいいと私は思う。なにしろ私は食人の禁を犯したのだ。

臆さずにジュリナを食べた。

ショコラとソラも食べた。

そして今夜はサヤカを食べるだろう。

誰に強要されたわけでもなく、無理矢理口に押し込まれたわけでもなく、自らの手で、それらを口に運び、咀嚼し、嚥下したのだ。彼女らを味わって同化したのだ。

「パトロンさんたちは、そんな演目は望まないです」

考えごとをしていたので、アサミの返事が直ぐには理解できなかった。

「皆さんお歳ですし、若いころに嫌というほど女遊びもされたでしょうから、いまさら女の裸や睦み事に悦ぶような方々ではありません」

なるほどそういうことか。

今夜のステージで私がアサミやピエールに凌辱されることはないわけだ。ではアサミのいう最終オーディションとはなんだろう。

「明日に備えて今夜はゆっくりとお休みください」

疑問が解決されないままアサミがコテージを後にした。あっけない来訪だった。瘡蓋を毟られることもなく、血を吸われることもなかった。


翌朝、アユが食事を運んでくれた。その朝も、お決まりのオムレツだった。

「ありがとう。それから昨日の夜はあまり眠れなかったから、これを食べたら夕方まで眠るわ。だから昼食は抜きでいいわよ」

「チョウショクノ、アトカタヅケハ、ドウシマショウ？」

「シンクに置いておくから夕方にでも片付けて」

「カシコマリマシタ」

アユは素直に頭を下げた。

(もうすぐこの旅も終わる)

自然と考えはアサミに至った。

アサミとの出会いがあって、私は南半球のこの島に誘われたのだ。

この島に来てからのアサミとのあれこれが想い出される。

アサミ以外の人間とはほとんどまともに接触した記憶がない。

パトロンに対する興味はあった。

彼らの正体、彼らの考えを知りたいと思ったのは新聞社に勤めた者として当然の欲求だ。新型コロナウイルスとやらに関する彼らの過敏な反応の理由も知りたく思った。

なにを根拠に、彼らがスペイン風邪に匹敵する世界的なパンデミックを予測しているのか、その真相が納得できるものであれば、それこそ日本中を震撼させるスクープになったかもしれない。

それなのに私は、新聞記者としての本分を蔑ろにし、それらすべてを放棄してしまった。

ただただアサミに弄ばれた日々に思える。

(アサミの本性は男なのかもしれない)

不意にそんな考えが浮かんだ。

(加虐趣味の男、それがアサミの正体なのかもしれない)

そんなことを考えたりしたが、どうもしっくりこなかった。

アサミが男性だという前提を受け入れることを、私自身が頑なに拒否している。私にとってアサミは可愛い女性であり、魔性の女なのだ。男性型の仮性半陰陽者というのがギリギリ譲歩できる理解だった。

アサミがアンドロギュノスだと知って、自分がアセクシャルだと打ち明けた。

他者への性的衝動を覚えず、還暦を迎える歳まで肉体関係をもった経験がないことを包み隠さず話した。そこまで打ち明けたのはアサミだけだ。

それまで私は他者を自分のテリトリーに入れないで生きてきた。唯一それを許した相手がアサミで、途端に私の人生は変わってしまった。

(慣れないことをするもんじゃないな)

いまさらの後悔に自嘲する。

アサミに懇願されて演目の底本になると思える書籍リストを作った。そのリストを見て、アサミは私の被虐趣味を見抜いた。逆に私は、付き合っている過程でアサミの加虐趣味を感じた。

私が感じたことに間違いはなかった。しかしまさかそれが、カニバリズムにまで及んでいるとは想像だにしなかった。とはいえ、私も抵抗なく人肉を口にした。それこそ意外に思える。

(クスリのせいだろうか?)

違う気がする。

私がこの島に来てからクスリを飲まされたのは間違いない。それはアサミも認めている。

五感が鋭敏になり、やたらと精神が高揚するクスリだった。しかしそれは初めの何日間かで、それ以降、同じクスリを飲まされているという感覚はない。あのクスリのせいでカニバリズムのハードルを越えたのではない。

私は自らすすんでジュリナを口にした。ショコラもソラも食べた。それは食べたい、あの娘らと同化したいという私の前向きな衝動だった。被虐趣味の行き着く先がカニバリズムだとは思えない。そう考えるのはあまりに飛躍し過ぎだ。

今夜私はピエールの手に掛かり、腑分けされ、それを郭が調理する。そして明日の宴に饗される。それを私は当然の成り行きとして受け入れている。一ミリの逡巡さえ感じていない。

考えるのに疲れてしまった。

改めて『ギャルソン』を訪れた夜の事から順番に想いを巡らせた。

アサミとの出会いが私の人生を変えてしまった。そのことに後悔する気持ちは微塵もない。むしろこんな状況にありながら、アサミがコテージを訪れてくれることを私は期待している。もう一度、乱暴に苛めてもらいたいと願っている。


サヌールに夜の帳が降りた。コテージの扉が開く音がした。

「名残惜しいですけどステージが待っています」

私の期待を裏切るアサミの言葉だった。

この部屋を出れば、もうここに戻ることもないのだ。アサミにあれこれされることもなくなってしまう。正直にいえば心残りだが、これから立つステージへの期待もある。いったいどんな演目が用意されているのか、それを考えただけで胸が躍る。

絞首刑?

ギロチン台?

それも悪くないが、ひと思いに殺されるのは残念だ。地下室に担ぎ込まれ、麻酔薬で意識を失わない程度に動けなくされて、ピエールに捌かれる。それを経験しないと勿体ない。

シャワーを浴びた。身体の隅々まで綺麗にした。バスタオルに身を包み、ドライヤーで髪を乾かし、ヘアアイロンで髪形を整えた。

そのうえで入念にメイクした。

コットンに化粧水をたっぷりと含ませて顔全体を潤ませた。乳液で肌を整えた。目許、特に下瞼の際は要注意だ。

クリームファンデーションをスポンジに載せた。先ずは両頬、そしてTゾーンと顎にも手早く伸ばした。スポンジの角を使って小鼻と目元を整えた。

それからフェイスパウダーだ。パフに取って、顔全体が白くなるくらい粉を乗せる。目の脇までしっかり乗せることでアイシャドウが長持ちする。最後に余分な粉をブラシで払う。これでベースメイクの完成だ。

アイシャドウを塗りアイラインを引いて、ハイライトとコントゥアリングで顔のラインを整えた。それから眉を引いてリップを塗った。

「ずいぶん念入りなんですね」

背後で腕を組んでいるアサミが鏡越しにいう。

「これでも急いでいるつもりよ」

嘘だ。

本気のメイクだが急いだりはしていない。メイクは私の戦闘態勢なのだ。こうやって永年できる女を演じてきたのだ。舞台メイクのことは知らないが、アセクシャルとして闘ってきた社会が私の舞台だったとすれば、日々のメイクが私の舞台メイクだといえるだろう。

服は麻の白いワンピースを選んだ。白いパンティーストッキングを穿いて、靴も白のハイヒールにした。

「死に装束みたいですね」

アサミが嘲りの笑いを含ませる声でいう。

そんなつもりはなかったが、慥かに白一色の出で立ちは、そう見えるかもしれない。

「違うわよ」

振り向いてアサミを睨んだ。

「違うんですか？」

アサミも睨み返してくる。

「私は純潔なまま最期を迎えるの。この白装束はその証よ」

あえて強い口調でいった。

アサミが目を逸らせた。

「いろいろとすみませんでした。あのようなことは二度と致しません」

改まった口調でおかしな言い訳をした。

二度としないといわれても、今夜私は死ぬ身なのだ。そんな言い訳にどんな意味があるというのだ。

俯いてしょげているアサミに歩み寄った。

「顔を上げなさいよ」

アサミが顔を上げた。

眼球が激しく左右に揺れている。

力任せにアサミの頬を打った。

アサミが絨毯(じゅうたん)の床に倒れ込んだ。

「しっかりしなさいよッ」

叱責した。

「これからアナタは私を舞台にエスコートするんでしょ。最後の舞台なのよ。もっと堂々としてちょうだい」

アサミが打たれた頬に手を当てながら立ち上がった。

「分かりました。ちゃんとエスコートさせて頂きます」

真っ直ぐ私に視線を向けていった。赤く腫れた頬を隠そうとしない。

「舞台裏から入ります。私に着いてきてください」

アサミに従って『リフレッシュ・ハウス』の裏手に回った。

「どうぞ」

アサミが鉄扉を開けてくれた。薄暗い小部屋に石造りの階段があった。

(これが舞台に上がる階段なのね)

一段一段しっかりと踏み締めて上がった。

「な、なに？　これは……」

私の予期しなかったものが舞台に用意されていた。


舞台の周囲では篝火が火の粉を散らしている。私が舞台に現れるのと同時に、スローなガムランの音色が流れ始めた。私に踊ることを勧めるものではなく、アサミが踊る曲でもない。それが証拠に舞台の中央にはダイニングテーブルが据えられている。

アサミが私に続いて舞台に上がった。ダイニングテーブルの椅子を引いて私に座るよう手で勧めた。私は素直に着席した。

客席の照明は消されている。それぞれのテーブルで、ガラスボールに入れられた蠟燭の灯りが微かに揺れているだけだ。その淡い灯りとステージの周囲の篝火から零れる光で、私は客席の配列が変わっているのを知った。

パトロンたちはバラバラに座っていない。テーブルを客席中央に固めて集合している。舞台のダイニングテーブルに着席した私と正対する位置だ。

大皿を両手に掲げた郭が客席に現れた。

パトロンたちは大皿の中身を取り分けて食べ始めた。アサミが静かにステージを降りた。再びステージに戻ったアサミはトレイを携えていた。トレイは朱塗りのおぼんだった。

（サヤカに合わせたのね）

朱塗りのおぼんには小振りな皿と箸置きに置かれた塗り箸が添えられていた。それをテーブルに下ろしてアサミがいった。

「今日は肉を中心に料理してもらいました。食材の体脂肪が低かったので、肉料理も可能だと郭がいってくれましたから」

小柄なサヤカの体型を思い出した。

メインの演目としてサヤカが踊ったのは日本舞踊だ。ボディーラインが分かりにくい衣装を選んだのは、余分な肉が付いているからということでなく、それだけぜい肉を削ぎ落とすトレーニングに励み、女らしい丸みを失った体型だったからなのかもしれない。

「最初の一品はユッケです。塩雲丹（しおうに）とキャビアを添えています」

箸を取って両手を合わせた。「いただきます」と呟いた。

箸の先で料理を摘まんだ。雲丹のトロミがユッケのそれと調和していた。味はキャビアの塩味が補っている。

（サヤカ、美味しいよ）

心の中でサヤカに語り掛けた。

客席の二品目も郭が運んだ大皿だった。どうやら今夜、アユたちの配膳はないらしい。彼女たちに見せたくないということか。私が食べ切った一皿目を持って、いったんステージを降りたアサミが、朱塗りのおぼんに二品目の小皿を置いた。手には開栓した黒ワインとグラスを携えていた。

「串揚げです。せっかくの肉料理ですからカーニヴォを用意しました」

そういって肉食主義者のワインをグラスに注いだ。

「パトロンの皆さんも同じものをお飲みです」

先に串揚げを頬張った。

噛み締めるほど複雑な味がした。薬膳中華というだけのことはある。

複雑な味は漢方薬を思わせる味だった。不味いわけではない。サヤカの肉の串揚げなのだ。不味いわけなどあるはずがない。三皿目が運ばれる前に黒ワインで口を洗った。タンニンの渋味に口中がリセットされた。

「緑のお粥です」

ということはサヤカの胆嚢か。ショコラやソラのそれより緑の色が濃い様に思える。そのことをアサミに指摘した。

「昨夜のお粥には十分な量の胆嚢がありました。今夜は少ないので、パトロンさんの分まで作れませんでした。このお粥は鮎子さんだけの特別料理です。少し苦みがキツイでしょうけど、食べてやってください」

慥かに昨夜のお粥よりかなり苦みのキツイお粥だった。それがサヤカをより身近に感じさせた。胆嚢のお粥というより、サヤカそのものの胆嚢を食べた気になった。

「美味しかった」

食べ終えて感想を口にした。

「緑のお粥がないパトロンさんたちはなにを食べているの？」

パトロンが集まったテーブルから湯気が立っているのが微かに見える。湯気は何か所かから立っている。

「しゃぶしゃぶです。内臓から取った出汁で薄切りした肉を食べて頂いています。欲しいですか？」

「しゃぶしゃぶはいいけど、内臓のスープを飲んでみたいわね」

「了解しました。分けてもらってきます」

アサミがステージを降りてパトロンたちの席に向かった。お椀を手に私のテーブルに戻った。

お椀にはレンゲが添えられていた。

「少し肉も分けてもらいました。肩の肉です。踵の次に美味しい肉です」

先ずはレンゲで掬ったスープを味わった。透明感のある上品なスープだった。

「仄かに松茸の味がするわ」

「ええ、仕上げに郭が松茸を使ったみたいです。松茸そのものは、配膳前に取り除かれていますけど」

なるほど松茸が浮かんでいたのでは興醒めだ。スープに浮かぶことを許されるのは、サヤカの薄切り肉だけに思える。

「次は踵の肉とキノコのオイスターソース炒めです。幻覚キノコは入っていません」

「踵の肉も希少部位じゃないの？」

「そうですね。これも鮎子スペシャルです。パトロンさんたちは別の箇所の肉をお食べになっています」

「オッパイとか？」

悪戯心で訊いてみた。

「乳房の肉は脂が多くて食材としては向いていません。全身の肉を、郭が丁寧に料理しました」

「全身て、胴体とか？」

「いえ、厳密にいえばそうではありません。骨ぎしの肉を郭が削り取ったものです」

「骨ぎしの肉？」

「骨の近くの肉です。これは中華に限ったことではなく、美味しい肉は骨の近くの肉というのが世界共通の認識です」

「骨付き鶏とかスペアリブとかね」

「鶏や牛の肉だけではありません。魚もそうです。マグロの中落ちは、中骨の周囲に残った肉をスプーンでこそぎ取ったりしますけど、あれも骨ぎしの肉です」

サヤカの踵の肉を咀嚼しながら骨ぎしの肉も欲しくなった。

「少し分けてもらえないかしら」

「いいですよ」

アサミがまたパトロン席に行って小皿に肉を分けてもらって戻った。

「さっきのユッケに似ているわね」

「同じものですから。さっきのユッケもこれも、郭が体中の骨からスプーンで肉をこそぎ取ったものです」

(サヤカは骨だけになってしまったのか)

私の想いを悟ったようにアサミが微笑んだ。

「大丈夫ですよ。締めの一品は骨のスープです。骨の髄が溶け出るまで圧力鍋で煮込んだスープです」

テーブルを離れたアサミが朱塗りのお椀を手に戻った。

それを契機にアユたちメイドが摺り足で客席に現れた。配膳しているのは私と同じ朱塗りのお椀だろう。配膳を終えたメイドたちはそそくさと会場を後にした。

お椀の蓋を取った。

湯気が立ち昇り、その湯気の中にサヤカの幻影を見たような錯覚に囚われた。湯気の中で、サヤカは着物姿でしなをつくっていた。しかしその湯気も次の瞬間には霧散した。

お椀から骨のスープを啜った。濃い、それでいてアッサリとしたスープだった。余計な味は一切加えられていない。サヤカを味わいながら様々な想いが廻った。これが今生の最期の一椀だというような想いではない。

生まれ故郷の札幌で『ギャルソン二号店』をオープンしたいと願ったジュリナ。勝気な娘だったが、それくらいの気概がないとメンバーをまとめ、質の高いショーで客を呼ぶことは難しいだろう。

ジュリナが故郷を離れ東京に出たのは、性同一性障害に悩んでのことだったのかもしれない。私自身が、生まれ故郷の奈良を離れたのが、アセクシャルというセクシャルマイノリティーを、当時住んでいた『ならまち』の住人たちに打ち明けてしまった軽率さからだった。

私は奈良に帰る気はなかったが、ジュリナはどんな想いで故郷の札幌に帰ろうと決断したのだろう。故郷に帰っても、ニューハーフとして舞台に立つ覚悟だったのだ。よほど悩んだ上での決心だったに違いない。

仲の良かったショコラとソラ。

二人はそれを隠さなかったし、肉体関係もあったのに違いない。

ショコラとソラは渡米を望んだ。ショービジネスの本場でショーダンサーとしてのレベルアップのための修業を決めたのだ。言葉の壁のある海外での修業を二人が決意したのは、二人ならどんな逆境にも耐えられると信じたからだろう。

眺めているだけで微笑ましくなるような二人だった。女性にはないといえば二人に悪いが、少年のような可愛らしさを感じさせ、それでいて美形の二人だった。

サヤカはアメリカで花魁ショーの一座を立ち上げるのが夢だった。

忍者ショーを取り込むと企図していた。際物かもしれないが、それでもショービジネスの末席に自分の生きる場所を模索していたのだろう。

最後に踊った日本舞踊は本物だった。付け焼き刃ではなかった。ランダに扮した白塗りのピエールに付け入る隙をまったく与えない踊りだった。

サヤカの企画が成功したかどうかは分からない。それでも彼女は踊っただろう。キャンピングカーに寝泊まりしながらでも、アメリカの地方都市を巡業して回ったに違いない。舞台がなければ広場でも演じただろう。それがけっして楽な生活ではないことも分かっていたはずだが、そうせざるを得なかったサヤカの心情を考えると胸が痛くなる。

私の行く末が思われた。

大手新聞社の嘱託として雇われ、書評家という曖昧な職業を宛てがわれ、世過ぎ身過ぎの暮らしを送る予定だった。

六十歳という年齢は、隠居するには早過ぎる年齢だ。それを考えたうえで会社と契約したが、契約の延長はないだろう。

六十四歳で私は完全に独立しなくてはいけない身の上なのだ。若い時からライターとして活動し、それなりに名の知れた書評家ならともかく、私のようなぽっと出の人間が生き残れるほど安易な世界ではないのだ。それが分かっていながら、私は目先にぶら下げられたエサにダボハゼのように喰い付いた。

ジュリナ、ショコラとソラ、そしてサヤカ。

彼女らは性同一障害という現実から逃げずに、次の困難なステップを目指したのだ。

私の場合はどうだ。

他人に性的衝動を覚えないアセクシャルという性指向を隠し、出来る女を演じ、他者と必要以上に親密になることを避けてきた。周囲を見渡してみれば、大手新聞社の文芸デスクという肩書を無くした私に近付く人間はいないだろう。

親しく付き合ってきた曜子もそうだ。自分の仕事を犠牲にしてまで、私を助けてくれることが仮にあったとしても、それに甘えるわけにはいかない。

気付けば私はひとりではないか。しかも将来を託す夢さえ持たない人間なのだ。

私のテーブルの上が片付けられた。アサミが卓上スタンドマイクを置いた。

「なに、これ？」

「鮎子さんの最終オーディションですよ」

「私の？」

「大丈夫です。私が隣に立っていますから、心配しないでください」

「でも、なにをすればいいの？　まさか私に唄えというんじゃないでしょ」

「まさか」

アサミが苦笑した。

「これからパトロンさんたちにいくつか質問されます。正直に答えてください。自分を取り繕ったり、曖昧な返答をしたりしては絶対にダメですからね。絶対に」

絶対を強調してアサミがマイクのスイッチを入れた。ブーンとマイクの音がした。

「及川鮎子さん、でしたな」

スピーカーから男性の声がした。潤いのない老人の聲(こえ)だった。どうやら質問しているのはパトロンのひとりらしい。声だけだが、私は初めてパトロンの実態に触れたのだ。

「あ、はい及川鮎子です」

訳の分からないまま応えた。

「大手新聞社で文芸部のデスクをされていた。それが現時点の最終職歴ですね。そして今年からは文芸評論家として活動される」

はいと言い掛けて言い淀んだ。文芸評論家と私を紹介したのは曜子の悪乗りだ。

「違います」

きっぱりと否定した。

「おや？　違うのですか。私たちはアサミからそう聞いておりましたが」

隣に立つアサミの顔を見上げた。困惑する顔をしていた。

「はじめて『ギャルソン』に行った夜、連れて行ってくれた私の友人が盛って話をしました。実際はライターという身分の書評家です」

相手が落胆する気配を感じた。

(とんでもないミスをしてしまったのだろうか)

思わず周囲を見渡してしまった。白塗りのランダに扮したピエールが舞台に躍り出る予感に震えた。

暫くパトロンの無言が続いた。

私には耐え難い沈黙だった。

気配からすると頭を寄せ合ってなにかを小声で相談しているようだった。

「私、拙い事をいったのかしら？」

堪らなくなってアサミに囁き声で訊いた。

「ええ、少し。でも決定的な失点ではありません。動揺せずに毅然としていてください」

アサミが前方に目を遣ったまま応えた。唇を動かさない私以上の囁き声だった。その声には叱責の響きが込められていた。

「失礼」

スピーカーから声がした。

「どうも私たち老人は、最近の動向に疎くて困ります。文芸評論家と書評家はどう違うのでしょうか？」

「どちらも書籍を評価する仕事です」

息せき切って答えたのはアサミだった。

「お前は黙っていなさい」

スピーカーの声が諫めた。

「はい、すみません」

アサミが小声で詫びて項垂れた。

「文芸評論家と書評家の違いを簡単に説明するのは難しいと思います」

マイクに向かっていった。アサミのフォローをしなくてはいけないと焦っていた。

「ここであなたの講義を聞く気はありません。ひと言で違いを述べて下さい。私たちに理解でき評価する者です」

突き放すようにいわれた。ゴクリと生唾を呑んで答えた。

「ひと言でいえば文芸評論家は研究者です。書評家は書籍を読んでそれを自分なりの言葉で評価する者です」

かなり乱暴な説明だがひと言でいえばそういうことになる。

「なるほど、分かりやすい説明です」

相手が納得してくれて胸を撫で下ろした。

「では、あなたはそれほど文学作品を深くは読んでいない、という理解でよろしいのでしょうか？」

そのいい方にカチンときた。

「文学作品を深く読んでいるかどうか、それは人によりけりでしょう。評論家はひとつの分野の文学を研究しているのですから、その分野においては深く読んでいるといえるのかも知れませんが、広く読んでいるという意味では、書評家の方が勝ると思います。広く読むことで感性が磨かれ、作品の深部に至ることもあると考えます」

一気呵成にいい切った。

また沈黙があった。

今度は動揺しなかった。パトロンたちは再び頭を寄せ合ってなにやら小声で相談している。

「よろしい。あなたを文芸に通じている書評家として認めましょう」

スピーカーの声がいった。

「ありがとうございます」

「それでは話を進めましょう。私たちはあなたがアサミに渡した底本候補リストに興味を持ちました」

「だから私をバリ島に招待したのですか？」

それは違うだろう。アサミがパトロンのひとりにバリ島招待の許可を得たのは私が底本リストを作成した前日だ。そのことを指摘してさらに相手を問い詰めた。

「底本リストをご覧になって私を招待したというのは不可解ですね」

「まぁ、そういわれればそうですね。これには少し説明が必要ですな。でも、そのまえにいくつか質問させてください」

「どうぞ。後で納得のいく説明をしてくださるのなら、私の方は一向に構いません」

バリ島に招待されただけではないのだ。

そこで私は怪しげなクスリを飲まされ、あまつさえ、ジュリナ、ショコラ、ソラ、サヤカが殺される現場に立ち会わされ、いや、厳密にいえば殺される現場は目撃しなかったが、その彼女らが薬膳中華の料理人である郭に調理され、それを食べたのだ。

そして今夜、同じ災厄が私の身の上に降り掛かる。明日はパトロンたちの饗宴に供されるのだ。納得のいく説明を求めるのは当然だろう。

「あなたがこの三日間食べた肉はどうでしたか？」

「間違いなくジュリナ、ショコラ、ソラ、サヤカの味がしました」

素っ気なく答えた。

彼女らを食べた時の感動を、暗闇から質問する男たちに答える義理は感じなかった。あれは私と彼女らの秘めた体験なのだ。

「カニバリズムに抵抗はなかったですか？」

「アサミちゃんのお陰で段階を踏みましたから」

最初は気分が高揚するクスリだった。それからジュリナの瘡蓋を食べさせられた。私自身もアサミに瘡蓋を剝ぎ取られ、食べられた。

そういう段階を踏みながら、初めてジュリナのスープを口にした時、私はジュリナと同化したと感じたのだ。あの心境をひと口でいうのは難しい。

「アサミがクスリを使ったのは、ごく初期だけだったと報告を受けています。最初にあなたがこの宴席で食した時点では、あなたはクスリの影響から完全に解かれていたはずですが」

「そうですね。クスリの影響は感じませんでした」

「それでもあなたは冷静にジュリナを食べることが出来た？」

「ええ、躊躇はありませんでした」

ジュリナの供養になるからなどと、そんな陳腐な感想を述べる気はなかった。

実際私は自然な流れでジュリナを食したのだ。他人に説明できるような感慨も意気込みもなかった。私がジュリナと同化したなどという感想は、百万言を尽くしても理解されないだろうし、理解されたいとも思わない。

「ショコラとソラ、そしてサヤカを食べた感想はどうでしたか？」

「同じくらい美味しかったです」

これも素っ気なく答えた。

「なるほど。私たちに説明する必要はないということですか」

「いいえ、違います。私は心の底から感動しました。それを素直に表す言葉が美味しいという言葉です。感動を言葉にして説明すれば、陳腐になるだけです。もしいつの日か、私が究極と思える文学作品に出合ったら、おそらく私はその書評を書けないでしょう」

「あなたはアサミの『刺青』という演目に感動したんですね」

「ええ、あれは完璧でした。谷崎潤一郎を研究する文芸評論家は多くいると思いますが、あの演目ほど、谷崎の描きたかった魔性の女を表現した評論を私は知りません。その意味でアサミちゃんの『刺青』は、言葉の無力さを教えてくれた演目でもありました」

「なるほど、アサミがあなたを選ぶはずだ」

アサミが私を選んだ？　どういう意味だろう。

「少し立ち入った質問になりますが、失礼をお許しください」

「どうぞ、ご遠慮なさらず」

ここまで話をしてきて、いまさら立ち入った話もないだろう。

「あなたはアセクシャルという特異な性指向を持っていらっしゃる。他人に一切性的衝動を覚えないということですが」

「ええ、その通りです」

「還暦を迎えるまで処女でいらした」

「それがなにか？」

「しかしあなたはアサミとむつみ合った。そのことはどう説明されますか?」

「あれは肉体関係を結んだのではありません。私はアサミちゃんに性暴力を受けたと理解しています」

弁解ではなくありのままを述べた。

「あなたはアセクシャルであると同時に被虐趣味もおありになる。あなたがアサミを受け入れたのは、その被虐趣味によるものだったのでしょうか?」

「受け入れたという言葉には抵抗があります」

「これは失礼」

相手が素直に謝罪した。

「これまでも自慰行為はされたとうかがいましたが」

「しました」

素直に答えた。

「それに目覚めたのは高校生の時です。でも、普通に考えられている自慰行為ではありません」

「というと?」

「私は書物を通じて残虐な行為が行われてきたこと、そして今も世界のどこかで行われていることを知りました。その情景を思い浮かべると身体が猛烈に火照ります。その火照りに身を任せるのが私の自慰行為でした」

「だからあなたがアサミの演目のために選んだ底本リストには、偏りがあったんですね」

「それは私の被虐趣味だけではありません。アサミちゃんの『刺青』を観て、それに代わる演目の底本を考えた上での選択でした」

「アサミは、それをここバリ島で演じるといっていませんでしたか？」

そうだ。そうだった。でも実際に演じられたのは、ジュリナにしろ、ショコラとソラにしろ、サヤカもそれまでの演目の延長線上の演目に過ぎなかった。ただしその演目は『暗闇の殺人鬼』を連想させるものだった。

「アサミはあなたを主要登場人物として演目を企画し、それを実行したんです」

意味が分からなかった。

「どういうことでしょう？」

「私たち支援者は、あなたがバリ島に着いてからの行動を、逐一アサミから報告されていました。あなたの心理の揺れまで分かるような、みごとな演出でした」

バリ島での出来事が想い出される。

舞台だけでなく、アサミはすべての出来事を演出していたということなのか。

「アサミちゃんは、どうしてそんなことをしたのでしょう。その必然性が私には理解できません。面白半分でやったのだとすれば、不愉快以外のなにものでもありません。私は、あなた方の覗き趣味を満足させたということでしょうか」

本来はアサミに向けるべき言葉だろうが、まともに答えそうもないので、暗闇の相手に質問した。半ば抗議の気持ちを込めた質問だった。

「アサミには次のプランがあるんですよ」

「次のプラン？」

「ええ、年明けの新生『ギャルソン』の舞台に掛けるプランがね」

そんなことは初耳だ。

「どんなプランなんですか？」

「同じく谷崎潤一郎の『痴人の愛』を演目にするというプランですよ」

「えッ、『痴人の愛』をですかッ」

驚きに思わず声を上げてしまった。

同じ谷崎の作品でも『痴人の愛』は『刺青』とは違い長編だ。文庫本でも五百ページ近くになる作品なのだ。

作品で語られる時間軸も長い。何度か映画化もされている。そのうちの一本を観たこともある。一時間半くらいの長編映画だったように記憶している。それでも谷崎の作品世界を完璧に描き切っているかといえば疑問だった。

それを舞台で再現するというのか。

どう考えても無謀な試みだといわざるを得ない。アサミらが演じるのはダンスパフォーマンスなのだ。演劇ではない。『痴人の愛』の内容を、言葉も使わず、身体演技だけで伝えられるはずがないだろう。

「私たちもその提案を受けた時には驚きました。今のあなたのようにです。それぞれが『痴人の愛』を再読して、不可能だという結論に至りました。しかしアサミの提案はそれだけではありませんでした。これからも同じような作品を取り上げてやっていきたい。そのためには今の舞台では狭すぎる。設備も足りない。別の場所にもっと大きな箱を構えてくれというものでした」

アサミが小さく手を挙げた。

「発言を許す」

スピーカーの声が反応した。

「今の『ギャルソン』ではいずれ限界が来ます。現実に最近でも『ギャルソン』と同じようなコンセプトの店が続々オープンしています。銀座、赤坂、六本木、渋谷などです。私は『ギャルソン』の役割は終わったと感じています。そんな今だからこそ、新しいエンターテイメントに挑みたいのです」

決意を感じる言葉だった。

しかしそれにしても無謀だ。成功する予感がしない。一時間、場合によっては二時間にも及ぶ演目を日本の一般の観客が大人しく観劇するだろうか。

「反対する私たちに、アサミはひとつの提案をしました。それがあなたです」

「私、ですか？」

「そう、文芸作品を取り上げるにあたって、その解釈が適正に行われているか、もちろんそれは作品の選定からになりますが、あなたにアドバイザーとして参加してもらいたいというのがアサミの提案でした」

そのための最終オーディションなのか。

「あなたはジュリナやショコラとソラ、そして今夜サヤカを食べることを躊躇しなかった。私たちが求めたのは覚悟です。覚悟を受け入れる者でなければ、突き抜けた舞台は作れません。あなたもご存じである通り、アサミにはアンドロギュノスゆえの覚悟があります。ただそれだけでは心許ない。私たちはアサミと張り合えるような、そして正反対の覚悟に囚われた者を求めたのです」

ひと息置いた。どうやらペットボトルの水を飲んでいるようだ。

「トランスジェンダーを軸としたシアターレストランを立ち上げたい、それが『ギャルソン』を始める時のアサミの提案でした。私たちは、こんな表現はしたくはないのですが、ある種の興味を持って、それに賛同し支援しました。しかし今回のバリ島での出来事を、アサミからもたらされる報告で追体験し、漸くアサミの真意を知ることができました」

「アサミの真意?」

「それを教えてくれたのは、鮎子さん、あなたのひとことでした」

ますます話が見えてこなくなる。

「どうやらお気づきではないようですね」

「ええ、思い当たることがありません」

「『怒り玉』です。『善玉』『悪玉』の歌舞伎の演目は私たちも良く知っています。江戸時代から続く定番中の定番の演目ですからね。あの演目で語られるように、人間は善悪の感情に支配され操られている。しかしあなたは違った。あなたを支配しているのは自分が世間から理解されないという怒りだった。それをあなたは『怒り玉』という言葉で表現されていた」

また間があった。先程と同じようにペットボトルの水を飲んでいるようだ。無理もない。老人にとって長口上は辛いのだろう。

「その言葉を知って私たちは、どうしてアサミがトランスジェンダーを軸としたシアターレストトランを立ち上げたかったのか漸く理解できたのです。あなただけではない、アンドロギュノスであることで、バレエダンサーの道を断たれたアサミも『怒り玉』を抱える人間だった。そしてトランスジェンダーであるダンサーたちも、同じ理由で『怒り玉』を抱える、あるいは抱えた経験のある者たちだったのです。その『怒り玉』が大きな原動力となって、『ギャルソン』の現在の成功に繋がっているのではないでしょうか。しかしこれからアサミが挑もうとしている世界は生半可な『怒り玉』で乗り越えられるような世界ではない。そこに現れたのが、及川鮎子さん、あなたなのです。アサミが内包する『怒り玉』とあなたの『怒り玉』がぶつかれば、あるいは共鳴すれば、この無謀な企ても成就するのではないかと私たちは考えたのです」

暫くの溜めがあってスピーカーの声が厳かに告げた。

「及川鮎子さん。あなたは私たちのオーディションに合格しました」

素直には喜べなかった。

アサミが私の背後から両肩に手を置いた。

(やったねッ!)

声には出さないがそんなアサミの気持ちが伝わった。私は上半身を揺すってアサミの手を振りほどいた。立ち上がって喉が裂けるほどの声で叫んだ。

「こんなの納得できないわよッ」

「納得できない?」

スピーカーの声が不審げにいった。

「アサミと働くことがイヤだということでしょうか。てっきりあなたとアサミの間には、十分な信頼関係が結ばれていると思っておりましたが。アサミからも、そう報告を受けております」

アサミがそういってくれたのは嬉しいが、私が納得できないことはそんなことではない。

「ジュリナは殺されてあなた方に食べられた。ショコラとソラもそう。サヤカもよ。それも普通の殺し方じゃない。ひと思いに殺さず、意識を失わない程度に麻酔で自由を奪われ、自分が解体されるのを感じながら殺されたのよ。たぶんあの娘たちは最期には狂ったでしょうね。そうでもしなければ耐え難い責め苦だったはずよ」

闇の中の男たちはなにもいわない。

「どうして私を殺さないのよ。殺して食べないのよッ」

闇に向かって吠(ほ)えた。

「それがあなたの望みだと?」

冷静な声だった。

「望みじゃないわ。私の気が済まないのよ」

「気が済まない?」

「私はあなたたちの生贄になる覚悟で今夜のステージに上がった。ジュリナやショコラとソラ、サヤカと同じ運命を辿るつもりだった。だからあの娘たちを食べることに躊躇はなかった。食べることで同化できた。それなのにあなたたちは私にアサミちゃんの仕事を手伝えという。そんなこと、納得できるはずがないでしょ。私と同化したジュリナ、ショコラ、ソラ、そしてサヤカはどうなるのよ」

「あなたはいつからその覚悟を決めておられたのかな？」

少し考えた。

いつからと問われても、明確にいつからとは分からない。ジュリナを食べた時には既にその覚悟はできていたが、そのずっと前から、それを予感していたようにも思える。

「ジュリナは『リフレッシュ・ハウス』に滞在することを拒みました」

バリ島に来てからのことを思い出しながら語り始めた。

「それなのに力尽くでここに連れ込まれました」

その後にジュリナを見掛けた者はいない。私がリハーサル中の彼女を垣間見ただけだ。

「ジュリナは地下室に監禁されピエールや郭の慰み者にされた。縛り上げられ、鞭で打たれ、血を流しながら瘡蓋を剝がれ……」

その粉末を、ラワール・バビのナシチャンプルに振り掛けて私たちは食べさせられた。その夜に私は剝ぎ取られたばかりの、ビーフジャーキーほどもある瘡蓋を黒ワインと一緒に食べた。

酒に酔って赤鬼のようになったピエールに襲われ掛けた。難を逃れた私は、地下室に転がされ、鞭打たれ、瘡蓋を剝がされているジュリナを想像し、ジュリナを自分に置き換え、その想いだけで自身の背中に傷を付けてしまった。

傷は悪化し出血した。アサミが手当てしてくれたが、手当てしたその手でアサミは私の瘡蓋を剝がして食べた。血を吸った。

「ピエールのことは想定外でした」

アサミが冷静な声でいった。

（ピエールのことは？）

「それが高じてオマエはこのお嬢さんに狼藉を働いたというわけか」

還暦の自分がお嬢さんといわれるのはさすがに面はゆい。しかしマイクの向こうにいるのは、私をお嬢さんというほどの老人なのだろう。

「すみません。我慢できずに瘡蓋を剝がし、血を吸いました」

愛嬌のある声でアサミがいった。お茶目に舌を出しているのかもしれない。暗闇で何人かの男が含み笑いする気配がした。

「そんな話、今は関係ないでしょッ」

怒りに任せて再び怒鳴った。

「私の気持ちはどうなるのよ。ちゃんと決着を付けなさいよ」

「やれやれ困ったお嬢さんだ。自ら死にたい、しかも食べられたいと仰るんですね。美食家ぞろいの私たちも、人を食べたことはないが、ここは願いを叶えて上げるしかないのですかな」

「えッ」

なにをいっているのだ。

（人を食べたことがない？）

現実にこの三日間で四人のダンサーを食べたではないか。

アサミはいっていた。最終オーディションを受けたダンサーは翌日には消えると。それはオーディションに受かったダンサーが、見込んだパトロンと一緒に帰国するか、あるいは落ちたことが恥ずかしくてひとりでひっそり姿を消すか、そのどちらかだ、と。

私はそのどちらの可能性も疑っている。

最終オーディションに臨んだダンサーは、ジュリナ、ショコラ、ソラ、サヤカのように殺されてパトロンたちの宴に饗されたのではないか。人を食べたことがないとスピーカーの声はいった。もしかして、暗闇の男たちは、人を食べるという感覚さえないのか。ただの料理としてしか考えていないほど罪悪感が麻痺しているのか。

(この人たちはどんな精神構造をしているのだろう?)

全身に鳥肌が立った。

おぞましさに身体が震えた。

「どうですか皆さん」

スピーカーの声が周囲に語り掛けた。

「及川鮎子さんのご希望を叶えるために、明日は鮎子さんのフルコースを頂きますかな」

別の声がそれに応えた。

「しかしそれですと、アサミの計画が白紙になってしまいますね」

笑いを含んだ声だった。

そのほかにもそこかしこから含み笑いが耳に届いた。

「おいおい、失礼じゃないか。笑うのは止めなさい」

スピーカーの声に辺りが静かになった。

「どうもこちら側が暗いままなのは失礼に思え始めたな。客席の照明を点けなさい。いつものように薄暗くなくていいから」

会場の隅で人が動く気配があった。

天井に取り付けられた白熱灯が一斉に光を発した。

一瞬目が眩むような明るさだ。

薄目で会場を見渡した。

リゾートシャツの男たちの一団の背後に信じられないものを目にした。

立ち上がった。立ち上がらずにはいられなかった。

ジュリナ！

ショコラ！

ソラ！

サヤカ！

全員が嫣然と微笑んでいる。

ジュリナがパトロンたちの座る席に置いてあった卓上スタンドマイクを手に取った。どうやらワイヤレスマイクのようだ。

「鮎子さん、酷い。ほんとうにあれを私だと思って食べたんですか」

いつもの傲慢さの欠片も見せず、拗ねたようにいった。

マイクがショコラに渡った。

「私、美味しかったんですか」

ショコラは可愛いままだった。

「あら、それは私じゃなかったのかしら」

ショコラが握ったマイクに言葉数の少ないソラが付け加えた。

マイクがサヤカに渡された。

「アタシは肉料理だったんですよね」

不満げにいった。

ショコラ！

ジュリナ！

ソラ！

サヤカ！

全員の名前を声に出して呼びたいのに喉が詰まって声が出ない。

アサミが私の右肩に手を置いた。囁くように耳元でいった。

「バリ島行きに選ばれた段階で、この娘たちの希望は叶えられることが決まっていました。これは卒業旅行みたいなものだったんです」

立っていられなくなり崩れ落ちるように椅子に座った。私の耳の高さに合わせてアサミがしゃがみ込んだ。

「実際にオーディションを受けたのは鮎子さんだけです。鮎子さんは見事にパスしました」

「どこからなの？」

「えッ」

「どこからあなたは私を騙していたの？」

「騙していたわけではありません」

「でも、あなた……」

「私の中の魔性の女を鮎子さんが感じ取った初めての夜、『ギャルソン』に初めて来店された夜です。私も鮎子さんの中に潜む魔性を感じました。私たちの『怒り玉』が互いに共鳴し合ったのかも知れませんね」

その感覚は私にもあった。だからアサミに惹かれ、気を許したのだ。

「でも私には怒りをぶちまける舞台という場がありました。それが鮎子さんには無かった。ですから鮎子さんは、ずーっと永い間、自分の魔性を隠して生きてきた。それを露わにするのがバリ島での私の役割でした。私はどうしても、鮎子さんの力が新店舗で必要でした。みんなもそれに協力してくれました。特にジュリナが」

「だったらバリ島初日の、あのイカンバカールの店での諍い(いさか)も……」

「そうです。あれはジュリナと私のお芝居です」

客席の後ろで立っているジュリナに目を向けた。

私とアサミの会話は卓上スタンドマイクが拾ってくれたはずだ。ジュリナが得意げにガッツポーズをしている。アサミが私の卓上スタンドマイクを抜いた。パトロン席と同じワイヤレスマイクだった。

「それでは鮎子さんにインタビューしたいと思います」

立ち上がっていった。

「鮎子さん、あの四人の中で誰がいちばん美味しかったですか?」

マイクが私に突き付けられた。

「もう、おふざけが過ぎるわよ」

突き付けられたマイクを横に押しやった。

「誰がといっても、主には豚の肉だったんですけどね。それをいかにもそれらしく調理してくれた郭さんに感謝です」

会場の一番後ろの壁際で、小太りの郭が両手を挙げてアピールしている。

その隣には、郭の倍ほどの背があるピエールが腕組みしている。今夜は酔っていないようだ。もちろん白塗りもしていない。金髪で金色の口髭を蓄えたピエールは、そうして見ると中々頼りがいのある外科医に見える。

「さぁ皆、舞台に上がってきなさい。フィナーレよ」

ガムランが軽快な音を奏で始めた。

ジュリナ、ショコラ、ソラ、サヤカが舞台最前列に一列に並んだ。

「鮎子さんも」

アサミに促されて席を立ち四人の右端に並んだ。

「このメンバーがこうして集うのは今夜が最後です。最後のメンバー紹介をさせてください」

マイクを持ったままのアサミが声を張り上げた。

「先ずは札幌で『ギャルソン二号店』を開店するジュリナ」

ジュリナが一歩前に出て、顎を突き出して客席を睥睨する。パトロンたちが拍手を送る。深々と一礼して元の位置に戻る。

「これからショービジネスの本場アメリカで修業するショコラとソラです。彼女たちにはニューヨークのスタジオが待っています」

手を繋いだまま前に出て二人が大きく両手を挙げる。拍手が送られ揃って頭を下げる。

「そしてサヤカ。一座のメンバーはもう揃っています。昨年廃校になった小学校の体育館を練習場に、近くの温泉宿で二か月の合宿後、アメリカに渡る予定です」

前に出たサヤカが膝を揃えて舞台に正座し両手を広げる。拍手が起こる。三つ指をついて丁寧にお辞儀する。

「最後に鮎子とアサミです。これから二人で、日本で唯一無二のエンターテイメントを作り上げます。皆様、よろしくお願いします」

皆に倣って前に出たが、どうしていいのか分からなかった。腿に手を当てて深々と頭を下げた。アサミがどうしているのか横目で窺う余裕もなかった。

ガムランの音色がますますテンポを上げた。列に戻った。風を感じて空を見上げた。生憎の曇り空で満天の星とはいかなかったが、雲間に血の滴るような月が覗いていた。気のせいか、どこかから生臭い血の匂いがした。

赤松利市　あかまつ・りいち

1956年、香川県生まれ。2018年「藻屑蟹」で第1回大藪春彦新人賞を受賞しデビュー。20年『犬』で第22回大藪春彦賞を受賞。著書に『鯖』『らんちう』『藻屑蟹』『ボダ子』『純子』『アウターライズ』『風致の島』など、エッセイに『下級国民A』がある。

初出
『週刊ポスト』
2020年10月2日号〜
2021年10月8日号
単行本化にあたり、
大幅に加筆・修正を行いました。

饗宴
2021年12月27日　初版第1刷発行

著者　赤松利市
発行人　鈴木崇司
発行所　株式会社　小学館
〒101-8001東京都千代田区一ツ橋2-3-1
電話　03-3230-5961（編集）
03-5281-3555（販売）
印刷所　凸版印刷株式会社
製本所　株式会社 若林製本工場

ISBN978-4-09-386628-6